Jessica Kremser · Frau Maier fischt im Trüben

AF287322

Frau Maier lebt allein in einem kleinen Haus am Chiemsee. Die großen Lieben ihres Lebens sind Elvis Presley, Fischgerichte und eine Katze. Eigentlich bringt Frau Maier nichts so leicht aus der Ruhe. Zumindest bis zu diesem Montagmorgen, an dem sie am Ufer des Sees, direkt vor ihrem Haus, eine Frauenleiche findet.

Als die Polizei eintrifft, ist die Tote verschwunden. Der Kommissar hält Frau Maier für unzurechnungsfähig und schickt ihr einen Polizeipsychologen ins Haus. Aber Frau Maier weiß, dass sie nicht senil ist. Sie hat gesehen, was sie gesehen hat – und auch das Opfer erkannt. Als auch noch ein Unbekannter nachts um ihr Haus schleicht, nimmt Frau Maier die Ermittlungen selbst in die Hand. Dank ihrer scharfen Beobachtungsgabe ist sie schon bald auf der richtigen Fährte – aber auch in großer Gefahr.

Jessica Kremser wurde 1976 in Traunstein geboren und wuchs am Chiemsee auf. Zum Studium der englischen und italienischen Literatur und der Theaterwissenschaften zog es sie nach München, wo sie heute als Journalistin und Autorin tätig ist.

Jessica Kremser

Frau Maier
fischt im Trüben

PENDRAGON

Für Auguste und Hedwig, meine Großmütter

Erstes Kapitel
Montag

I

Auf den ersten Blick hätte man denken können, der weiße Fleck im Wasser wäre ein Fisch. Fast jeder hätte das gedacht. Frau Maier nicht. Denn Frau Maier kannte sich aus mit den Fischen im See.

Der weiße Fleck schimmerte fast silbrig unter der leicht gekräuselten Wasseroberfläche zwischen ein paar dunklen Schilfhalmen. Es war schwer zu sagen, ob sich nur das Wasser bewegte oder ob es die Hand selbst war, die unter Wasser leise winkte. Dass es eine Hand war, daran bestand für Frau Maier gar kein Zweifel. Die Frage war: Handelte es sich nur um eine Hand oder um eine Hand, die noch mit einem Körper verbunden war?

Die Katze hatte sich längst verzogen. Als sie mit der Pfote nach dem silbrigen Fisch hatte angeln wollen, da hatte sie plötzlich die Erkenntnis gepackt, dass er vielleicht doch kein so guter Fang war. Ihr Fell am Rücken hatte heftig gezuckt, so als hätte sie Flöhe, und dann war sie in Sekundenschnelle fauchend im Gebüsch am Ufer verschwunden.

Frau Maier war alleine. Wie immer. Seufzend beugte sie sich nach vorne. Angst hatte sie keine – höchstens davor, wieder einen Hexenschuss zu bekommen, so wie im letzten Winter. Da hatte sie sich auch nur gebückt, um einen Kiesel aufzuheben. Einen roten, ganz glatt gewaschen vom See. Danach war das Leben fünf Wochen lang sehr beschwerlich gewesen.

Die Hand bewegte sich nicht. Sie lag still und blass im Wasser. In ihrer Todesstarre schien sie etwas zu umklammern. Es sah aus wie ein Stück Papier.

Und von der Hand führte ein Arm ins Schilf.

II

Frau Maier hatte kein Telefon. Das war manchmal lästig, unter Umständen auch einmal sehr lästig, aber so richtig unangenehm war es noch nie gewesen. Bis zu diesem Augenblick. Denn wenn man im Wasser im Schilf am See gerade eine Hand gefunden hat, von der aus ein Arm zu einer Frau führt, und diese Frau nackt und tot ist, dann wäre ein Telefon von Vorteil. Das dachte Frau Maier, als sie schnaufend an ihrem Küchentisch saß.

Frau Maier wurde selten nervös. Ihre Gelassenheit hatte ihr in ihrem Leben schon sehr oft geholfen. Ohne sie wäre das Leben, das sie führte, als alleinstehende, vermutlich sogar einsame Frau ohne Geld, sehr viel schwieriger gewesen. Aber manchmal war ihre Gelassenheit auch schon als Gleichgültigkeit missverstanden worden. Auch von sehr wichtigen Menschen.

Den kurzen Weg vom Fundort der Leiche bis zu ihrem kleinen Haus war Frau Maier nicht gerannt, sondern sie hatte ihn in ihrem ganz normalen, bedächtigen Schritt zurückgelegt. Trotzdem standen ihr jetzt, als sie am Küchentisch saß, kleine Schweißperlen auf der Stirn. Frau Maiers Atem ging schneller als sonst. Und flacher. Wieso?

Sicher, sie hatte gerade eine Leiche entdeckt. Das reichte normalerweise, um nervös zu werden. Bei Frau Maier nicht.

Sicher, sie hatte kein Telefon und konnte die Polizei nicht sofort verständigen. Aber dafür würde sich eine Lösung finden.

Nein, die Schweißperlen hatten andere Gründe. Nach kurzem, aber gründlichem Grübeln hatte Frau Maier diese Gründe ausgemacht. Erstens: Sie hatte die tote Frau erkannt. Zweitens: Sie war am Fundort nicht alleine gewesen. Jemand hatte sie beobachtet.

III

Jetzt konnte nur Elfriede Gruber helfen. Sie war die Leiterin der örtlichen Sparkasse und eine von drei Personen, auf die Frau Maier sich verlassen konnte. Die anderen beiden waren der Seppi, Lehrling im Supermarkt, und der Fischer-Karli. Seppi konnte sie nicht allzu oft behelligen, weil er sonst Ärger mit dem dynamischen Supermarktleiter bekam. Aber Elfriede Gruber war selbst die Filial-Leiterin und konnte mit niemandem Ärger bekommen. Und nur deshalb war es möglich, dass sie Frau Maier immer mit besonderer Freundlichkeit, ja sogar mit Respekt begegnete, obwohl die kein dickes Konto bei der Sparkasse hatte und auch sonst kein nennenswertes Ansehen im Dorf besaß. Die Gründe, warum sie immer und zu jeder Zeit zum Fischer-Karli laufen konnte, waren persönlich. Und vielschichtig. Und vor allem taten sie weh, auch nach über vierzig Jahren noch.

An alle diese Dinge dachte Frau Maier, als sie sich auf den Weg zur Sparkasse machte, dann kehrten ihre Gedanken zur Frau im Wasser zurück. Ihr Gesicht war nur wenige Zentimeter unter der Wasseroberfläche ganz deutlich zu sehen gewesen. Ihre blauen Augen waren weit offen und hatten einen erstaunten Ausdruck. Um ihren Kopf wehten blonde Haare, sodass der Gesamteindruck Frau Maier an eine Nixe erinnerte. Als Kind, als sie mit ihren Eltern in das kleine Dorf am großen See gezogen war, da hatte sie lange Zeit geglaubt, im See würden Nixen leben. Eines Tages, da war sie sicher gewesen, würde sie die Nixen finden. Damals war sie noch nicht Frau Maier gewesen, sondern ein kleines Mädchen, das an viele Dinge glaubte. Frau Maier glaubte nur an das, was sie sehen, schmecken, riechen, hören oder fühlen konnte. Nixen gehörten nicht dazu.

Die Frau im Wasser war Anita Graf, die Schwester von Inge Graf. Anita war nach Übersee ausgewandert, mit neunzehn. Sie hatte einen US-Soldaten geheiratet und war nie mehr zurückgekommen in das Dorf am See. Bis jetzt. Schon seit zwei Wochen war sie bei Inge zu Besuch und Frau Maier hatte die beiden mehrmals an ihrem Häuschen vorbeispazieren sehen. Wie Inge wohl mit diesem schrecklichen Ende eines lange ersehnten Besuches fertig werden würde?

Da waren sie wieder, die kleinen Schweißperlen. Und gleichzeitig war auch das Gefühl wieder da, dass dort unten am Ufer noch jemand gewesen war. Frau Maier war nicht mehr jung, ihr 60. Geburtstag war schon eine ganze Weile her. Aber wenn etwas perfekt funktionierte, dann waren das ihre Sinne. Und zwar alle. Sie sah, hörte, roch, fühlte und schmeckte, was andere gar nicht wahrnahmen. Und auch, wenn sie sich eine Szene im Nachhinein noch einmal in den Kopf zurückholte, dann waren die Bilder ganz klar, die Geräusche ganz deutlich und die Gerüche ganz intensiv.

Zügiger als es sonst ihre Art war ging Frau Maier den Uferweg entlang. Von ihrem Häuschen aus führte zunächst ein Stück Kiesweg durch einen kleinen Wald, danach wurde er zu einer geteerten Straße, die aber trotzdem nur für Fußgänger und Radfahrer benutzbar war. Autos gab es hier nicht. Bis ins Dorf brauchte Frau Maier zu Fuß knappe fünfzehn Minuten.

Der See lag zu ihrer Rechten. Selbst an einem Tag wie diesem, an dem sie es eilig hatte und ihr Kopf voller Gedanken war, schenkte Frau Maier dem See ihre Beachtung. Heute, an einem kalten Tag im Februar, sah er dunkel und trüb aus. Ein kalter Wind ließ Wellen ans Ufer rollen. Die Berge im Hintergrund waren ganz deutlich sichtbar und mit Schnee bedeckt. Vom ersten Tag an hatte der See Frau Maier in seinen Bann gezogen. Jeden Tag sieht er anders aus, hatte sie im ersten Jahr am See gedacht. Nach einigen Jahren hatte sie bemerkt, dass er fast jede Stunde anders aussah. Und mittlerweile wusste sie: In jedem Moment veränderte der große See seinen Ausdruck und sie konnte inzwischen jedes seiner vielen Gesichter lesen. Sie wusste, wann ein Sturm aufzog – lange, bevor an allen Dampferstegen rings-um die Sturmwarnungen losgingen. Sie wusste, wie warm oder kalt das Wasser war und ob die Sicht am nächsten Tag klar sein würde. Und sie wusste, wie die silbrigen Fische im See aussahen …

Frau Maier bog kurz vor dem Dampfersteg nach links ab und befand sich zwei Minuten später auf der Hauptstraße des Dorfes und eine Minute später am Eingang der Sparkasse.

Elfriede Gruber war da. Sie warf gerade einen Blick über die Schulter ihres Lehrlings, der Probleme beim Ausfüllen eines Antrages hatte. Als sich die Schiebetüren der Sparkasse öffneten, schaute sie auf. Ihr Blick begegnete dem von Frau Maier. Sofort erkannte sie den Ernst der Lage und bat Frau Maier ins Besprechungszimmer.

IV

Seit fast zehn Jahren schon hätte Frau Maier Elfriede Gruber jederzeit um Hilfe bitten können. Denn damals hatte sie Elfriedes Mann im Bett mit Nicole Weidner, der jungen Gemeinde-Angestellten, angetroffen. Frau Maier verdiente sich zu ihrer bescheidenen Rente als Putzfrau etwas dazu, und das Haus der Grubers war eine ihrer festen Stellen. Jeden Dienstag, von acht bis elf. An jenem Dienstag hatte Frau Maier ihre Jacke im Haus der Grubers vergessen. Das hatte sie bemerkt, als sie mit dem Putzen der Arztpraxis (von zwölf bis zwei) fertig war und leicht verschwitzt den Heimweg antreten wollte. Plötzlich fröstelte sie, und da fiel ihr eben das Fehlen der Strickjacke auf. Kurz hatte sie gezögert, aber sie konnte keine Erkältung riskieren. Eine Woche ohne Putzen bedeutete eine Woche ohne Geld.

Also ging sie zurück zum Haus der Grubers, holte den Schlüssel aus dem zweiten Blumenkasten am Fenster unten links und sperrte auf. Es war 14.22 Uhr. Sofort nahmen ihre feinen Ohren die Geräusche wahr, sofort richteten sich die Härchen auf ihren Armen auf, sofort wusste sie: Ich bin nicht alleine im Haus. Und da Frau Maier niemals Angst hatte, ging sie energisch die Treppe hinauf, um nach dem Rechten zu sehen. Sie hatte einen Einbrecher erwartet, oder Nachbars Katze, aber ganz bestimmt nicht Herrn Grubers nackten Hintern. Das Entsetzen im

Gesicht von Nicole Weidner war fast lustig anzuschauen. Aber die Reaktion von Herrn Gruber war traurig. Hastig hüllte er sich in eine Decke, stolperte zu seiner Hose auf dem Boden, nahm sein Portemonnaie heraus, kramte hektisch hundert Euro heraus und hielt sie Frau Maier hin: „Für Ihre Loyalität, Sie verstehen schon, gell?", sagte er lächelnd.

Was Frau Maier daran am allermeisten erboste, war, dass er sich dabei kein bisschen schämte und ganz selbstverständlich davon ausging, dass sie das Geld nehmen würde und das Problem damit beseitigt wäre. Mit eisiger Miene nahm sie das Geld, ging die Treppe herunter, holte sich ihre Strickjacke, legte die hundert Euro auf den Küchentisch und ging zur Sparkasse. Dort wartete sie geduldig, bis Elfriede Gruber um exakt 17.33 Uhr die Filiale absperrte. Sofort ging sie auf sie zu: „Ich muss mit Ihnen über etwas Persönliches sprechen. Ungestört."

Nach einem kurzen Zögern bat Elfriede Gruber Frau Maier, sich mit ihr ins Auto zu setzen. Natürlich nahm sie an, es handle sich um eine persönliche Angelegenheit von Frau Maier. Sie war erstaunt. Seit acht Jahren putzte Frau Maier für sie und noch nie hatten sie ein persönliches Wort gewechselt. Im Auto sah Frau Maier sie an. Zum ersten Mal sahen sich die beiden Frauen direkt in die Augen und Elfriede war plötzlich beunruhigt. Frau Maiers Blick war ernst und forschend. „Ich war gerade noch einmal in Ihrem Haus, weil ich meine Strickjacke vergessen habe.

Die Jacke war da. Aber auch die Nicole Weidner. Und sie lag mit Ihrem Mann im Bett." Elfriede sagte nichts. Gerne hätte sie empört ihren Mann verteidigt und die unverschämte Putzfrau entlassen und hochkant aus dem Auto geworfen. Es wäre so einfach gewesen. Aber Frau Maiers Blick schloss diese Reaktion aus: Elfriede wusste, dass Frau Maier die Wahrheit sagte. Nicole Weidner. 20 Jahre jünger als sie. Elfriedes Augen brannten und sie schämte sich plötzlich. Aber Frau Maier legte ihr einfach die Hand auf den Arm. Sanft, aber ohne zu zögern. So saßen die beiden Frauen, die Filialleiterin und ihre Putzfrau, mindestens zehn Minuten lang zusammen im Auto.

„Sie wissen, wo ich wohne", sagte Frau Maier dann. Sie stieg aus und schloss die Autotür hinter sich. Dann knöpfte sie ihre Strickjacke zu und ging nach Hause. Seit diesem Tag wusste sie, dass sie Elfriede Gruber jederzeit um Hilfe bitten konnte.

V

Das Blaulicht der beiden Polizeiautos warf tanzende Punkte auf das Wasser. Dem besonderen Anlass entsprechend (eine Leiche gab es im Landkreis nicht alle Tage, eine nackte Leiche so gut wie nie) waren gleich zwei Streifenwagen gekommen und nicht nur die kleine Asphaltstraße, sondern auch den schmalen Kiesweg bis zum Fundort in Höchstgeschwindigkeit herangeprescht. Frau Maier hatte gewartet und ihnen den Weg gewiesen, dann war sie in ihr Haus gegangen. Eigentlich hätte sie erleichtert sein müssen: Jetzt hatten Profis die Sache in die Hand genommen. Sie hatte von der Sparkasse aus die Polizei und auch Inge Graf verständigt. Die stand jetzt in einem schwarzen Regenmantel am Ufer und war noch blasser als die Leiche ihrer Schwester.

Frau Maier saß am Küchentisch und trank Kaffee. Sie war nicht erleichtert. Sie war immer noch unruhig. Das leise Rascheln im Gebüsch hinter ihr, das kaum vernehmbare Knirschen des Kieses, dieses unbestimmte Gefühl von bohrenden Blicken in ihrem Rücken. Wer war da mit ihr am Fundort gewesen? Und wieso hatte wer auch immer da gewesen war sich nicht bemerkbar gemacht?

Seufzend griff sich Frau Maier ein Kochbuch vom Regal. Wenn ihr etwas gegen innere Unruhe helfen konnte, dann war es das Blättern in einem Kochbuch. Sie hatte unzählige Exemplare. Die meisten davon hatten ihrer Mutter gehört, andere hatte sie sich von ihrem wenigen ersparten Geld auf dem jährlichen Kauzinger Flohmarkt gekauft. Das Blättern darin bereitete ihr Vergnügen und beruhigte sie, denn die Welt des Kochens war ihr vertraut. Besonders Fischgerichte. „Saibling in Zitronensoße …“, murmelte Frau Maier leise und versuchte, sich wie sonst jedes einzelne Wort auf der Zunge zergehen zu lassen.

In diesem Moment klingelte es an der Haustür.

Frau Maiers Härchen an den Armen stellten sich auf. Nicht, weil es bei ihr so gut wie nie klingelte. Nein. Es war schlagartig wieder da, dieses eigenartige Gefühl der Unruhe.

Draußen standen ein Mann und eine Frau in Polizei-Uniform.

„Grüß Gott, Brandner Franz ist mein Name, ich bin der ermittelnde Kommissar und das ist meine Kollegin, die Klauser Cornelia, Polizeiobermeisterin. Dürfen wir kurz reinkommen?" „Freilich", sagte Frau Maier und führte die beiden in die Küche. „Einen Kaffee, vielleicht?" „Nein, danke", antwortete der Kommissar und Frau Maier bemerkte, dass er sehr ernst aussah. „Bitte setzen Sie sich, Frau Maier. Wir würden Sie gerne noch einmal über den genauen Ablauf des Fundes befragen."

Frau Maier nickte.

„Um wie viel Uhr haben Sie die Leiche entdeckt?"

„Um Viertel nach zehn."

„Warum waren Sie am See?"

„Warum nicht?"

„Bitte beantworten Sie meine Fragen, es ist wichtig."

Leichte Irritation in der Stimme. Frau Maier seufzte. Aber der Polizei musste man auch auf dumme Fragen antworten, das wusste sie aus den Krimis, die sie sich häufig im Fernsehen anschaute.

„Ich gehe jeden Tag an den See. Ich mag die frische Luft. Und heute Morgen war ich im Garten und meine Katze ist zum See gelaufen. Da bin ich ihr nachgegangen."

„Sie haben eine Katze?"

„Ja."

Auch auf überflüssige Fragen musste man der Polizei antworten, auch das wusste Frau Maier. „Sie leben alleine hier? Sind Sie viel alleine?"

Musste man wohl auch auf eigenartige Fragen antworten? Frau Maier seufzte. Vermutlich schon.

„Ich wohne alleine hier. Mit meiner Katze."

Der Polizist schien darüber kurz nachzudenken, dann wechselte er einen bedeutsamen Blick mit seiner Kollegin, woraufhin die eilfertig etwas in ihr Notizbuch kritzelte. Was war hier los? „Ähm, ja. Hm. Zurück zur Leiche. Beschreiben Sie doch bitte noch einmal, wie Sie sie gefunden haben."

Obwohl Frau Maier all das schon am Telefon und dann noch einmal bei der Ankunft der Polizisten erzählt hatte, sagte sie geduldig:

„Zuerst habe ich nur eine Hand gesehen. Dann den Arm. Dann habe ich das Schilf beiseite geschoben … und da lag sie. Sie hatte nichts an. Ihre Augen waren offen."

„Irgendwelche sichtbaren Wunden?", unterbrach der Kommissar.

Frau Maier schüttelte den Kopf. „Sie hielt aber irgendetwas mit der Hand umklammert. Ein Stück Papier, glaube ich." Dieses Detail schien die Polizei nicht zu interessieren, denn der Kommissar ging nicht weiter darauf ein. Er setzte eine besonders wichtige Miene auf, bevor er seine nächste Frage stellte: „Und Sie sind der Ansicht, dass es sich bei der Frau um eine gewisse …" Er blätterte in seinen Notizen.

„Anita Graf", warf die Polizeiobermeisterin beflissen ein.

Der Kommissar schien solche Einmischungen nicht zu schätzen, denn er warf seiner jungen Kollegin einen mürrischen Blick zu und setzte seine Frage ohne ein Wort des Dankes fort.

„… Anita Graf handelt?"

„Nein." Frau Maier schüttelte kurz aber bestimmt den Kopf.

„Nein?", wiederholte der Kommissar erstaunt.

„Nein. Ich bin nicht der Ansicht. Ich bin mir sicher", sagte Frau Maier.

Daraufhin veränderte sich der Gesichtsausdruck des Polizisten. Von Erstaunen wechselte er einen kurzen Moment lang zu Mitleid und wurde dann zu … Ärger. Ärger? Ja, es war nicht zu übersehen: Die gerunzelte Stirn, der harte Zug um den Mund, der kalte Blick. Warum um Himmels willen aber sollte sich der Kommissar über sie ärgern? Frau Maier musste nicht lange auf die Antwort warten.

„Das ist ja alles gut und schön, Frau Maier", sagte der Kommissar, und seine Stimme klang jetzt eindeutig kalt. „Aber wie erklären Sie uns, dass an dem von Ihnen so genau beschriebenen Fundort zwar Wasser ist, und Schilf – aber keine Leiche?"

Frau Maier glaubte, nicht richtig zu hören. Genauso gut hätte der Polizist ihr erzählen können, dass bereits ein rosaroter Elefant mit der Spurensicherung beschäftigt gewesen war, als sie am Tatort aufkreuzten, sie wäre nicht überraschter gewesen.

Viele hätten an ihrer Stelle jetzt die Fassung verloren. Nicht Frau Maier, die Ruhe in Person. „Natürlich ist dort eine Leiche", sagte sie mit fester Stimme. „Zumindest war sie um Viertel nach zehn da."

„Aha", erwiderte Kommissar Brandner, und jetzt schlich sich leiser Spott in seine Stimme. „Und wie erklären Sie mir dann, dass keiner unserer Beamten auch nur den geringsten Hinweis auf die tote Frau dort entdecken konnte? Meine Leute haben jedes verdammte Schilfrohr einzeln umgedreht, Herrschaftszeiten! Und ein Stück Papier haben wir auch nicht gefunden!" Der Kommissar wurde laut. Frau Maier sah ihn einige Sekunden lang wortlos an, dann erwiderte sie ohne die kleinste Unsicherheit in ihrer Stimme:

„Wenn die Leiche nicht mehr da war, dann wurde sie entfernt. Von der Strömung, von Menschen … vom Mörder vielleicht. Was weiß ich. Sie war jedenfalls da und es war die Anita Graf, das ist alles, was ich weiß."

Von ihrem Gefühl, dass noch jemand am Tatort gewesen war, sagte sie nichts. Der Kommissar hatte bei ihr jede Sympathie und jedes Vertrauen verspielt. Endgültig und in dem Moment, in dem er den Spott hatte aufblitzen lassen.

Spott war ein rotes Tuch für Frau Maier. „Eene mene muu, du blöde Preißn-Kuh!" klang es in ihrem Kopf. Aufgeregte, sich im Eifer des Gemeinseins fast überschlagende Kinderstimmen. Gelächter. „Zuagroaste müssen leider draußen bleiben!" Spott und Häme, so dicht wie eine Wand. Und sie, das kleine Mädchen, das gerade in das Dorf am großen See gezogen war, stand immer vor dieser Wand. Davor. Aber nie dahinter.

Frau Maier tauchte aus ihren Gedanken auf und schüttelte sich wie die Katze, wenn sie auf der Jagd nach einem kleinen Fisch im Eifer des Gefechts von einem Stein aus ins seichte Seewasser gerutscht war. Sie war nur ein paar Sekunden lang in die Vergangenheit eingetaucht, aber ihr Schweigen und ihre scheinbare Passivität machten den Kommissar immer wütender.

„Wissen Sie, was ich glaube? Sie sind einfach zu viel alleine, haben eine lebhafte Fantasie und wollten endlich einmal Aufmerksamkeit bekommen! Aber so nicht, gute Frau, das sage ich Ihnen. So nicht. Das wird ein Nachspiel haben!"

Und mit diesen gewichtigen Worten hievte er seinen nicht weniger gewichtigen Bauch – Stammtisch im Brauhaus jeden Montag und Donnerstag, Kegeln mit viel Bier am Freitag – vom Küchenstuhl und verließ ohne Gruß das Haus. Die Polizeiobermeisterin sprang ebenfalls auf und eilte ihrem Chef nach. Doch an der Tür zögerte sie kurz, dann drehte sie sich um:

„Ich werde dafür sorgen, dass jemand vorbei-
kommt … dass Ihnen jemand … hilft. Unser Polizeipsychologe, der kennt sich aus mit so was. Der weiß
bestimmt jemanden!", flüsterte sie und drückte kurz
Frau Maiers Hand. Frau Maier zuckte zurück. Dort,
wo die Polizistin ihre Hand berührt hatte, schien ihre
Haut zu brennen. Mitleid war für Frau Maier noch
schlimmer als der ärgste Spott.

Zweites Kapitel
Dienstag

I

Am nächsten Tag wachte Frau Maier sehr früh auf. Wie spät es wohl war? Es war Ende Februar, draußen war es stockdunkel. Ohne Licht und ohne Vogelgezwitscher konnte Frau Maier nur anhand ihrer inneren Uhr die Zeit schätzen. „Fünf Uhr zwanzig", murmelte sie – nein! Sie horchte noch einmal genauer auf das innere Ticken – „Fünf Uhr fünfundzwanzig" korrigierte sie dann. Ein Blick auf den altmodischen Wecker auf dem Nachttisch zeigte: 5.27 Uhr. Frau Maier seufzte zufrieden, dann stand sie auf und schlüpfte in ihre Hausschuhe.

Jeden Tag begann Frau Maier auf dieselbe Art und Weise: Sie zog sich ihren alten Frottee-Bademantel an und machte sich eine Tasse Kaffee. Den Kaffee trank sie dann am Küchentisch. Heiß, schwarz, genüsslich, mit halb geschlossenen Augen. Und dabei dachte Frau Maier nach. Über die Träume der Nacht, über Beobachtungen des vergangenen Tages, die über Nacht von einer unbestimmten Wahrnehmung zu einer konkreten Erinnerung geworden waren. Manchmal auch über die Vergangenheit, in letzter Zeit immer öfter. Heute dachte sie darüber nach, dass der Bademantel zu schrumpfen schien, denn er wurde immer enger. Er hatte ihrer Mutter gehört. Früher, als sie noch nicht Frau Maier gewesen war, sondern das kleine Mädchen am großen See, da hatte ihre Mutter sie manchmal mit diesem

Bademantel zugedeckt. Damals war er ihr riesig vorgekommen.

Frau Maier nahm noch einen Schluck Kaffee. Heute Nacht würde sie es vielleicht wieder bereuen. Denn häufig fand sie keinen ruhigen und tiefen Schlaf. Eigentlich seltsam, wo sie doch tagsüber die Ruhe in Person war … Wenn sie dann wach lag und schwitzte, dann schwor sie sich jedes Mal: Ab morgen trinke ich Pfefferminztee. Und schon in diesem Moment wusste sie, dass sie am nächsten Morgen wieder zur Kaffeedose greifen würde. Zur abgegriffenen Kaffeedose vom Dallmayr in München. Die Dose war ein Schatz, auch wenn sie regelmäßig (relativ häufig) mit dem billigsten Kaffee nachgefüllt wurde, den Frau Maier im Kauzinger Supermarkt finden konnte. Und sie würde auch wieder, wie jeden Morgen, warten, bis die kleine Kaffeemaschine gurgelnd und schnaufend den letzten Tropfen Kaffee herausgepresst hatte. Mit jeder Minute breitete sich der Kaffeegeruch mehr in der kleinen Küche aus und mit jeder Minute wuchs Frau Maiers Vorfreude auf den ersten, heißen, belebenden Schluck. Nein, der Pfefferminztee würde wohl noch ein Weilchen warten müssen.

Frau Maiers Gedanken schlugen eine neue Richtung ein. Was hatte sie aufgeweckt, so früh am Morgen, in völliger Dunkelheit und in der Stille ihres einsamen Häuschens? War es ein Geräusch gewesen, das auch im Schlaf an ihre stets gespitzten Ohren gedrungen war? Oder vielleicht eine andere Wahrnehmung, die ihre allzeit bereiten Sinne, die auch nachts keine Pause einlegten, empfangen hatten? Ein Geruch vielleicht? Unwillkürlich legte Frau Maier den Kopf leicht in den Nacken und schnupperte in die Luft. Wie ein Tier, das eine Witterung aufnimmt. Aber da war nichts. Außer … Vielleicht war da wieder dieses Gefühl, dieses Unbehagen, diese Härchen, die sich an den Armen aufrichteten. War sie wieder nicht alleine? War da nicht doch ein leises Geräusch vor dem Haus zu hören? Ein Rascheln, ein Tapsen? Langsam stand Frau Maier auf und ging zur Tür. Kurz ließ sie den Blick zum Schürhaken am Kamin schweifen, rief sich aber sofort zur Ordnung: „Jetzt spinnst aber a bissl!", schimpfte sie sich leise und machte beherzt die Tür auf.

Der Garten war leer. Rechts auf der kleinen Veranda aus Holz saß die Katze und putzte sich die Pfoten. Natürlich! Wie hatte sie so dumm sein können, das leise Geräusch nicht als Katzentatzen zu erkennen! Frau Maier schüttelte den Kopf. Die Leiche hatte ihr wohl doch mehr zugesetzt, als sie sich hatte eingestehen wollen. Sie ging zurück zur Tür und warf einen letzten, beruhigten Blick in den Garten. Und erstarrte. Plötzlich spürte sie die frostige Kälte des Februarmorgens bis in jeden einzelnen ihrer Knochen hinein.

Das Gartentor, das zum kleinen Weg hinaus führte, stand nicht nur offen. Nein, es war aus seinen Angeln gehoben und fein säuberlich gegen den Gartenzaun gelehnt worden. *So etwas kann nur ein Mensch*, war

Frau Maiers erster Gedanke. *Das muss nichts bedeuten,* war der zweite. *Es bedeutet aber auf jeden Fall etwas: Jemand war mitten in der Nacht in meinem Garten. Und er wollte, dass ich es weiß.* Und dieser dritte Gedanke blieb für den Rest des Tages wie eine dunkle Wolke, die sich einfach nicht vertreiben lassen wollte, über ihr hängen.

II

Es war acht nach elf, als es klingelte.

„Herrschaft, was ist denn los?", seufzte Frau Maier. „Erst klingelt wochenlang niemand, dann jeden Tag irgendjemand."

Vor der Tür stand ein junger Mann. Blondes, etwas dünnes und zu langes Haar. Keine Zeit für den Friseur, nein, kein Interesse. Unmodische Brille, blaue Augen, harmloser Blick. Jeans, Jeansjacke, Verlegenheit aus jeder Pore. All das erfasste Frau Maier in einer Sekunde, bevor sie freundlich sagte: „Grüß Gott. Wollen Sie zu mir?"

„Frau Maier? Ja, genau. Ja. Guten Morgen!"

Spätaufsteher, dachte Frau Maier. Jemand, für den es um elf Uhr noch am Morgen ist, der steht nicht gerne früh auf.

„Ich ... äh ... darf ich reinkommen?", fragte der Fremde vor der Tür.

„Sie dürfen natürlich hereinkommen, ich wüsste

nur gerne zuerst, wer Sie eigentlich sind", erwiderte Frau Maier, immer noch sehr freundlich.

Sie bemühte sich Fremden gegenüber immer um Freundlichkeit, denn was Unfreundlichkeit Fremden gegenüber bedeutete, das wusste sie ganz genau. Dass sie den jungen Mann fragte, wer er war, das hatte auch nichts mit Vorsicht zu tun. Vor diesem harmlosen Burschen musste sich keine Fliege in Acht nehmen. Sie hatte ihn lediglich aus Prinzip gefragt, denn sie fand, dass man sich vorstellen musste.

Auch der junge Mann bemerkte, dass er sich unhöflich verhalten hatte.

„Entschuldigung, ja natürlich. Also ich bin … äh … also ich heiße Frank Schön und ich bin …" Er fasste sich ein Herz. „Ich bin Psychologe. Die Polizei schickt mich."

III

Weil so selten jemand außer ihr das kleine Haus am See betrat, sah Frau Maier es jetzt plötzlich mit den Augen ihres Besuchers. Was sah Frank Schön? Von außen wirkte das Haus gemütlich mit der Holzvertäfelung, den grünen Fensterläden, der kleinen Veranda, den ordentlichen Stapeln aus Brennholz, die sich im Schutz des Veranda-Vorsprungs an die Wand schmiegten. Sein Ziegeldach hatte sich das Haus wie eine rote Mütze bis tief in die Stirn gezogen. Es bot Schutz vor der Kälte und dem Wind, der manchmal vom See heraufbrauste. Oben gab es ein Gaubenfenster und zur Eingangstür führten ein paar Treppenstufen.

Das Haus war klein. Unten gab es eine schmale Diele, die Küche, das Wohnzimmer, die Vorratskammer. Oben, hinter dem Gaubenfenster, lag das Schlafzimmer, daneben das Badezimmer, die Toilette. Darüber kam schon das Dach mit einem Speicherraum, in dem sich im Schutz der roten Ziegelmütze die Erinnerungen an ihre Kindheit und Jugend unter einer Staubschicht zu verstecken versuchten. Kein Keller: zu nah am See. Jedes Mal, wenn der Wasserpegel anstieg, würde ein Keller sofort überflutet werden. Deshalb hatten die alten Kauzinger Häuser in Seenähe einfach keinen.

Innen war Frau Maiers Haus vor allem eines: ordentlich. Langsam ging Frank Schön durch den schmalen Flur, vorbei an einem Schuhregal mit nur vier Paar Schuhen – Stiefel, Gummistiefel, feste Halbschuhe und flache Sandalen – und einem Kleiderständer.

„Rechts geht es ins Wohnzimmer", sagte Frau Maier. Frank Schön schaute sich um: ein Sofa mit einer großen Patchwork-Überdecke, ein alter grüner Cordsessel, eine Vitrine mit Porzellan-Geschirr, ein Bücherregal, ein Kamin, in dem sauber gestapeltes Holz lag, ein großes Fenster. Auf dem Fensterbrett saß eine schwarze Katze. Sie leckte hoch konzentriert ihre rechte Vorderpfote. Da die Pfote weiß war, sah es so aus, als hätte sich die Katze gerade die schwarze Farbe abgeleckt. Die Konzentration war übrigens nur vorgetäuscht, denn natürlich hatte die Katze den Fremden sofort bemerkt. Sie warf ihm aus zusammengekniffenen Augen einen skeptischen Blick zu und verschwand unter dem Sofa.

„Setzen Sie sich doch", sagte Frau Maier. „Kaffee?"

„Oh, das ist … ja gerne!", antwortete der Psychologe. Während Frau Maier den Kaffee holte, ließ er sich vorsichtig aufs Sofa sinken. Katzen waren ihm nicht geheuer. Er versuchte, die Beine möglichst außer Krallenweite vom Sofa weg zu strecken und sah sich weiter um. Ein uralter und winziger Röhrenfernseher stand da. Ein Radio, das so aussah, als hätte es noch Beatles-Konzerte live übertragen, thronte auf dem Tischchen neben dem Regal. Ein Blumentopf zierte den Sofatisch. Alles sehr gemütlich, alles sehr ordentlich. *Erster Eindruck: Patientin (?) hat ihren häuslichen Alltag im Griff* notierte er sich im Kopf. Frau Maier kam wieder. Frank Schön zuckte zusammen. Er fühlte sich ertappt – so, als könne die nette, alte, rundliche Dame hier vor ihm Gedanken lesen. Sie goss Kaffee ein und setzte sich neben ihn. Dann sah sie ihn aus ihren freundlichen grünen Augen fragend an.

„Frau Maier … äh … wie geht es Ihnen?", fragte Frank Schön und rutschte einen Zentimeter zur Seite.

Aha, dachte Frau Maier. So ist das also: Einer, der sich beim Stellen der banalsten Frage schon unwohl fühlt, der ist Psychologe.

„Gut, danke, und Ihnen?", erwiderte sie höflich. Das schien ihren Gesprächspartner vollends aus der Bahn zu werfen.

„Mir? Ja. Mir. Gut, denke ich. Ja. Danke."

Oho, dachte Frau Maier. So ist das also. Eine Gegenfrage, die kann ein Psychologe erst recht nicht verkraften. Und sie wunderte sich.

Ein paar Sekunden lang herrschte Stille. Dann seufzte Frau Maier und beschloss, dem armen, harmlosen jungen Mann zu helfen. Gerade als sie den Mund aufmachen und das Gespräch irgendwie fortsetzen wollte, bemerkte sie eine Veränderung auf dem Gesicht des Psychologen. Kleine Lachfalten breiteten sich um seine Augen herum aus, sein Gesicht entspannte sich, seine Mundwinkel zuckten leicht.

„Sie mögen Elvis?", fragte er dann.

Frau Maiers Blick folgte seinem zum Bücherregal. Dort stand in einem Extra-Fach ein großes, gerahmtes Elvisporträt (1950er Jahre, in Soldatenuniform), geschmückt mit einem Hawaii-Blumenkranz.

„Ich liebe ihn!", sagte sie ernst. Und das war keine Übertreibung. Elvis war in Frau Maiers Leben die größte Liebe. Nein, die zweitgrößte … aber daran durfte sie jetzt nicht denken.

„Ich auch", sagte Frank Schön, ebenfalls ernst. Dann fügte er schnell hinzu, so als würde er die unangenehme Frage in Elvis-Watte verpackt auf den Weg schicken wollen:

„Frau Maier, erinnern Sie sich an die letzten Tage?"

Frau Maier legte den Kopf leicht schief und sah den Psychologen an. Meine Güte, dachte sie. Er kapiert wirklich nichts!

„Natürlich erinnere ich mich", erwiderte sie gelassen. „Ich erinnere mich an alles! Mein Gedächtnis ist sehr gut, wissen Sie. Schon immer. Sie hätten mal sehen sollen, wie ich in der Dorfschule Gedichte aufgesagt habe."

Frank Schön sagte nichts. Dann: „Tja, wissen Sie, Sie haben da wohl für ein wenig Unruhe gesorgt, als Sie erzählt haben, Sie hätten eine Leiche gesehen … Der Brandner ist sauer."

Frau Maier seufzte. „Die Leiche war da. Und ich habe sie sogar erkannt. Mehr kann ich nicht dazu sagen." Sie hatte resigniert. Gab es denn nur Nieten unter Polizisten und Psychologen? Alle, die mit P anfangen, vielleicht, überlegte sie. Polizisten, Psychologen … Politiker, Pfarrer! Die Theorie schien tatsächlich zu stimmen.

„Ich glaube Ihnen", drang da Frank Schöns ruhige Stimme durch ihre Gedanken in ihr Gehirn vor. Frau Maier erschrak fast, so erstaunt war sie.

„Wie bitte?"

„Ich glaube Ihnen", wiederholte der Psychologe, dieses Mal eine Spur eindringlicher. „Sie reden keinen Blödsinn, das merkt man. Ich glaube Ihnen und ich werde Ihnen helfen."

Vor lauter Überraschung verschlug es Frau Maier fast die Sprache. Das passierte so gut wie nie. Nur, wenn Elvis *Are you Lonesome Tonight?* sang, konnte es vorkommen.

„Wie wollen Sie mir denn helfen?"

„Na ja", sagte Frank Schön und stand auf. „Erst einmal, indem ich den Brandner und die Polizei beruhige und denen versichere, dass Sie bei klarem Verstand sind und man vielleicht doch noch weiter nach der Leiche suchen sollte. Ich weiß nicht, ob es etwas bringt – aber es schadet Ihnen bestimmt auch nichts, mich auf Ihrer Seite zu haben. Und wir können eine Anzeige wegen Vortäuschens einer Straftat verhindern oder wenigstens verzögern."

Er streckte ihr seine Visitenkarte hin. „Sie können mich anrufen, wenn Sie mich brauchen." *DR. FRANK SCHÖN, Leiter der Klinischen Psychologie im Kreiskrankenhaus, Sachverständiger der Polizei* stand darauf. Und eine Telefonnummer.

„Mein Handy. Da erreichen Sie mich immer. Danke für den Kaffee, alles Gute", sagte er im Hinausgehen. Frau Maier war von der plötzlichen Wende des Gesprächs immer noch so erstaunt, dass sie kaum einen Gruß zustande brachte. Sie sagte Dr. Frank Schön auch nicht, dass sie ihn nicht immer erreichen konnte, weil sie kein Telefon hatte.

In der Tür drehte sich der Psychologe plötzlich noch einmal um: „Ein bisschen Menschenkenntnis habe ich nämlich schon, auch wenn Sie's mir nicht zutrauen." Und er grinste – ein Grinsen, so frech und fröhlich, wie sie es ihm in hundert Jahren nicht zugetraut hätte. Langsam und verdattert machte Frau Maier die Tür zu. Dann schämte sie sich ein bisschen. Aber nicht allzu lange.

IV

Um zwanzig nach drei klingelte es wieder. Frau Maier wunderte sich schon fast nicht mehr. Sie kochte gerade eine Fischsuppe.

Vor der Tür stand Elfriede Gruber. Darüber wiederum wunderte sich Frau Maier jetzt doch, denn Elfriede Gruber hatte sie noch nie privat besucht. Vor fast zehn Jahren hatte Frau Maier im Auto zu ihr gesagt: „Sie wissen, wo ich wohne." Seitdem hatte Elfriede Gruber aber noch nie Gebrauch von diesem Wissen gemacht. Bis heute. Es konnte kein geschäftlicher Besuch sein, denn Frau Maier putzte schon lange nicht mehr für sie. Nach der leidigen Geschichte mit der Weidner Nicole war Elfriede aus dem Haus ihres Mannes ausgezogen und bewohnte jetzt eine Zweizimmerwohnung. Die putzte sie selbst.

„Ich habe uns Kuchen mitgebracht", sagte Elfriede und versuchte, fröhlich zu klingen, aber es gelang ihr nicht. Sie klang angespannt und besorgt.

Frau Maier führte sie in die Küche, wo die Suppe brodelte und duftete und packte den Bienenstich auf zwei Teller. Dann setzte sie in aller Ruhe einen Kaffee auf.

Erst, als alles fertig war, setzte sie sich gegenüber von Elfriede an den Tisch und fragte: „Was ist los?"

Elfriede griff in ihre Handtasche und holte wortlos die Zeitung heraus. Die große Titelzeile lautete: *Verwirrte Oma narrt die Polizei.*

„Ich habe mir einfach Sorgen gemacht", sagte sie.

„Dass ich verwirrt bin?", fragte Frau Maier und es gelang ihr nicht, die Schärfe aus der Frage herauszuhalten.

„Nein, natürlich nicht. Dass Sie Ärger bekommen oder dass Sie sich diese dummen Schlagzeilen zu Herzen nehmen. Ehrlich. Ich habe keine Sekunde daran gezweifelt, dass Sie die Wahrheit sagen." Sie legte Frau Maier die Hand auf den Arm. So wie damals im Auto, nur umgekehrt. Und Frau Maier wusste, dass sie die Wahrheit sagte.

„Danke", sagte sie und legte ganz kurz ihre Hand auf die von Elfriede, die noch immer auf ihrem Arm lag.

„Und es gibt noch etwas, was ich Ihnen sagen wollte", fuhr Elfriede fort. „Es ist tatsächlich so, dass die Anita seit vorgestern verschwunden ist."

„Das überrascht mich nicht", erwiderte Frau Maier lakonisch. Dann seufzte sie. „Ich wüsste nicht, wie die Anita von dort, wo sie jetzt ist, noch einmal heimkommen sollte."

„Ja, ich weiß. Aber die Inge ist jetzt ganz aufgelöst. Sie war erst wütend auf Sie, dass Sie ihr so einen Schrecken eingejagt haben. Aber mittlerweile hat sie große Angst, dass Sie Recht haben. Vorgestern wollte die Anita einen ehemaligen Klassenkameraden treffen. Als sie gestern früh nicht zurück war, hat die Inge sich gewundert, aber sie hat sich noch keine großen Sorgen gemacht. Aber die Anita ist seitdem nicht aufgetaucht und ihr Handy ist aus."

„Und die Polizei?", fragte Frau Maier ohne viel Hoffnung.

„Die waren regelrecht genervt, dass schon wieder jemand wegen der Anita anfängt."

Frau Maier schnaubte verächtlich. „Das überrascht mich nicht. Mir haben sie gleich einen Psychologen oder so etwas in der Richtung vorbeigeschickt. So einen jungen Burschen, der im Krankenhaus in der Psychiatrie arbeitet. Wahrscheinlich soll der mich einweisen."

„Wie bitte?" Elfriede war ehrlich entsetzt. „Meinen Sie das im Ernst?"

„Nein, nein, keine Sorge", beeilte sich Frau Maier, sie zu beruhigen. „Das scheint ein ganz harmloser Kerl zu sein." Sie zögerte. „Also im Großen und Ganzen harmlos. Und wenn nicht harmlos, dann zumindest … ganz in Ordnung."

Elfriede sah immer noch besorgt aus. „Ich werde mich mal bei meiner Freundin Margit erkundigen, was das für einer ist. Die arbeitet doch schon seit fast 20 Jahren im Kreiskrankenhaus und kennt da so gut wie jeden. Wie heißt er denn?"

Frau Maier kramte das Kärtchen hervor, obwohl

sie seinen Namen eigentlich auswendig wusste. „Dr. Frank Schön", las sie vor.

„Gut." Elfriede nickte. „Ich frage die Margit."

Eine Weile sagten beide Frauen nichts. Sie hörten dem Ticken der Küchenuhr zu und fragten sich beide, wie es jetzt weitergehen würde. Schließlich räusperte sich Elfriede und sagte leise: „Aber jetzt ist die Anita immerhin seit bald 48 Stunden vermisst, jetzt müssen die allmählich mal anfangen zu suchen." Frau Maier nickte. Sie hätte zu gerne gewusst, wer wohl dieser Schulfreund gewesen war, den Anita zuletzt hatte treffen wollen. Dann legte sie den Kopf leicht schief und fragte streng: „Woher wissen Sie eigentlich schon wieder alles über den Fall?" Elfriede lächelte traurig. „Das hier ist Kauzing. Jeder kennt jeden. Jeder tratscht. Und irgendjemand, der etwas weiß, kommt garantiert immer in die Sparkasse. Ich weiß aus eigener Erfahrung, wie schnell da jeder alles weiß."

Frau Maier nickte. Sie wusste es auch.

Drittes Kapitel
Mittwoch

I

Am Montag hatte Frau Maier die tote Anita Graf im See gefunden. Heute war Mittwoch. Ihr Putztag bei Inge Graf, Anitas Schwester. Jede Woche um acht Uhr dreißig morgens, seit sechs Jahren. Inge Graf wohnte in einem Haus im Oberdorf, jenem Teil von Kauzing, der auf dem kleinen Hügel lag. Sie lebte alleine, ihr Mann war schon vor vielen Jahren an Krebs gestorben.

Inge machte die Tür auf. Sie war blass. Leichenblass, dachte Frau Maier und erschrak. Sie beschloss, den Stier bei den Hörnern zu packen. Das war immer ihr Weg im Leben gewesen. „Es tut mir so leid", sagte sie mit fester Stimme und sah Inge direkt in die Augen. „Ich weiß nicht, ob Sie mir glauben. Aber ich würde etwas so Schreckliches niemals erfinden."

Inge nickte und schien alle ihre Energie darauf zu verwenden, nicht in Tränen auszubrechen. „Heute müssten Sie bitte die Bäder putzen …" Sie schluckte. „Ins Gästezimmer gehen Sie bitte nicht, alles soll so bleiben. Falls Anita … falls sie doch …"

„Die Küche?", fragte Frau Maier.

Inge nickte und drehte sich um. Dann fragte sie leise, mit dem Rücken zu Frau Maier: „Sind Sie sicher?"

„Ja", sagte Frau Maier. Dann holte sie ihr Putzzeug aus der Kammer und machte sich an die Arbeit.

Im oberen Stockwerk trat sie wie immer kurz auf

den Balkon. Von hier aus hatte man eine grandiose Aussicht über das Dorf hinweg bis zum See und den Bergen. Sie waren mit Schnee bedeckt und heute tiefblau und gestochen scharf zu sehen. Das Wasser war wieder grau.

Frau Maier ging zurück ins Haus. Als sie am Gästezimmer vorbei zum Bad gehen wollte, zögerte sie. Die Gästezimmertür stand einen Spalt offen und sie versuchte, durch den Spalt irgendetwas im Raum zu erspähen. Sie sah nichts. Sie zögerte. Inge war unten und schien zu telefonieren. Sollte sie es wagen? Was suchte sie eigentlich? Wieso zog es sie in dieses Zimmer, das sie nicht betreten sollte? Sie wusste es nicht. Sie wusste nur, dass das Bild von Anitas Leiche sie nicht losließ und dass sie irgendwie herausfinden musste, was passiert war. Schnell stieß sie die Tür ein wenig weiter auf und schlüpfte ins Zimmer.

Sie musste schlucken. Inge hatte das Bett ihrer Schwester fein säuberlich gemacht. Auf dem Nachttisch stand eine Vase mit frischen Blumen. Anitas Kleider hingen an einem Kleiderständer. Alles war sehr sauber aufgeräumt und trotzdem wirkte der Raum nicht unbelebt. Im Gegenteil: Er wirkte so, als würde Anita jeden Moment hereinkommen. Sich auf das gemütliche Bett sinken lassen. Ein Lächeln würde über ihr Gesicht huschen, sobald ihr Blick auf die frischen Blumen fallen würde. Inge, die große Schwester. Die liebe, große Schwester. Jeden Tag zeigte sie ihr, wie froh sie über den Besuch war …

nach über dreißig Jahren. Dreißig langen Jahren, in denen das Dorf und der See mehr und mehr zur entfernten Erinnerung geworden waren …

Frau Maier schüttelte den Kopf. Nein, das würde Anita alles nie mehr denken. Weil sie nie mehr diesen Raum betreten würde. Sie drehte sich um – und sah den einzigen Fleck im kleinen Gästezimmer, der nicht perfekt aufgeräumt war. Im Eck stand ein kleiner Schreibtisch und darauf lagen wild durcheinander Umschläge, Briefe, Fotos und Dokumente. Wieder siegte die Neugier. Frau Maier griff sich das erstbeste Foto, das ganz obenauf lag. Es war ein Klassenfoto. Es stand kein Datum dabei, aber es musste aus den Sechzigerjahren stammen. Frau Maier lächelte. Wie brav die Mädchen und Buben in die Kamera schauten, wie angestrengt sie versuchten, eine gute Figur zu machen. Es war ein Schwarz-Weiß-Bild. Zwei Köpfe waren mit einem roten Stift in Herzform eingekreist – zwei blonde Mädchen, die nebeneinander saßen, direkt bei der Lehrerin. Eine davon im für damalige Zeit gewagten Minikleidchen, mit einem Pony und Pferdeschwanz und einem strahlenden Lächeln. Anita Graf. Das andere Mädchen hatte einen langen Rock und eine Strickjacke an. Ihre Haare waren zu Zöpfen geflochten. Auch sie lächelte. Weniger offensiv als Anita, aber nicht weniger zufrieden. Wer war sie gewesen? Frau Maier war einige Jahre älter als Anita Graf, und als ältere Schülerin kannte man nicht alle Kleinen beim Namen, auch wenn sie alle dieselbe kleine Dorfschule neben der Kirche besucht hatten. Der Name von Anitas Freundin wollte ihr einfach nicht einfallen. Den der Lehrerin dagegen wusste sie sofort: Die alte Kraithmeier war das gewesen. Heimlich hatten alle sie immer nur Schlaumeier genannt.

Über den roten Herzen stand „Für immer".

Frau Maier griff zum nächsten Foto. Wieder ein Klassenfoto, dieses Mal in Farbe. Es musste ein paar Jahre später gemacht worden sein. Nicht nur wegen der Farbe, sondern auch, weil aus den Kindern auf dem ersten Bild junge Leute geworden waren. Frau Maier schätzte, dass Anita auf dem ersten Bild zwölf gewesen war, auf diesem hier wohl sechzehn. Also musste es sich um das Abschlussklassenfoto handeln. Auf diesem Bild war neben jeden Kopf eine kleine Zahl geschrieben und unter dem Bild war zu jeder Nummer der Name der entsprechenden Person in mädchenhafter Schönschrift notiert.

Frau Maier musste schmunzeln. Sie konnte gut verstehen, wieso Anita alles fein säuberlich archivieren und aufbewahren wollte. Sie selbst war immer genauso gewesen und hatte stets versucht, alle Lebensphasen in ordentlichen Erinnerungen aufzubewahren. Nur hatte sie sich mit den Jahren immer seltener getraut, diese Erinnerungen zu wecken.

Sofort suchte Frau Maier nach dem Namen von Anitas Freundin: Evi Amberger. Richtig! Die Evi. Evi und Anita. Anita und Evi. Wie hatte sie das nur vergessen können? Die beiden waren unzertrennlich gewesen. Unzertrennlich, bis die Evi nach Amerika ausgewandert war. Anita hatte gelitten wie ein Hund unter dieser Trennung und war ihr zwei Jahre später gefolgt. Sie hatte einen US-Soldaten auf der anderen Seite des Sees, im so genannten „Ami-Hotel", kennen gelernt und war mit ihm ausgewandert. Was alle „Ami-Hotel" nannten, war ein ehemaliger Rasthof gewesen, den die Nazis gebaut und die Amerikaner nach Ende des Zweiten Weltkrieges beschlagnahmt hatten. Vierzig Jahre lang war dort dann ein Erholungshotel für US-Soldaten betrieben worden. Und natürlich wurden da auch Kontakte zu den einheimischen Mädchen geknüpft …

Frau Maier hatte all das nicht wirklich mitbekommen, weil sie zu dieser Zeit nicht in Kauzing gewohnt hatte. Die Eltern hatten ihre kargen Ersparnisse zusammengekratzt um sie zu einem Hauswirtschafterinnenkurs zu schicken. Ein Jahr hatte der gedauert. Als sie zurück ins Dorf kam, war Evi schon weg gewesen und irgendwie hatte niemand mehr von ihr gesprochen. Nur Anita hatte still gelitten.

Natürlich! Jetzt im Rückblick schien es so klar. Evi war gegangen – warum und unter welchen Umständen, das wusste Frau Maier nicht – und Anita hatte die erstbeste Chance in Gestalt des Ami-Soldaten ergriffen, um ihr zu folgen. Wie hatte sie nur die Evi vergessen können. Evi und Anita. Wurde sie etwa doch vergesslich?

Ob die beiden sich in Amerika wohl wirklich wiedergesehen hatten? Das Land war riesig. Was, wenn es jede an ein anderes Ende der Staaten verschlagen hatte? Dann wären Anitas Bemühungen umsonst gewesen. Oder war es wirklich nur Zufall gewesen? Die Evi war gegangen und Anita hatte eben zufällig auch einen Amerikaner geheiratet.

Frau Maier sah sich das Foto an. Natürlich saßen Evi und Anita wieder nebeneinander. Beide blond, beide hübsch. Anita hatte eine moderne Kurzhaarfrisur, Evi immer noch die langen Haare, jetzt aber zu nur einem Zopf im Nacken geflochten. Auf diesem Bild waren beide brav und unauffällig gekleidet. Was aber der offensichtlichste Unterschied zum ersten Foto war: Keine von beiden lachte oder lächelte. Beide sahen ernst und blass aus, fast ängstlich. Der Stress der Abschlussprüfungen? Aber nein, die anderen Schüler und Schülerinnen sahen fröhlich aus. Evi saß rechts neben Anita und links saß ein fescher junger Mann. Er blickte als einziger nicht in die Kamera. Sein Blick hing an Anitas Gesicht. Er sah sie von der Seite an und lächelte. Anita schien es nicht zu bemerken. Sie sah ernst nach vorne. Ihre Hand umklammerte die von Evi. Die alte Schlaumeier war auf dem Foto nicht zu sehen, in der Mitte stand stattdessen stolz der Schuldirektor Dr. Häuser und schien mit seinem Lächeln alle seine Schäfchen in einem Ring aus Wohlwollen einschließen zu wollen.

Richtig, dachte Frau Maier. Die Abschlussklassen

hatte der Herr Direktor gerne selbst unterrichtet. Die Schüler waren stets vor Ehrfurcht fast erstarrt. Ein Schuldirektor mit Doktortitel. So jemand hatte zu dieser Zeit in Kauzing fast noch über dem Herrn Pfarrer und dem Dorfarzt gestanden.

Frau Maier fuhr zusammen. Vor lauter Gedanken und Überlegungen hatte sie nicht gehört, dass Inge die Treppe heraufgekommen war. Ihr wurde heiß. Wenn sie etwas hasste, dann war es, vor ihren Arbeitgebern schlecht dazustehen. Und was konnte peinlicher sein, als dass sie in der aktuellen Lage Inges Bitte, das Zimmer ihrer Schwester nicht zu betreten, missachtet hatte? Verdammte Neugier, fluchte sie innerlich. Die Zeiten, zu denen sie sich nach jedem Fluch dreimal bekreuzigt und schon Angst vor der nächsten Beichte gehabt hatte, waren zum Glück vorbei.

Inge hatte jetzt den oberen Stock erreicht und schaute ins Schlafzimmer. Suchte sie etwas? Wollte sie Frau Maier sprechen? Als nächstes öffnete sie die Badezimmertür.

„Frau Maier?", rief sie.

Jetzt schwitzte Frau Maier wirklich. Ihre Gedanken überschlugen sich, aber ihr wollte keine Ausrede einfallen. Was sollte sie sagen? Jetzt stand Inge vor Anitas Zimmertür. Was sollte sie nur denken, wenn sie Frau Maier hier stehen sah? Schnell legte sie wenigstens das Foto zurück auf den Tisch. Sie brauchte einen Grund, eine Erklärung …

Es klingelte. Inge zögerte kurz, dann ging sie zur

Treppe. Frau Maier schloss die Augen und atmete aus. Der nächtliche Besucher und das ausgehängte Gartentürchen hatten sie jedenfalls weniger nervös gemacht als das hier. Jetzt öffnete Inge unten die Tür.

„Guten Morgen, Frau Graf, ich habe ein Packerl für Sie", hörte sie die fröhliche Stimme vom Postboten, der täglich auf dem Fahrrad seine Runde durch Kauzing machte und naturgemäß jeden im Dorf kannte. Frau Maier entspannte sich. Ganz schnell noch warf sie einen letzten Blick auf das Foto, um zu schauen, wer der junge Mann war, der so von Anitas Gesicht gefesselt war. Nummer elf, Klaus Kecht. Als sie das Foto schon hingelegt hatte, stutzte sie. Oben auf dem Bild war noch ein roter Kringel hingemalt, aber darin stand keine Zahl, sondern ein dickes Ausrufezeichen.

In diesem Moment ertönte aus dem Erdgeschoss ein schrecklicher Schrei.

II

Erstaunlich behände trotz ihrer Körperfülle rannte Frau Maier die Treppe herunter. Der Nachhall von Inges Schrei klang ihr noch in den Ohren. Entsetzt, laut, verzweifelt und voller Panik war er gewesen, dieser Schrei. Frau Maier stürzte ins Wohnzimmer im Erdgeschoss. Inge war auf den Boden gesunken und kauerte jetzt wie ein Häufchen Elend auf dem bunten Perserteppich. In den Händen hielt sie ein zerknülltes

Papier. Einen Brief, den der Postbote zusammen mit dem Päckchen abgegeben haben musste. Inge hob den Kopf und ein Schrecken fuhr Frau Maier in die Knochen. Wo war die Frau, die ihr vor einer Stunde die Tür geöffnet hatte? Auch da hatte sie schon blass und besorgt ausgesehen, aber jetzt schien jedes Leben aus ihr gewichen zu sein. Die Augen leer und starr, die Haut aschfahl, der Mund nur ein Strich. Eine lebendige Leiche, dachte Frau Maier. Wortlos hielt Inge ihr das zerknüllte Papier hin. Frau Maier ließ sich neben sie auf den Teppich sinken und strich das Papier glatt.

Inge, such mich nicht. Es hat keinen Sinn. Ich möchte nicht mehr leben und ich möchte, dass der See, den ich so viele Jahre vermisst habe, mein Grab wird. Es ist besser so. Anita stand darauf.

„So ein Blödsinn", entfuhr es Frau Maier. Am liebsten hätte sie sich auf die Zunge gebissen. Das war bestimmt nicht der Kommentar, den Inge jetzt hören wollte. Doch die wirkte wie weggetreten und schien keinerlei Energie übrig zu haben, sich zu ärgern oder zu wundern. Frau Maier hielt ihr den Brief hin. „Frau Graf. Jemand möchte, dass Sie das für einen Abschiedsbrief von Ihrer Schwester halten. Aber wieso bitte hätte denn die Anita so einen Brief an Sie schicken sollen – und nicht einfach einen mit der Hand oder meinetwegen dem Computer geschriebenen?"

Angestrengt starrte Inge Graf auf den Brief. Ganz langsam erst schien ihr zu dämmern, dass damit ganz offensichtlich etwas nicht stimmte: Die einzelnen Buchstaben waren aus Zeitungen und Prospekten ausgeschnitten, sodass der Brief auf groteske Art und Weise wie ein altmodischer Erpresserbrief aussah, aber keinesfalls wie ein Abschiedsbrief von Schwester zu Schwester.

III

Es wollte einfach nicht hell werden an diesem Tag. Ein kalter Wind wehte vom See herauf: Ostwind, stellte Frau Maier fest. Das Wasser würde eiskalt sein. Die Luft war zwar kühl, hatte aber ihre beißende Winterkälte schon fast verloren. Nur noch wenige Tage bis zum März.

Am Ufer auf den kalten Steinen lagen noch einzelne Flecken Schnee und der Weg, den Frau Maier gerade leicht schnaufend entlangstapfte, war aufgeweicht vom nassen Schneematsch. Der Himmel war grau und schien jedes Licht sofort zu schlucken. Links lag der See. Durch die jetzt kahlen Äste der Bäume konnte man ihn aufblitzen sehen. Das Wasser war heute ebenfalls grau, eine Stufe dunkler noch als der Himmel.

Frau Maier hatte jetzt die kleine Anhöhe erreicht, auf der ein seit Jahren unbewohntes Haus stand. Das kleine Wäldchen, in dem ihr Haus lag, war dort zu Ende und gab den Blick frei auf den See. Frau Maier atmete tief ein. An jedem Tag ihres Lebens, den sie am großen See verbringen würde, würde sie ihn lieben. Auch heute, so grau und so kalt. Die Berge im Hintergrund ragten dunkel auf und schienen jeden Augenblick näher kommen zu wollen. Mächtige Riesen, die ohne Anstrengung das tiefe Wasser durchqueren und bis nach Kauzing marschieren würden.

Frau Maier war vor fünf Minuten aus ihrem Gartentor getreten und nicht nach links in Richtung Dorf gegangen, sondern nach rechts. Sie wollte über Inge und Anita und das Klassenfoto und den Brief nachdenken, und der beste Ort dafür war das Kilianskircherl. Es lag außerhalb des Dorfes, weil früher dort die Pestopfer begraben worden waren. Von der Anhöhe aus waren es noch zehn Minuten, die wieder durch Wald führten, dann konnte man schon den kleinen Zwiebelturm sehen.

Das Kircherl lag in einer kleinen Senkung, einer Lichtung, vielleicht zweihundert Meter vom See entfernt. Sein Weiß wirkte vor dem Grau des Himmels so hell, als wäre es von einem Scheinwerfer beleuchtet. Heute war kein Mensch hier unterwegs. „Kein Wunder eigentlich, kein Tag für einen Spaziergang", brummte Frau Maier und schlug den Kragen ihres Mantels hoch. Sie schnaufte immer noch, sie war wohl etwas außer Form. Man musste den Tatsachen ins Auge sehen: Vielleicht war es doch nicht der Bademantel, der schrumpfte.

Frau Maier hatte jetzt das Tor zum Friedhof erreicht. Der Pestfriedhof. Was so schaurig klang, sah überhaupt nicht schaurig aus, im Gegenteil. Der Friedhof war ein Ort des Friedens, der Stille, der Einsamkeit. Wenn Frau Maier einen Gedankenknoten in ihrem Kopf hatte, dann kam sie gerne hierher. Langsam wanderte sie an den Gräbern vorbei. Sie kannte jedes einzelne. Besonders gerne verweilte sie vor dem Grabstein mit der Inschrift: „Die Stille des Waldes, das Gezwitscher der Vögel und das Rauschen des Sees machen mir diesen Ort auch im Tode noch angenehm." Schon als Kind hatte ihr der Spruch einen wohligen Schauer über den Rücken gejagt.

Drei Gräber weiter stutzte Frau Maier. Lag hier frische Erde? Es war das Grab, auf dessen Gedenktafel nur Initialen standen – E. H. – und darunter in goldenen Lettern: „Unvergesslich. Unvergessen." Frau Maier sah jetzt, dass auf dem Grab frische Sträucher gepflanzt waren. Deshalb war also die frische Erde aufgeschüttet worden. Außerdem brannte ein neues rotes Grablicht. Brennt noch keine zehn Minuten, dachte Frau Maier. *Unvergessen*, in der Tat. Hinter der Friedhofsmauer raschelte es. War da vielleicht ein Igel zu früh aufgewacht?

Die Tür der kleinen Kirche öffnete sich mit einem leisen Quietschen. Draußen war es jetzt fast dunkel, der Innenraum wurde von den wenigen Kerzen, die man gegen eine Gabe in den Opferstock anzünden konnte, erleuchtet. Schatten flackerten an der Wand. Die Mutter Gottes, die aus Holz geschnitzt am Altar wachte, warf einen riesigen Schatten hinter sich. Frau Maier ließ sich etwas schwerfällig auf eine der harten Holzbänke sinken. Vielleicht sollte sie doch einmal zum Lauftreff gehen, der jeden Dienstag im Dorf angeboten wurde? Aber nein, resignierte sie sofort innerlich: Mit dem Lauftreff war es genauso wie mit dem Pfefferminztee. Keine Chance.

Es war vollkommen still. Aber es war nicht friedlich. Schon wieder fühlte sich Frau Maier seltsam unbehaglich, seltsam beobachtet. Vielleicht war da doch kein Igel gewesen, hinter der Friedhofsmauer? *Zusammenreißen*, schalt sich Frau Maier.

Zusammenreißen! Wie oft hatte sie sich das in ihrem Leben wohl schon befohlen? Plötzlich fror sie. Sie stand auf und da fiel ihr in der Kirchenbank vor ihr eine tiefe Furche ins Auge. Das war an sich nicht verwunderlich, denn Schuljungen hatten wohl zu allen Zeiten und überall in Bayern während einer langweiligen Predigt versucht, etwas ins Holz zu ritzen. Aber erstens besuchten heutzutage nicht mehr viele Schuljungen den Gottesdienst. Zweitens schon gar nicht hier draußen, denn der Gottesdienst für die Pfarrgemeinde fand in der großen Kirche in Kauzing statt. Und drittens sah diese Furche ganz neu aus, es waren Splitter und Holzstaub zu sehen, die frisch wirkten und – Frau Maier beugte sich vor – auf dem Boden lag ein Taschenmesser. War hier jemand gesessen, als sie den Friedhof betreten hatte und dann schnell verschwunden, um ihr nicht zu begegnen?

So schnell, dass er sein Messer verloren hatte? Frau Maier kämpfte gegen den starken Impuls an, das Messer einzustecken. Sie drehte sich rasch um und verließ die Kirche, den Friedhof und die Lichtung, ohne sich noch einmal umzudrehen. Dabei musste sie dauernd daran denken, dass die neu geritzte Kerbe etwas Wütendes, fast Aggressives gehabt hatte: so roh, so tief. Und daran, dass im Februar eigentlich niemand sein Grab neu bepflanzt. Und daran, dass man zum Bepflanzen auch nicht ganz so viel Erde aufschütten muss.

IV

„Ich heirate die Maria, es tut mir leid!", sagte der Fischer-Karli. Sein Gesicht war so nah vor ihrem, dass sie es nur verschwommen sehen konnte. Oder weinte sie?

„Es muss sein, ich heirate sie", sagte er wieder und flehte mit seinem Blick um ihre Absolution. Sie machte die Augen zu. Und da passierte es: Der Fischer-Karli fing an zu lachen. Erst nur leise, dann immer lauter. Er legte den Kopf in den Nacken und schüttelte sich nur so vor lauter Lachen.

Oder weinte er? Nein, nein, er lachte. Während ihr Leben, ihre Zukunft, ihre ganze Welt gerade in Trümmern um sie herum auf den Boden krachte, lachte er. Sie dachte, sie müsse auf der Stelle sterben, ihr Herz, das wie wild in ihrer Brust klopfte, würde durch ihren Mund aus ihrem Körper herausspringen und vor ihr auf dem Boden liegen. Dort würde es eine Weile wie wild pumpen, dann langsamer werden, immer langsamer und sie würde dabei zuschauen, wie es mit einigen letzten schwachen Zuckungen still würde.

Mit einem Ruck fuhr Frau Maier im Bett hoch. Sie war in Schweiß gebadet, ihr Herz raste wie verrückt. „Nur ein Traum, nur ein Traum", murmelte sie leise und versuchte, ihren Atem wieder unter Kontrolle zu bekommen. Es gelang ihr nur langsam, sehr langsam. Gerade, als sie sich ein bisschen beruhigt hatte, schalteten alle ihre Sinne plötzlich wieder auf Alarm: Die Ohren schienen sich ein paar Millimeter aufzurichten, die Augen wurden groß und rund, die Haare an den Armen stellten sich auf, die Nasenlöcher blähten sich leicht.

Ganz still lag Frau Maier in vollkommener Dunkelheit da. Im Garten war jemand. Er bewegte sich sehr leise, aber Frau Maiers Sinne waren nicht leicht zu überlisten. Es ist bestimmt wieder die Katze, sagte sie sich. Wieder und immer wieder wiederholte sie diesen Satz wie eine Beschwörungsformel. Es ist bestimmt wieder die Katze. Es ist bestimmt wieder die Katze. Es ist bestimmt wieder die Katze. Nach ein paar Minuten wurde sie ruhiger. Als sie sich gerade wieder auf ihr Kopfkissen sinken lassen wollte, fiel ihr Blick auf den Schaukelstuhl im Eck. Darauf lag die Katze und schlief tief und fest.

Viertes Kapitel
Donnerstag

I

Gegen Morgengrauen schlief Frau Maier noch einmal ein. Sie hatte noch lange schwitzend im Bett gelegen und in die Dunkelheit gelauscht, aber nichts
mehr gehört. Ihre größte Angst war dabei nicht das
unbekannte Wesen im Garten gewesen, sondern vielmehr, dass dort niemand gewesen sein könnte. Denn
das würde bedeuten, dass ihre Sinne ihr einen Streich
gespielt hatten. Und das war ihre schlimmste Sorge:
Was würde einmal werden, wenn ihre Sinne nachlie-
ßen? Ihre scharfen Sinne verschafften Frau Maier ein
Gefühl der Sicherheit. Genaue Wahrnehmung, die
Witterung jeder Gefahr – überlebenswichtig für eine
Einzelkämpferin wie sie.

Als sie aus ihrem unruhigen Schlaf aufwachte, zog
sie sich sofort den Bademantel über, ging die Trep-
pen herunter und machte die Haustür auf. Dieses
Mal musste sie nicht lange nach einem Beweis für
den nächtlichen Besuch suchen. Mitten im Garten
stand ihr Fahrrad, das gestern definitiv noch an der
Wand hinter dem Haus gelehnt hatte. Frau Maier
benutzte das Fahrrad nie, obwohl es für sie eigentlich sehr praktisch gewesen wäre. Zum Einkaufen, zu
ihren Putzjobs, zur Kirche, überall könnte sie damit
schneller hinkommen. Aber sie mochte es nicht. Sie
fand, es war eine zu wackelige Angelegenheit, nicht
ganz kontrollierbar. Nur, wenn sie mit beiden Beinen fest auf dem Boden stand, fühlte sie sich gut.

Und deshalb rostete das Rad hinter dem Haus vor sich hin. Normalerweise. Wenn nicht gerade jemand nachts um ihr Haus schlich und es nach vorne in den Garten stellte.

Obwohl jeder sie für verrückt erklärt hätte, spürte Frau Maier im ersten Moment vor allem Erleichterung. Ihre Sinne hatten sie nicht im Stich gelassen. Sie hatte genau richtig gehört und gespürt, jemand war da gewesen. Oder war er immer noch da? Sie hob den Kopf. Durch die Bäume hindurch sah sie das Wasser des Sees. Eisblau war es heute.

Langsam ging sie ins Haus zurück. Das Fahrrad würde sie später wegräumen. Zuerst musste sie kurz über die eindeutige Botschaft nachdenken, die man ihr übermittelt hatte: *Erst das Gartentor, jetzt der Garten. Ich komme näher.*

II

Er sah, wie die alte Frau aus dem Haus kam. Es war nicht ganz leicht, sich zu verstecken, weil Bäume und Sträucher jetzt im Winter kahl waren. Ganz ruhig harrte er hinter dem Baumstamm aus und hoffte, dass die kleinen Wolken, die er beim Atmen in die kalte Luft blies, vom Haus aus nicht sichtbar waren. Die Frau blieb stehen und betrachtete ruhig das Fahrrad. Sie sah überhaupt nicht ängstlich aus, sogar eher ziemlich zufrieden.

Da! Täuschte er sich, oder stahl sich da tatsächlich ein kleines Lächeln über ihr Gesicht? Er wurde wütend. Was gab es da zu lachen? War sie so dumm, seine Warnungen nicht zu verstehen? Oder war sie so arrogant, darüber zu lachen? Na warte, du dicke Alte. Na warte. Ich bin etwas Besseres. Etwas Besonderes. Ich lasse mich nicht auslachen.

Offensichtlich musste er noch deutlicher werden. Er ballte die Hände zu Fäusten, so fest, bis es wehtat. Jetzt sah die Frau in ihrem lächerlichen, zu engen, hellgrünen Bademantel auf. Sie kniff leicht die Augen zusammen und sah genau in seine Richtung. Ein paar Sekunden verharrte sie so und wirkte dabei irgendwie – wissend. Wissend und gelassen. Das machte ihn noch wütender. Na warte.

III

Schwitzend stapfte Frau Maier den Weg am See entlang. Sie schleppte ihren Einkaufskorb und war schlecht gelaunt.

Sie war ein Mensch, der nur sehr selten schlechte Laune hatte, denn sie hatte vor langem eingesehen, dass sie das kein bisschen weiterbrachte. Schlechte Laune oder nicht, die Tatsachen blieben ja doch immer die gleichen. „Froh erfülle deine Pflicht, jemand anders macht es nicht!", hatte ihre Mutter immer mit einem Augenzwinkern gemahnt. Und meistens hielt Frau Maier sich auch daran – wenn es nicht ums Schleppen von schweren Taschen oder Körben ging. Denn Schleppen fand sie anstrengend und unangenehm. Vielleicht sollte ich mir das mit dem Fahrrad doch noch einmal überlegen, dachte sie.

Sie versuchte sich mit dem Anblick des Sees abzulenken. Im Augenblick war er unruhig, weil ein Wind aus Westen über das Wasser fegte. Grünlich brodelte das Wasser in seinem großen Kessel, der von Bergen, Wiesen und Wäldern eingefasst war.

Endlich hatte Frau Maier den Kiesweg erreicht und legte die letzten Schritte bis zu ihrem kleinen Haus zurück. Sie wurde langsamer. Das Gartentor stand offen. Sie war sich aber sicher, dass sie es ordentlich zugemacht hatte. Kam der nächtliche Besucher jetzt auch schon tagsüber? Sie betrat den Garten und sah zum Haus hinüber. Auf der Treppe zur Veranda saß eine Gestalt, die sie sofort erkannte: Frank Schön in einem etwas zu großen Trenchcoat.

„Frau Maier!", rief er ihr zu. „Ich bin es nur."

„Das sehe ich. Grüß Gott!"

„Ja, äh, hallo. Darf ich reinkommen?"

„Wenn es Sie nicht stört, dass ich nebenbei koche. Ich habe nämlich Hunger."

„Kein Problem."

IV

Ein köstlicher Duft zog durch das kleine Haus am See. Frau Maier hatte Lachslasagne in eine Auflaufform geschichtet und dabei mit Frank über Elvis geredet. Sie wusste jetzt, welches Lied er am liebsten mochte (*Jailhouse Rock*), welche Filme mit Elvis er gesehen hatte (alle) und wieso Elvis seiner Meinung nach besser war als alle anderen Musiker der Welt (es war einfach so). Frau Maier konnte nicht umhin, den jungen Psychologen mit wachsendem Wohlwollen zu betrachten. Irgendwie doch ein netter Kerl. Der ist keinesfalls so doof, wie er aussieht, dachte sie und besaß immerhin den Anstand, sich ein bisschen für diesen Gedanken zu schämen.

Als die Lasagne im Ofen war, setzte sie sich zu Frank an den Küchentisch.

„Wieso sind Sie hier?", fragte sie.

„Es hat einige Aufregung bei der Polizei gegeben", antwortete Frank. „Gestern ist Inge Graf mit einem angeblichen Abschiedsbrief ihrer Schwester aufgetaucht."

Ach was, dachte Frau Maier. Und was gibt's Neues? Laut sagte sie: „Aha."

„Ja, und es kann eigentlich kein Abschiedsbrief sein, denn er wurde stümperhaft aus ausgeschnittenen Buchstaben zusammengeklebt. Nur der Umschlag war von Hand beschriftet – in Druckbuchstaben, mit Kugelschreiber. Abgeschickt wurde der

Brief in Rosenheim, das konnte man anhand der Nummer des Briefzentrums auf dem Stempel ermitteln. Dieser Brief wirft natürlich ein ganz neues und sehr seltsames Licht auf die ganze Sache. Die Polizei glaubt nicht, dass der Brief von Anita ist. Sie geht jetzt davon aus, dass er von jemandem ist, der vielleicht etwas mit ihrem Verschwinden zu tun hat."

„Und wieso erzählen Sie mir das alles?"

„Na ja … ich finde, Sie haben irgendwie ein Recht darauf, zu erfahren, dass an der ganzen Sache mit Anita wirklich etwas faul ist und dass das mittlerweile sogar die Polizei glaubt. Schließlich hat man Sie beschuldigt, gelogen zu haben."

„Schickt Sie der Brandner? Ist das seine Art, sich zu entschuldigen?"

Frank lächelte kurz. „Nein, nein, der Brandner entschuldigt sich nicht. Das ist nicht seine Art. Und noch hat man die Leiche ja nicht gefunden und es wird folglich auch noch nicht in einem Mordfall ermittelt. Nein, er wollte, dass man noch einmal zu Ihnen fährt und Sie befragt und da habe ich mich freiwillig angeboten. Ich bin schließlich Psychologe und kann sehr feinfühlig sein, habe ich gesagt." Wieder das freche Grinsen, das Frau Maier beim ersten Besuch so überrascht hatte.

„Soso", sagte sie und musste lachen. „Und was ist die Meinung vom Herrn Psychologen zu diesem Brief? Wieso schnipselt jemand so etwas zusammen und glaubt, irgendeiner kauft ihm das ab?"

„Ich denke, dieser Jemand steht stark unter Druck. Er will, dass man in Sachen Anita Graf nicht weiter nachforscht und davon ausgeht, dass sie Selbstmord begangen hat. *Such mich nicht*, steht ja im Brief. Leider scheint dieser Jemand aber auch geistig nicht ganz auf der Höhe zu sein. Das Ganze kommt mir vor wie die naive Tat von jemandem, der unrealistische Krimis im Fernsehen sieht. Und nicht kapiert hat, dass sich diese Methode mit den aufgeklebten Buchstaben nicht auf jede Art von Brief anwenden lässt. Und dass der Absender eines Abschiedsbriefes eigentlich keinen Grund hat, seine Schrift unkenntlich zu machen." „Und wieso hat er den Umschlag selbst beschriftet?"

„Weil er nicht wollte, dass der Brief bei der Post auffällt, würde ich sagen. Wahrscheinlich dachte er, dass er für die paar Buchstaben der Adresse seine Schrift ausreichend verstellen kann. Für den ganzen Brief war ihm das wohl zu riskant."

„Wie dumm muss man sein …", murmelte Frau Maier. Dann durchzuckte sie ein Gedanke: „Fingerabdrücke?"

„Nein, nichts. Hat wohl Handschuhe getragen."

„Hm, also doch nicht ganz dumm. Oder nur in Teilbereichen dumm", folgerte Frau Maier. „Ich sage doch, der schaut Krimis im Fernsehen an. Und das mit den Handschuhen, um keine Spuren zu hinterlassen, das kommt doch wie das Amen in der Kirche in jedem Krimi vor." Eine Weile schwiegen beide. Dann sagte Frank: „Was ich nur überhaupt nicht verstehe: Wozu der Abschiedsbrief – wenn wir davon ausgehen, dass ihn Anitas Mörder geschickt hat? Ich meine, es gab keine Leiche. Sie wurden als verrückt dargestellt. Perfekt. Er hätte nur warten müssen. Es wurde ja noch nicht einmal ermittelt. Und wenn er keine Zeitung gelesen hat, dann wusste er noch nicht einmal, dass überhaupt jemand die Leiche gesehen hat."

„Ja, aber erstens ist Anita ja tatsächlich verschwunden und vielleicht hatte er doch Angst, dass man Ermittlungen aufnehmen würde. Und zweitens ..." Frau Maier unterbrach sich.

„Ja?"

„Zweitens hat mich der Mörder dabei gesehen, wie ich die Leiche entdeckt habe."

„Woher wissen Sie das?"

„Ich habe nichts gesehen ... aber gespürt. Da war jemand."

„Aber das muss doch nicht der Mörder gewesen sein!"

„Muss nicht – aber da die Leiche eine Stunde später entfernt war, gehe ich davon aus."

„Und der Polizei haben Sie davon natürlich nichts erzählt."

Frau Maier schüttelte den Kopf und gab sich Mühe, ein bisschen zerknirscht auszusehen. Es misslang gründlich. Sie sah ziemlich zufrieden aus.

„Also, noch einmal: Selbst wenn er in der Zeitung das Zeug von der verwirrten Alten nicht gelesen hat, wusste er von Anfang an, dass es eine Zeugin gibt. Kann doch sein, dass er den Brief noch am Dienstag zusammengeschnipselt hat, bevor er wissen konnte, dass die Polizei mir nicht glaubt. Oder er hat einfach Angst, dass man mir früher oder später doch glaubt. *Der See wird mein Grab.* Falls man mich in Zukunft einmal doch nicht mehr für verrückt halten sollte, liefert er vorab schon einmal die Erklärung: Anita hat sich im See ertränkt und die Leiche wurde von einer Strömung hinausgetragen. Im See gibt es viele Leichen, die auf Nimmerwiedersehen im tiefen Wasser verschwunden sind."

Frank überlegte. „Könnte es denn so gewesen sein?"

Frau Maier sah ihn mitleidig an. „Welche Frau begeht denn bitteschön Selbstmord im See und zieht sich vorher nackt aus?", fragte sie dann – und ihre Stimme klang genau wie die einer geduldigen Lehrerin, die mit dem zurückgebliebensten Schüler der ganzen Klasse spricht.

V

Frank saß vor seiner mehr als großzügigen Portion Lasagne und freute sich. Er nahm einen riesigen Bissen und strahlte. „Köstlich!" Frau Maier strahlte auch. Es war schon schön, für jemanden zu kochen, dem es dann auch noch so gut schmeckte, das musste sie zugeben. Wer weiß, wer weiß. Vielleicht hätte sie

um ein Haar jeden Tag für jemanden kochen können, wenn ... „Wohnen Sie schon lange hier im
Haus?", drang Franks Stimme zu ihr durch.

„Wie bitte?"

„Ob Sie schon lange hier wohnen?"

Frau Maier zögerte. Sie erzählte nicht gerne von
sich. Wenn Sie sich überhaupt einmal mit jemandem
länger unterhielt, dann stellte lieber sie selbst die
Fragen. Aufmerksam sah Frank Schön sie aus seinen
harmlosen blauen Augen an. Die Lasagne schien ihn
im Moment tatsächlich weniger zu interessieren als
ihre Antwort. Er ist Psychologe, erinnerte sich Frau
Maier. Und er ist weniger doof, als er auss... – als ich
zunächst dachte. Wenn der erst einmal merkt, dass
ich nicht gerne auf Fragen antworte, dann kann er
gar nicht mehr aufhören zu fragen. Sie seufzte. Psychologen waren nun einmal so, das wusste sie aus
dem Fernsehen und aus Romanen.

„Seit fast dreißig Jahren schon", antwortete sie
freundlich und lächelte Frank entspannt an. „Eine
lange Zeit!"

„Ja, das stimmt, eine lange Zeit. Es ist ... wirklich
gemütlich und ... ideal für eine Person?", sagte Frank
und sah sie erwartungsvoll an.

„Ideal!", bestätigte Frau Maier und häufte eine
neue, dampfende Portion Lasagne auf seinen Teller.
Sie ignorierte die Frage, die er in seiner Feststellung
verpackt hatte, geflissentlich. So leicht wollte sie es
ihm auch wieder nicht machen! Ob sie immer alleine

hier gelebt hatte, wollte er also wissen, der Herr Psychologe. Er ging ja ganz schön ran. Dann besann sie sich. Angriff ist die beste Verteidigung, hieß es doch immer. Wenn sie ihm freiwillig etwas erzählte, dann würde er nicht merken, dass sie eigentlich gar nichts erzählen wollte.

„Meine Eltern sind früh gestorben", sagte sie und beugte sich vertrauensvoll über den Tisch. „Reich waren sie nicht, aber sie haben jeden Pfennig für mich gespart und deshalb konnte ich mir dieses Häuschen kaufen." Frank nickte interessiert und häufte sich den nächsten Bissen auf die Gabel. Er war ihr auf den Leim gegangen. Zufrieden lehnte sich Frau Maier zurück. Sie beschloss, noch einen draufzusetzen.

„Das Häuschen bedeutet mir sehr viel", verriet sie mit vertrauensvoller Miene. „Es ist eine Art Versicherung für mich. Ich bekomme nur eine kleine Rente, ich hatte immer nur kurzfristig Arbeit. Küchenhilfe, Verkäuferin, Hauswirtschafterin. Sie wissen ja, Frauen auf dem Land zu meiner Zeit … Wir hatten nicht so viele Möglichkeiten wie die jungen Menschen heute."

Frank Schön wurde hellhörig. Irgendetwas stimmte hier doch nicht. Er kannte Frau Maier kaum, aber diese Art zu reden … irgendwie unnatürlich und gestelzt … das passte nicht zu ihr. Er musterte sie mit ehrlichem Interesse. Diese Frau faszinierte ihn. Was war es wohl, das sie ihm nicht erzählen wollte?

„Sind Sie denn in Kauzing geboren?", fragte er.

Frau Maier stand auf und fing an, den Tisch abzuräumen. Sie sah auf die altmodische Küchenuhr, die für Franks Geschmack eine Spur zu laut tickte. „Oh, es ist ja schon fast drei Uhr", sagte sie dann. „Ich muss jetzt noch etwas erledigen. Danke für Ihren Besuch."

Ihre Stimme klang freundlich, aber bestimmt.

Frank Schön gehorchte sofort. „Vielen Dank für das tolle Essen und das, äh, interessante Gespräch", sagte er und verschwand durch die Haustür.

„Das interessante Gespräch?", murmelte Frau Maier. Hm. So ganz schlau wurde sie nicht aus diesem jungen Kerl. Wer genau hatte denn jetzt wen ausgetrickst?

Sie musste aufpassen. Dieser Mann war definitiv nicht so dumm, wie er aussah. Und auch nicht so harmlos.

VI

Es war stockdunkel, denn die Beleuchtung endete dort, wo auch der Asphalt endete und der Kiesweg durch den Wald begann. Er fluchte, als er bis zum Knöchel im Schneematsch versank. Zum Glück waren es bis zum Gartentor nur noch wenige Meter. Es war so dunkel, dass er den See zu seiner Linken nicht erkennen konnte. Man hätte denken können, dass dort ein tiefes, großes, schwarzes Loch läge, eine Leere, ein Nichts – wenn nicht das leise Rauschen von Wellen zu hören gewesen wäre. Es war windig und kalt. Er rieb sich die Hände, um ein wenig Wärme unter die Haut zu bekommen und stutzte, als er das Gartentor erreichte. Im Haus brannte noch Licht. Das war ungewöhnlich um diese Zeit, kurz vor elf. Das Haus sah aus wie eine gemütliche Laterne, die durch die Fenster ihre Lichtmuster über den kleinen Garten warf. Die Sicht war hier also kein Problem. Er näherte sich dem hellsten Fenster, es war das Wohnzimmer. Durch die offenen Vorhänge konnte er sich in Ruhe den Raum ansehen, so wie ein Zuschauer im Theater auf die erleuchtete Bühne blickt.

Die alte Frau saß in ihrem Sessel und hatte den Kopf zurückgelegt. Ihre Augen waren geschlossen und ihr ganzer Körper bewegte sich leicht. Sie wippte im Takt irgendeines Gedudels, das er durch das geschlossene Fenster nicht hören konnte, und schien dadurch sanfte Wellen durch ihren ganzen Körper zu senden. Fest hielten ihre Hände einen rechteckigen Gegenstand umklammert, der wie ein Bilderrahmen aussah. Dachte die dicke Alte etwa an einen verflossenen Liebhaber? Er grinste hämisch in die Dunkelheit hinein. Na, das musste jedenfalls viele Jahre her sein. Er sah sie an, wie sie in ihrer friedlichen kleinen Welt saß und Musik hörte, und konnte kaum gegen den Impuls ankämpfen, sofort ins Haus zu stürmen und dem Ganzen ein für alle Mal ein Ende zu bereiten.

Ruhig bleiben, abwarten, redete er sich gut zu. Nicht zu viel Aufmerksamkeit erregen. Nur die Alte in Schach halten. Er fuhr zusammen, als direkt neben ihm mit einem gewaltigen Satz eine Katze auf das Fensterbrett sprang. Ihr Gesicht war nur wenige Zentimeter von seinem entfernt und sie fauchte ihn böse an. Verdammtes Mistvieh! Er hasste Katzen. Und wenn er schon die Alte zunächst noch am Leben lassen musste, dann sollte jetzt wenigstens die Dreckskatze dran glauben. Er streckte die Hände nach ihr aus – doch in diesem Moment stand die Alte auf und ging auf das Fenster zu. Mist, sie hatte die Katze gehört.

Schnell zog er sich einige Schritte weiter in den Schutz der Dunkelheit zurück. Keine Sekunde zu früh, denn schon öffnete die Alte das Fenster und begrüßte das hässliche schwarze Tier mit einem erfreuten: „Hallo Maunzilein!" Er musste sich schwer beherrschen, nicht laut verächtlich zu grunzen. Die Alte hob den Kopf und lauschte in die Dunkelheit hinaus. Wieder schien sie genau in seine Richtung zu schauen, so wie am Morgen mit dem Fahrrad. Und wieder sah sie irgendwie wissend aus. Scheiß Kuh!

Jetzt, wo das Fenster offen stand, konnte er auch das Gedudel besser hören. Elvis Presley war es, das erkannte sogar er, obwohl seine Mutter ihn nie solche Musik hatte hören lassen. Er war schließlich etwas Besonderes, etwas Besseres. Und Musik dieser Art passte nicht zu besonderen, besseren Leuten.

Die Alte schloss das Fenster und zog die Vorhänge zu.

Na warte. Eines schönen Tages in naher Zukunft mache ich euch beide kalt, dich und die beschissene Katze. Und es wird ein Festtag werden und das Beste ist: Hier draußen wird uns niemand stören.

Fünftes Kapitel
Freitag

I

Na so etwas. War sie etwa tatsächlich im Wohnzimmer in dem Sessel eingeschlafen? Das war ihr seit Ewigkeiten nicht passiert. Dabei hatte sie doch gar keinen Wein getrunken gestern Abend. Nur Musik gehört und … Sie schaute auf das Foto, das sie noch immer in den Händen hielt. Sanft wischte sie mit dem Ärmel ihrer Strickjacke darüber und verstaute es in einer Schachtel im Bücherregal. Sie fühlte sich wie gerädert nach der Nacht im Sessel. *Jetzt erst einmal eine Tasse Kaffee*, war alles, was sie denken konnte.

Sie ging zur Haustür, um einen Blick auf den See zu werfen und ein paar tiefe Atemzüge Luft zu holen. Sofort fiel es ihr ins Auge: Jemand hatte ihren Fußabstreifer umgedreht. Sie wusste es ganz genau, denn auf der Bastmatte war in roten Buchstaben WELCOME! aufgedruckt. Und dieses Wort stand jetzt eindeutig auf dem Kopf. Sie hatte den Fußabstreifer einmal auf dem Flohmarkt gekauft und war ziemlich stolz darauf. Englisch war schließlich die Sprache von Elvis Presley. Und außerdem war es irgendwie … modern. Sie legte die Matte immer so hin, dass das Wort WELCOME! sie begrüßte, wenn sie nach Hause kam. Und jetzt lag sie falsch herum da.

Erst das Gartentor, dann der Garten, dann die Haustüre. „Was kommt als Nächstes?", fragte sie sich leise. Doch da gab es nicht viel zu überlegen.

Nach drei Tassen Kaffee stand ihr Entschluss fest. Gerädert oder nicht, sie musste endlich etwas unternehmen. Und ihr einziger Anhaltspunkt war nun einmal das Klassenfoto. Offensichtlich hatte Anita sich kurz vor ihrem Tod damit beschäftigt und vielleicht auch mit Inge darüber geredet. Vermutlich hatte sie sich am letzten Abend ihres Lebens mit jemandem auf diesem Foto getroffen. *Mit einem ehemaligen Klassenkameraden* – so hatte es Elfriede ihr jedenfalls erzählt. Sie musste das Foto unbedingt noch einmal in Ruhe studieren und alle Namen durchgehen, das stand jedenfalls fest. Sie dachte an das rote Ausrufezeichen auf dem zweiten Foto und war sich plötzlich ganz sicher, dass es etwas Wichtiges zu bedeuten hatte.

Ihr erster Weg führte sie in die Bank zu Elfriede. Sie wurde gleich ins Besprechungszimmer gewunken. „Haben Sie einen Farbkopierer?", fragte sie.

Elfriede sah erstaunt aus, stellte aber keine Fragen. „Ja, unser Farbdrucker ist gleichzeitig ein Farbkopierer."

„Kann ich in etwa einer halben Stunde vorbeikommen und eine Kopie machen? Etwas … Persönliches."

Elfriede zog fragend die Augenbrauen hoch, nickte aber. „Ja, natürlich, ich bin in einer halben Stunde auf jeden Fall noch da."

Den Weg zu Inge Grafs Haus legte Frau Maier im

Laufschritt zurück und verfluchte dabei einmal mehr ihre überflüssigen Pfunde. Sie war sich relativ sicher, dass Inge bei der Arbeit war. Inge Graf arbeitete als Verkäuferin in einer Boutique am anderen Seeufer. Hauptsächlich wurde dort Kleidung für Touristinnen verkauft, sogenannte Landhausmode, recht scheußliches Zeug. Früher hatte Inge mit ihrem Mann zusammen den Laden geführt, aber nach dessen Tod hatten die Besitzer ihr das offensichtlich nicht mehr zugetraut. Immerhin hatte sie eine Stelle als Verkäuferin behalten können.

Als Frau Maier auf dem Grundstück ankam, spähte sie als Erstes in die Garage. Leer. Schon einmal ein gutes Zeichen. Dann klingelte sie. Sie wartete. Nichts rührte sich im Haus. Vorsichtshalber klingelte sie noch einmal. Nichts.

Frau Maier fischte den Ersatzschlüssel aus dem Blumenkasten und sperrte auf. Das Versteck hatte Inge ihr vor Jahren schon verraten, denn manchmal musste sie schon früh los zur Arbeit, noch bevor Frau Maier zum Putzen kam.

Im Haus war es ganz still. Schnell ging Frau Maier hinauf ins Gästezimmer. Ein Stein fiel ihr vom Herzen: Auf dem kleinen Schreibtisch lagen alle Papiere und Unterlagen unverändert da, die Klassenfotos ganz oben. Sie griff sich das mit den Namen und Nummern und dem Ausrufezeichen. Sie zögerte kurz, dann steckte sie auch das ältere Schwarz-Weiß-Foto ein. Man konnte nie wissen. Und jetzt schnell weg!

Frau Maier ging gerade zurück zur Treppe, da hörte sie, wie ein Auto in die Einfahrt bog. Ihr Herz fing an zu rasen. Ganz leise schlich sie zum Fenster und sah zur Einfahrt hinunter. Inges Auto war es nicht. Sie sah, dass eine Frau in Inges Alter, die sie nicht kannte, am Steuer saß. Eine Freundin? Eine Nachbarin? Vielleicht hatte sie einen Schlüssel zum Haus und würde sie ertappen? Würde Inge ihr dann jemals wieder vertrauen? Gerade, als Frau Maier das Gefühl hatte, dass die Gedanken in ihrem Kopf anfingen, übereinander zu stolpern, erreichte ihr Gehirn plötzlich die Entwarnung: Die Frau parkte das Auto gar nicht, sondern fuhr rückwärts wieder aus der Ausfahrt und in die andere Richtung davon. Frau Maier atmete laut aus. Die Frau hatte nur in der Einfahrt gewendet! Einen kurzen Moment musste sie sich auf die Treppenstufen setzen. „Ich bin viel zu alt für so was", seufzte sie. Dann machte sie, dass sie zurück zur Sparkasse kam.

Zumindest dort lief alles reibungslos. Elfriede stellte den Kopierer für Frau Maier ein, zeigte ihr, wie sie die Fotos auflegen musste, und verzog sich dann diskret aus dem Büro, während Frau Maier die beiden Kopien machte. Anschließend überreichte Elfriede ihr einen großen, braunen Sparkassen-Umschlag, in dem sie alles sicher verstauen konnte.

Was mochte sie wohl gedacht haben, überlegte Frau Maier auf dem Weg zurück zu Inges Haus. Egal: Elfriede hatte sich nichts anmerken lassen und ihr einfach geholfen. Frau Maier lächelte.

III

Als sie in die Einfahrt vor Inges Haus einbog, blieb sie wie angewurzelt stehen. Mitten im Hof parkte Inge Grafs dunkelblauer Golf. Komisch, dass sie schon von der Arbeit zurück war – und dass sie nicht in die Garage gefahren war. Und – Frau Maier runzelte die Stirn. Die Fahrertür stand sperrangelweit offen! Aber wo war Inge? Sie sah plötzlich, dass auch das Tor zum Garten leicht offen stand. Und da! Oder täuschte sie sich? Nein, sie hörte es wieder: Ein Röcheln? Ein Wimmern?

Frau Maier ließ Umschlag und Tasche fallen und stürzte durch das offene Gartentor. Sofort fiel ihr Blick auf Inge Graf. Sie kniete auf dem Boden und bemühte sich verzweifelt, die beiden Hände zu lockern, die sich wie Schraubstöcke von hinten um ihren Hals schlossen. Sie hatte keine Chance. Sie röchelte nur noch schwach, ihr Gesicht war grotesk verzerrt, der Mund weit offen und die Augen verdreht.

Gefühlte Minuten stand Frau Maier wie erstarrt da, unfähig, sich zu rühren, doch es war in Wahrheit höchstens eine Sekunde. Die Gestalt hinter Inge war dunkel gekleidet und trug eine schwarze Skimaske. Sie sah auf und Frau Maier direkt in die Augen. Frau Maier erschrak. Kannte sie diese Augen nicht von irgendwo her? Dann drangen Stimmen von der Straße in den Garten: Der Nachbar war zum Mittagessen nach Hause gekommen und wurde im Hof von seiner Frau begrüßt. Der Bann war gebrochen.

Frau Maier stürzte zu Inge, die schwarze Gestalt zögerte kurz und rannte dann durch den Garten davon, kletterte über den Zaun und war verschwunden. Frau Maier nahm Inge in die Arme. Die zitterte am ganzen Körper, wimmerte leise und rang zwischendurch nach Luft. Die ganze Zeit hielt sie ihre Hände an den Hals, als seien dort immer noch die Schraubstöcke, die alle Luft aus ihr hatten herauspressen wollen.

„Kommen Sie", sagte Frau Maier sanft, „kommen Sie. Ich bringe Sie ins Haus."

Als sie Inge Graf auf das Sofa gebettet, sie zugedeckt und ihr ein paar Schlucke Wasser eingeflößt hatte, normalisierte sich deren Atem allmählich. Dafür begann sich am Hals ein hässliches rotes Würgemal abzuzeichnen.

„Wer … wer kann das nur gewesen sein?", flüsterte sie.

„Was genau ist denn passiert?", fragte Frau Maier.

„Ein Anruf … in der Arbeit. Jemand hat angerufen, ein Mann … im Geschäft."

„Kam Ihnen die Stimme bekannt vor?"

„Nein. Nein. Der Mann sagte, er wüsste etwas über die Anita. Ich solle … keine Fragen stellen und einfach nach Hause fahren. Dort würde er mich treffen." Sie schluckte. Ihre Stimme klang leicht krächzend und sie schien Mühe zu haben, ihre Gedanken zu formulieren. „Sobald ich geparkt hatte und ausgestiegen war, war er schon da."

Sie schwieg lange. Frau Maier wartete.

„Er kam von hinten. Er hat mich in den Garten gezerrt, damit man mich nicht sehen konnte, von der Straße. Und dann hat er angefangen … er hat angefangen … und dann standen plötzlich Sie da." Plötzlich war die Ahnung eines Lächelns auf ihrem Gesicht zu sehen: „Wieso sind Sie eigentlich immer da, wenn etwas passiert?"

Genau das fragte sich Frau Maier allmählich auch. Zum Glück war Inge so beschäftigt mit der Situation, dass sie nicht nachfragte, wieso Frau Maier denn tatsächlich da gewesen war. Sie würde sich noch irgendeine Ausrede einfallen lassen, falls Inge später irgendwann einmal fragen sollte. Jetzt gab es Wichtigeres zu bedenken.

„Hören Sie zu!", sagte sie entschlossen. „Sie müssen sich einige Zeit Urlaub nehmen oder sich krankschreiben lassen. Keiner wird sich wundern, wenn Sie das machen – unter den gegebenen Umständen. Und dann fahren Sie zu Ihrer Cousine. Zu der in München, zu der Sie manchmal im Urlaub fahren. Und hier in Kauzing sagen Sie niemandem, wo Sie hinfahren. Sie sind einfach verreist." Sie überlegte kurz. „Oder noch besser: Sie erzählen beim Metzger, dass Sie in ein Wellness-Hotel nach Österreich fahren."

Inge Graf lag mit geschlossenen Augen da.

„Haben Sie das verstanden?", drängte Frau Maier.

„Ja, aber die Polizei … die wollen, dass ich mich zu ihrer Verfügung halte. Die suchen die Anita doch jetzt offiziell."

„Der Polizei können Sie's meinetwegen schon sagen, wo Sie sind. Denen werden Sie ja auch den Vorfall hier melden müssen, schätze ich."

Inge Graf schien allmählich zu dämmern, was gerade passiert war. Sie fing wieder an zu zittern. „Wer sollte es denn auf mich abgesehen haben?", flüsterte sie.

„Ich weiß es nicht. Aber vielleicht jemand, der etwas mit Anitas Verschwinden zu tun hat. Vielleicht hat er Angst, dass Sie irgendetwas wissen. Hat sie Ihnen denn etwas Besonderes erzählt oder wollte Sie etwas mit Ihnen besprechen?"

Inge hatte die Augen wieder geschlossen. Über ihr Gesicht flackerte etwas … Schmerz? Trauer? Wut?

„Nein, wir haben nichts besprochen. Aber die Anita … die wollte unbedingt mit mir über etwas sprechen. Sie hatte mir das schon vor ihrem Besuch angekündigt. Aber ich …" Inge wischte sich eine Träne weg. „Ich war so froh, dass sie endlich da war. Ich wusste … Ich habe gespürt, dass sie mir etwas Schlimmes erzählen will. Und ich war zu feige. Morgen, habe ich immer gesagt, erzähle es mir morgen, es ist grad so schön, mit dir zu plaudern." Inge machte sich jetzt keine Mühe mehr, die Tränen wegzuwischen. „Ich blöde Kuh!", schluchzte sie.

Dann nahm sie sich zusammen und schnäuzte sich.

„Ich fahre zu meiner Cousine", sagte sie. „Schauen Sie vielleicht ab und zu hier nach dem Rechten, Frau Maier? Sie wissen ja, wo der Schlüssel liegt."

Frau Maier nickte und fühlte sich etwas unbehaglich, weil Inge Graf ihr so viel Vertrauen entgegenbrachte. Vertrauen, das sie streng genommen nicht verdiente.

„Ach ja, und noch etwas, Frau Maier ... Das Zimmer von der Anita ... Bitte lassen Sie dort alles, wie es ist."

Frau Maier nahm Inges Hand fest in ihre. „Das mache ich, Frau Graf."

Beide Frauen schwiegen, beide dachten das Gleiche. Frau Maier nahm ihren Mut zusammen und sprach es aus, ganz leise: „Aber zurückkommen tut die Anita trotzdem nicht mehr."

IV

Daheim in ihrem kleinen Haus machte Frau Maier sich erst einmal einen Kaffee und eine riesige Portion Bratkartoffeln und zwei Spiegeleier. Dazu holte sie sich noch eine der saftigen Essiggurken, die sie im Herbst selbst eingemacht hatte, aus einem großen Glas. Diese Stärkung brauchte sie nach den bisherigen Ereignissen des Tages ganz dringend.

Die Müdigkeit des Morgens war verflogen, dafür war keine Zeit mehr. Frau Maiers Gehirnströme liefen auf Hochtouren, jede Zelle ihres Körpers war wach und angespannt.

Sie räumte den Küchentisch ab, wusch sich sorgfältig die Hände, nahm vorsichtig die beiden Fotos aus dem braunen Sparkassenumschlag und legte sich eine Lupe und einen Notizblock parat. Die beiden Originale der Klassenfotos hatte sie unauffällig in Anitas Zimmer zurückbringen können, während Inge mit ihrer Cousine in München telefoniert hatte.

Frau Maier nahm einen großen Schluck Kaffee und überlegte. Dann schrieb sie auf den Notizblock:

Anita, tot. Das war der Ausgangspunkt. Das stand fest. Darunter schrieb sie:
Mord sehr wahrscheinlich.
Gründe: Leiche nackt, Beobachter am Fundort → *Leiche verschwunden, gefälschter Abschiedsbrief.* Nach kurzem Nachdenken schrieb sie in Klammern dahinter: *Extrem ungeschicktes Ablenkungsmanöver!!!*
Sie nickte zufrieden.
In eine neue Zeile schrieb sie:
Versuche, mich einzuschüchtern: nächtliche Besuche mit kleinen Botschaften → *jemand hat Angst, dass ich etwas verrate (was???) oder mich einmische.*
Sie dachte nach.
Ziel der Einschüchterung? schrieb sie dann und kaute auf dem Bleistift herum.
Vermutung 1: Mir so viel Angst machen, dass ich mich ganz still verhalte (dumm: jeder normale Mensch würde

*bei solchen nächtlichen Besuchen die Polizei rufen und
so erst recht die Aufmerksamkeit auf den Fall lenken.)*
Sie überlegte kurz, musste dann grinsen und notierte: *Folgerung: Ich bin also nicht normal.*
*Vermutung 2: In die Kerbe hauen, dass ich verrückt sein
soll. Gartentor ausgehängt, Fußabstreifer umgedreht* →
*klingt verrückt, wenn man es tatsächlich der Polizei er-
zählt.* „Vor allem, wenn mit ‚Polizei' der Brandner
gemeint ist. Das wäre eigentlich gar nicht so dumm
…", überlegte Frau Maier laut.
*Vermutung 3: Mich irgendwann ganz zum Schweigen
bringen, sprich umbringen (unangenehm! Aufpassen!)*

Frau Maier kaute wieder auf ihrem Bleistift herum.
Dieses Notieren gefiel ihr, weil sie die Ordnung liebte, ganz besonders die geistige Ordnung. Ihre Handschrift sah allerdings etwas eingerostet aus, weil sie so
selten zum Einsatz kam. Schließlich gab es niemandem, dem Frau Maier Briefe schreiben oder Notizen
hinterlassen konnte und ihre Einkaufslisten hatte sie
immer im Kopf. Aber das machte jetzt nichts. Die
Gedanken waren im Fluss und die Hand musste einfach mitkrakeln.

Nächtlicher Besucher = Anitas Mörder? schrieb sie als
nächstes. Sie nickte langsam. Davon ging sie eigentlich aus. Sie setzte deshalb zur Bestätigung einen Haken hinter die Zeile.
Nächtlicher Besucher = Anitas Mörder = Inges Angreifer?

Sie nickte wieder. Auch das schien ihr wahrscheinlich. Dann fügte sie in Klammern dazu:

(Gehe von einem Mann als Täter aus.

1. Leiche ist schwer zu schleppen und musste schnell weggeschafft werden.

2. Maskierte Gestalt bei Inge hatte eindeutig männliche Form und Größe).

Sie hatte natürlich keine Beweise, dass die Vorkommnisse der letzten Tage alle irgendwie zusammenhingen, aber an so viele ungewöhnliche Zufälle glaubte sie nicht. Sie glaubte an die Logik. Und es war eher logisch, dass Anitas Mörder sowohl sie in Schach halten wollte als auch Angst hatte, dass Inge irgendetwas verraten könnte.

Das brachte Frau Maier auf eine neue Fährte.

Sie schrieb:

Was weiß Inge?

Sie überlegte lange und notierte dann:

× *Anita wollte ihr etwas sagen*

× *Inge glaubt, es war etwas Schlimmes*

× *Anita hat es ihr aber nicht gesagt*

→ *Inge weiß vermutlich nichts*

Frau Maier hatte keine Ahnung, aber sie vermutete, dass das, was Anita hatte erzählen wollen, etwas mit früheren Zeiten zu tun gehabt hatte. Und dass deshalb auch die Klassenfotos im Gästezimmer griffbereit dagelegen hatten. Wieder blinkte in ihrem Kopf das warnende rote Ausrufezeichen. Und plötzlich fiel ihr noch etwas ein, was sie in den letzten Tagen komplett vergessen hatte! Anita hatte doch etwas mit ihrer Hand umklammert gehalten, als sie da unter Wasser gelegen hatte. Einen Zettel? Ein Taschentuch? Sie hätte sofort danach suchen sollen im Schilf, jetzt war es dafür viel zu spät. Frau Maier verfluchte sich innerlich, aber sie konnte jetzt nichts mehr ändern. *Was hielt Anita im Moment ihres Todes umklammert?* notierte sie langsam. In diesem Moment kamen ihr wieder die Augen von Inges maskiertem Angreifer in den Sinn. Blaue Augen, kalte Augen. Hatte sie sie tatsächlich vorher schon einmal gesehen? Frau Maier fröstelte. Bei dem Gedanken an die Augen wurde ihr unwohl.

Sie legte wieder beide Bilder vor sich hin. Im direkten Vergleich traf es sie mit voller Wucht, wie sehr sich Anita und Evi vom ersten zum zweiten Foto verändert hatten. Diese ernsten, blassen Gesichter, diese erschrockenen Augen auf dem Farbfoto ...

„Was ist nur mit euch beiden passiert?", murmelte Frau Maier. Dann fiel ihr Blick wieder auf Klaus Kecht. Wie er die Anita ansah! Waren die beiden ein Paar gewesen?

Frau Maier seufzte. Im Prinzip wusste sie nichts. Und das hieß: Sie musste irgendwie mehr herausfinden. Auf ihren Block notierte sie:

Nächste Fragen:
1. Wie war Anitas Verhältnis zu Klaus Kecht?
2. Wen hat Anita am Abend vor ihrem Tod getroffen?

Frau Maier überlegte. Sie zögerte. Sie seufzte. Dann zog sie sich ihre Schuhe an und machte sich auf den Weg zur Glaserei Kecht.

V

Über der Ladentür war eine Glocke befestigt, die klingelte, als Frau Maier den Laden betrat. Sie fuhr zusammen. Es war ihr unangenehm, hier zu sein, und unangenehm, dass ihr Kommen so hörbar verkündet wurde. Frau Maier war eigentlich keine schüchterne Person. Aber mit der Kauzinger Geschäftswelt war sie nicht auf Du und Du, weil sie einfach keine zahlungskräftige potenzielle Kundin war. Und keine Einheimische.

Natürlich kannte Frau Maier die Glaserei Kecht am Kirchberg, aber nur von außen. Sie wusste, dass die Brüder Klaus und Franz Kecht sie führten und kannte beide vom Sehen. Sie wusste nur nicht genau, wer der Franz und wer der Klaus war. Und was sie irritierte: Keiner von beiden hatte – so weit sie es hatte erkennen können – irgendeine Ähnlichkeit mit der Nummer elf auf dem Klassenfoto, dem feschen jungen Mann, der nur im Profil zu sehen war.

Es war ganz ruhig im Laden. Freitagnachmittag, eine Stunde vor Feierabend. Im Lager hinter dem Verkaufsraum regte sich jetzt etwas, offensichtlich hatte doch jemand die Glocke gehört. Ein Mann betrat den Raum, er war Mitte bis Ende fünfzig, mittelgroß und behäbig, hatte kaum noch Haare und war sehr blass. Frau Maier rief sich das Foto ins Gedächtnis. Nein, keinerlei Ähnlichkeit. Der Bursche auf dem Bild hatte drahtig ausgesehen, irgendwie schnittig und kantig. Und dieser Mann hier erschien ihr völlig konturlos, verschwommen, schwammig, kraftlos. Wo war nur der junge Klaus geblieben? Falls es der Klaus war und nicht der Franz, der hier vor ihr stand. „Grüß Gott", sagte der Mann und musterte sie kurz. Bestimmt kannte auch er sie vom Sehen.

„Grüß Gott, Herr Kecht ...", fing Frau Maier an und räusperte sich verlegen. „Sie sind doch der Herr Kecht stimmt's? Ich weiß nur nie, ob der Klaus oder der Franz ...?"

Sie lächelte. Er sah sie genauer an. „Der Klaus bin ich ... Kennen wir uns vielleicht von früher?" Es klang leicht misstrauisch. Jetzt nur nichts Falsches sagen, dachte sie.

Sie antwortete: „Vom Sehen her bestimmt, wir waren ja alle auf der selben Schule hier und haben alle so lange hier gewohnt. Ich bin die Frau Maier vom kleinen Haus am See. Da, wo der Spazierweg aufhört und das Wäldchen anfängt."

Klaus runzelte die Stirn. „Dann sind Sie doch die, die die Anita gefunden hat? Angeblich?", fragte er scharf. Oh je, dachte Frau Maier. Das Gespräch verlief irgendwie anders als geplant. Aber immerhin: Sie wusste jetzt schon, dass er der Klaus Kecht, die

Nummer elf, war – und sie waren unerwartet schnell beim Thema Anita angelangt. Trotzdem: Klaus wirkte eindeutig misstrauisch, wenn nicht sogar wütend.

„Ja, das stimmt", sagte sie leise. „Ich habe sie gefunden."

Klaus schwieg längere Zeit. Er sah aschfahl aus.

„Geht es Ihnen nicht gut?", fragte sie sanft.

Klaus sah auf. „Doch, doch, passt schon. Und wie kann ich Ihnen helfen?" Er war jetzt zum Geschäftston übergegangen.

„Ich … äh … Ich wollte mich erkundigen, wie viel es wohl kosten würde, die Fenster an meinem Haus austauschen zu lassen?"

„Das kann ich so natürlich nicht sagen. Da müsste ein Mitarbeiter vorbeikommen und sich das alles vor Ort anschauen. Anzahl der Fenster, Größe und so weiter."

Er spulte seinen Text ab, weil er ihn schon tausende von Malen aufgesagt hatte, aber es war offensichtlich, dass er überhaupt nicht bei der Sache war. Er sah aus dem Fenster auf die Straße, die an seinem Laden vorbei bis zur Kirche führte. Nein, dachte Frau Maier. Er sieht nicht die Straße, er sieht etwas, das weit, weit weg ist.

Klaus Kecht sah unendlich traurig aus und sie bemerkte jetzt die tiefen Furchen, die sich um seinen Mund herum eingegraben hatten. Ganz leise murmelte er: „Dabei war ich doch am Sonntagabend noch mit ihr zusammen …"

Frau Maier setzte alles auf eine Karte und fragte: „Ach, wirklich, Sie kannten sich?"

„Ja, aus der Schule … das ist lange her. Wir waren sehr eng befreundet, die Anita und die Evi und der Josef und ich. Und dann ist ja das mit der Evi passiert … So eine Sauerei das alles!"

Frau Maier wusste jetzt nicht mehr, was sie sagen sollte.

„Sauerei?", wiederholte sie lahm.

„Ja, da sollten Sie mal den alten Pfarrer Huber fragen, wie der den Mädchen und uns allen das Leben zur Hölle gemacht hat mit seiner Bigotterie. Bis nach Amerika hat er sie getrieben, die Evi." Seine Stimme hatte sich kontinuierlich gesteigert und den letzten Satz hatte Klaus Kecht herausgeschrien und dazu seine Hand auf den Tisch gedonnert. Dann ließ er sie einfach stehen und ging zurück ins Lager. Er wollte wohl nicht mehr wissen, wann ein Mitarbeiter zum Begutachten der Fenster kommen sollte. Umso besser, dachte Frau Maier. Ihre Ersparnisse hätten nicht einmal ausgereicht, um eine einzige Scheibe auszutauschen.

VI

Mittlerweile war es dunkel geworden. Langsamer als sonst ging Frau Maier den Weg durchs Dorf und am See entlang zu ihrem Haus zurück. Sie war todmüde. Dieser Tag mit den Kopien und dem Überfall und dem Besuch in der Glaserei erschien ihr so lang wie eine ganze Woche. Ihre Beine waren schwer und in diesem Augenblick konnte sogar das dunkle und stille Wasser, ihr geliebter See, kaum ihr Interesse wecken. Sie warf trotzdem einen Blick auf die schwarze, ruhige Spiegelfläche und versuchte, an nichts zu denken. Aber sie schaffte es nicht. Sie dachte daran, wie traurig der Klaus Kecht ausgesehen hatte. Und wie wütend er war. Warum? Und auf wen? Wirklich nur auf den Herrn Pfarrer? Oder vielleicht auf Anita? Hatte sie ihn damals für den Ami verlassen? Wäre das sogar ein mögliches Motiv?

Frau Maier atmete tief die kühle Abendluft ein und aus. Und sie dachte daran, dass sich die Anita am Abend vor ihrem Tod offensichtlich mit dem Klaus getroffen hatte.

Endlich zurück in ihrem kleinen Haus bemerkte sie, dass sie nicht nur todmüde, sondern auch völlig durchgefroren war. Es war wieder viel kälter geworden. Der Winter wollte wohl noch einmal seine Krallen ausfahren und das Feld nicht kampflos dem Frühling überlassen.

Frau Maier kochte sich einen Kaffee und machte

sich Käsebrote mit Essiggurken. Dann zog sie sich eine riesige Strickjacke und Pantoffeln über und setzte sich in ihren abgewetzten, grünen Cordsessel. Sie schloss die Augen. Endlich Ruhe, endlich Stille. Sie atmete ein, aus, ein, aus …

Nein! Es wollte nicht klappen mit der Ruhe, denn ihre Gedanken fuhren Karussell. Anitas blaue Augen unter Wasser, das tanzende Blaulicht auf dem See. Die blauen Augen im Gesicht mit der Strumpfmaske. Die nächtlichen Geräusche, das Fahrrad, die Fußmatte. Inge, Anita, Klaus. Und Evi. Evi.

Mit einem Ruck setzte sich Frau Maier gerade hin und riss die Augen auf. Wieso war ihr das nicht früher aufgefallen? Als Klaus so abwesend gewirkt hatte, als er so aschfahl und traurig ausgesehen hatte, da hatte er zwar auch von der Anita gesprochen, aber hauptsächlich von der Evi. *Bis nach Amerika hat er sie getrieben, die Evi,* hallte es in ihrem Kopf wider. *Und dann ist ja das mit der Evi passiert …*

Sie sprang auf und lief in die Küche. Mit der Lupe sah sie sich das Klassenfoto noch einmal an. Ja, es stimmte: Klaus schaute zur Seite, in Anitas Richtung, die neben ihm saß. Neben ihr aber wiederum, leicht nach vorne gebeugt, saß die Evi. Und der Klaus – ja, natürlich! Wenn man genau hinsah, dann erkannte man es: Er schaute mit diesem versonnenen Blick an der Anita vorbei und direkt die Evi an.

Frau Maier ließ sich auf den Küchenstuhl sinken. Jetzt war sie so schlau wie vorher. Der Verdacht gegen

Klaus Kecht verflüchtigte sich. Gut, Anita und Klaus hatten sich getroffen am Sonntag. Aber das konnte ja auch freundschaftlich gewesen sein. Oder sie hatte mit ihm reden wollen. So, wie sie eigentlich auch mit Inge hatte reden wollen. Ob Klaus sie wohl hatte reden lassen?

Der Klaus war in die Evi verliebt gewesen, da war sich Frau Maier plötzlich sicher. Bis dann „die Sache" passiert war. Damit hatte er wohl gemeint, dass die Evi so plötzlich nach Amerika ausgewandert war.

Aber wie brachte sie das jetzt im Fall Anita weiter? „Gar nicht", seufzte sie. Sie nahm sich noch einmal das Bild vor. Es war ihr einziger Anhaltspunkt. Sie dachte daran, wie es ganz oben auf dem Papierberg in Anitas Zimmer gelegen hatte und der rote Kringel mit dem dicken Ausrufezeichen leuchtete ihr wieder wie ein Warnsignal entgegen. Das musste doch etwas zu bedeuten haben! „Worüber wollte die Anita mit ihrer Schwester reden?", flüsterte Frau Maier und starrte jede einzelne Person auf dem Foto an, als würde sie von einer von ihnen eine Antwort erwarten.

Vierzehn Schüler waren es, sechs Mädchen und acht Buben. Frau Maier konzentrierte sich auf die Buben. Ihr Gefühl sagte ihr, dass die ganze Sache irgendetwas mit einem Mann zu tun hatte. Und weil sie davon ausging, dass der nächtliche Besucher auch der Mörder war, musste es ein Mann sein. Logisch.

Klaus Kecht hakte sie ab. Seit sie begriffen hatte, dass er in die Evi verliebt gewesen war, verdächtigte

sie ihn nicht mehr. Oder war das vielleicht ein großer Fehler? Es war ja nur ihr Gefühl. Aber er hatte
schließlich auch sofort zugegeben, dass er sich mit
der Anita getroffen hatte. Und wie er über die Evi
geredet hatte … Die Evi hatte ihn doch interessiert,
nicht die Anita. Oder? Frau Maier seufzte. Es war
schwerer, irgendjemanden auszuschließen, als sie gedacht hatte. Sie schaute weiter. Maxi Gmeinwieser,
den kannte sie. Der war aber vor drei Jahren gestorben. Haken. Endlich einmal ein Haken, der absolut
sicher ist, dachte sie und fragte sich gleich darauf, ob
dieser Gedanke wohl sehr pietätlos war.

Franz Bleihammer war der nächste auf dem Klassenfoto. Der Franz! „Ich hab ja gar nicht gewusst,
dass der um einige Jahre jünger ist als ich", murmelte
Frau Maier erstaunt. Sie sah den rundlichen Mann
mit der Glatze und dem gutmütigen Gesicht vor
sich. Die Bleihammers waren Nachbarn vom Fischer-
Karli und die beiden Familien waren seit Jahrzehnten
eng befreundet. Würde der dicke Franz nachts mit
einer Skimaske um die Häuser schleichen? Und würde er so fix über Gartenzäune klettern wie es Inge
Grafs unheimlicher Angreifer getan hatte? Frau Maier schüttelte langsam den Kopf und wandte sich wieder dem Klassenfoto zu. Albert und Erwin Meyr, die
Zwillinge. Sie lächelte. Die waren in ganz Kauzing
bekannt gewesen wie die bunten Hunde. Eineiige
Zwillinge und noch dazu beide Top-Skifahrer. Der
Erwin war weggezogen, irgendwo nach Österreich.

Das musste aber noch nichts heißen. Er konnte ja trotzdem in Kauzing sein. Sie musste sich erkundigen, ob er vielleicht gerade zu Besuch bei seinem Bruder war, der noch im Dorf wohnte. Albert saß nach einem schweren Skiunfall allerdings im Rollstuhl. Er konnte also zumindest nicht der maskierte Mann sein, der Inge überfallen hatte. Blieb noch Fred Kirchner, den sie nicht kannte. Fragezeichen, notierte sich Frau Maier im Geiste. Und wen gab es noch? Josef Neuhauser und Kurt Huber. Das waren alle Buben der Klasse. Frau Maier wollte das Bild schon weglegen, da durchzuckte sie eine Erinnerung: *Wir waren sehr eng befreundet, die Anita und die Evi und der Josef und ich.* Natürlich! Der Josef – das konnte vielleicht Josef Neuhauser sein. Die Nummer fünf auf dem Foto, ein strahlender Bursche mit blonden Locken. Vielleicht waren ja die Evi und der Klaus verliebt gewesen und die Anita und der Josef?

Es war nur ein dünner Strohhalm, aber es war besser als nichts. Sie musste versuchen, den Josef Neuhauser zu finden. „Aber heute nimmer", sagte sie sich und gähnte. Sie war todmüde. Nach einer Katzenwäsche, die für jede echte Katze eine Beleidigung gewesen wäre, kroch sie in ihr weiches Bett mit der Daunendecke und der zusätzlichen warmen Wolldecke. Nach zehn Sekunden war sie eingeschlafen.

VII

Im Kircherl war es düster. Eine einzige Kerze brannte. Er kauerte auf der Holzbank. So ein verdammter Mist! Er zog sein Taschenmesser heraus und begann, eine zweite Kerbe zu ritzen. Direkt neben die erste. Obwohl er es eigentlich nicht durfte, denn er hatte die Sache ja nicht erledigt. Nicht zu Ende gebracht. Und einen Strich macht man nur auf die Liste, wenn eine Sache wirklich erledigt ist, das war ihm klar. „Ordnung ist das halbe Leben", murmelte er. Verfluchte Alte! Er konnte sich beim besten Willen nicht erklären, wieso sie ihm ständig in die Quere kam. Der Drang, sie zu töten, wurde immer mächtiger. „Aber Vorsicht, Vorsicht", flüsterte er ins Halbdunkel hinein. Wenn er sie töten würde, würde er vielleicht doch noch jemanden auf sich aufmerksam machen. Diese verbiesterte Schwester der blonden Nutte hätte er umbringen dürfen, ja sogar müssen. Sie war definitiv eine Gefahr für ihn. Aber die dicke Alte, die nervte nur. Die wusste ja nichts. Und das mit der Leiche, das glaubte ihr ja anscheinend auch niemand. „Du kannst dich auf mich verlassen! Wirklich, das kannst du!", flüsterte er eindringlich in die leere Kirche hinein.

Nach Einbruch der Dunkelheit war er noch einmal am Haus der Schwester vorbeigegangen. Er hatte auf eine Gelegenheit warten wollen, die Sache doch noch zu einem sauberen Abschluss zu bringen. Aber alles war dunkel gewesen, das Haus wirkte verlassen und die Garage war leer. Verfluchter Mist.

Aber er musste jetzt ruhig bleiben und möglichst still halten. Aber die dicke Alte, die würde er weiterhin wenigstens quälen. „Das musst du mir erlauben, wenigstens das, bitte!", flehte er und lauschte im Dämmerlicht der Kirche auf eine Antwort.

VIII

In dieser Nacht wachte Frau Maier auf und war irritiert von der absoluten Stille um sich herum. Normalerweise hätte sie das natürlich nicht irritiert, sie wohnte schließlich in einem einsamen Haus am See. Aber in den letzten Nächten war der unbekannte Besucher mehrmals da gewesen – und ihre Sinne warteten auf ihn. Die Ohren lauschten, die Augen starrten in die Dunkelheit. Nichts. War er vielleicht schon wieder weg? Immerhin hatte sie geschlafen wie ein Stein. So tief, wie lange nicht mehr.

Sie stand auf und zog sich ihren Bademantel an. Sie ging zum Fenster. Alles war dunkel und still, im Mondlicht konnte sie durch die kahlen Bäume das Wasser schimmern sehen. Frau Maier nahm sich die Taschenlampe vom Nachtkästchen und ging langsam die Treppe herunter und ins Wohnzimmer.

Stille. Nicht einmal die Katze war da. Ohne Licht zu machen, ging Frau Maier zum Regal und holte das gerahmte Bild aus der Schachtel. Lange sah sie im Schein der Taschenlampe den jungen Mann auf dem Foto an. Er hatte eine kurze Lederhose an und ein Hemd mit hochgekrempelten Ärmeln. Seine Arme waren muskulös und er hielt einen großen Fisch in den Händen, den er stolz in Richtung des Fotografen streckte. Der Fisch starrte aus seinen toten Augen scheinbar erstaunt in die Kamera. So, als hätte er noch nicht recht begriffen, dass man ihn seinem Element, dem Wasser, entrissen hatte. Die Haare des jungen Mannes waren dunkel und standen wild zu Berge. Er lachte. Nein, er lachte nicht nur: Sein ganzes Gesicht war ein einziges Lachen. Die Augen, die Nase, der Mund – selbst die Ohren schienen mit zu lachen. Sanft streichelte Frau Maier durch das Glas sein Gesicht. „Warum?", flüsterte sie. „Warum nur?"

Sechstes Kapitel
Samstag

I

Am Samstag wachte Frau Maier mit dem Gefühl der unbestimmten Unruhe auf, das wohl beschlossen hatte, ihr neuer, ungebetener Begleiter zu werden. Kaum machte Frau Maier die Augen auf, schien die Unruhe schon am Bettrand zu warten und zu feixen: „Ätsch, ich bin schon da, ich war schneller!"

Langsam zog sie sich ihren Bademantel an und ging ans Fenster. Der Garten lag friedlich da – kein Fahrrad in der Mitte oder sonst irgendwo zu sehen – und das Gartentor war genau da, wo es hingehörte. Durch die kahlen Bäume blinzelte der See ihr einen bläulichen Morgengruß zu. Trotzdem fühlte sich Frau Maier unbehaglich. Sie machte das Fenster auf und die frische Luft tat ihr gut. Der Winter hatte die Krallen über Nacht doch wieder eingefahren und es war ein wenig wärmer geworden. Sie dachte an die Fische, die sich aus ihrer winterlichen Starre lösen und voller neuer Kraft im blauen Wasser herumflitzen würden. Und sie dachte an einen silbernen Fisch, der keiner gewesen war … einen silbernen Fisch, der unter Wasser leise winkte …

„So ein Schmarrn", brummte Frau Maier und machte das Fenster energisch zu. Es wurde Zeit, dass sie sich anzog und etwas Nützliches tat, dann würde sie auch nicht mehr auf dumme Gedanken kommen.

Etwa eine Stunde und drei große Käsebrote später machte sich Frau Maier auf den Weg zum Supermarkt. Sie brauchte ein paar neue Vorräte – und sie wollte sich ein bisschen mit dem Seppi unterhalten, denn der kannte nun wirklich Gott und die Welt. Vielleicht konnte sie noch etwas über Anitas Klassenkameraden herausfinden.

Wieder eine gute Stunde später trug sie ihren Einkaufskorb am Ufer entlang und freute sich über das leise Plätschern des Sees. Das Geräusch hatte so etwas Vertrautes, Vertrauliches – als würde der See leise etwas erzählen, das nur für ihre Ohren bestimmt war. Die Luft roch klar und frisch und Frau Maier glaubte immer noch, bereits einen Hauch von Vorfrühling darin zu spüren. Und zusätzlich war sie sehr zufrieden mit sich und ihren Ermittlungen, denn ihr Besuch im Supermarkt war erstaunlich erfolgreich gewesen.

Erstens hatte sie frische, geräucherte Forelle zum halben Preis bekommen, weil sie vor dem Wochenende noch weg musste. Zweitens hatte sie dem Seppi ganz einfach die Namen der Klassenkameraden genannt, über die sie noch etwas in Erfahrung bringen musste und siehe da! Der Fred Kirchner war irgendein entfernter Verwandter seiner Nachbarn. Genau hatte Frau Maier die Zusammenhänge nicht verstanden, aber fest stand, dass er dem Seppi ein Begriff war. Er war nämlich nach Australien ausgewandert und per Computer erreichten die Familie in Kauzing – und damit auch sämtliche Nachbarn – die tollsten Geschichten aus der großen weiten Welt. Erst gestern hatte die Nachbarstochter dem Seppi erzählt, dass der Fred sich gemeldet und vom Sommer geschwärmt hatte, der jetzt dort in Australien herrschte. Irgendwo am anderen Ende der Welt. Frau Maier hatte höflich genickt, obwohl ihr Australien ziemlich egal war. Alles, was sie interessierte, war: Sie konnte wieder einen Namen von der Liste streichen.

Der dritte und vielleicht größte, weil so unerwartete Erfolg, hatte sich aber am Regal mit dem Klopapier ereignet. Ein Herr im Rollstuhl hatte sie um Hilfe gebeten und als Frau Maier ihm das Papier vom Regal geangelt hatte, da hatte sie ihn plötzlich erkannt. Es war der Albert, der eine Teil der Meyr-Zwillinge! Das konnte kein Zufall sein, diese Chance musste sie ergreifen.

„Ich kenne Sie noch von früher", sagte sie freundlich, „Sie und Ihr Bruder waren ja direkt berühmt."

Der Mann im Rollstuhl sah sie an und sie erschrak wegen der Bitterkeit in seinen Augen.

„Ja, und während mein Bruder seit einer Woche in der Schweiz die Skitour seines Lebens geht, hocke ich hier und kann nicht mal das scheiß Klopapier aus dem Regal holen. Auf Wiederschaun."

Mit diesen Worten war er weggerollt und Frau Maier hatte sich sehr schlecht gefühlt und sich auch ein bisschen geschämt, ohne wirklich zu wissen, warum.

„Jedenfalls ist er nicht zu Besuch in Kauzing, der Erwin", murmelte sie, als sie die letzten Meter zu ihrem Haus zurücklegte. „Dann bleibt noch der Kurt Huber. Und der Josef Neuhauser, aber der ist ein Sonderfall." Denn immerhin war er vielleicht Anitas Jugendliebe gewesen. Um den Josef Neuhauser musste sie sich besonders bemühen.

II

Die Unruhe war hartnäckig. Frau Maier auch. Erstere waberte durch das sonst so friedliche Haus am See wie ein schwacher, aber doch sehr unangenehmer Geruch, der sich in allen Zimmern festsetzte und sich nie ganz vertreiben ließ, so sehr man auch versuchte, gründlich zu lüften. Zweitere hielt sich mit großer Disziplin den ganzen Tag über beschäftigt, um der Unruhe nicht nachgeben zu müssen. Als sie eingekauft, gekocht, gegessen, abgespült, Schuhe geputzt, mit der Katze gespielt und das Kreuzworträtsel der Samstagszeitung gelöst hatte (mit Eieruhr!), war es Abend geworden. Die Dunkelheit kroch vom See her auf das Haus zu und hatte es bald vollständig umschlossen.

Da nahm sich Frau Maier ihr Archiv vor.

Das Archiv bestand aus mehreren Schuhschachteln, in denen Frau Maier im Laufe der Jahre und Jahrzehnte alles gesammelt hatte, was ihr für das Kauzinger Leben bedeutsam erschien. Zeitungsausschnitte über Gemeinderatswahlen, Interviews mit den letzten drei Bürgermeistern, Berichte über gemeinnützige Vereine und Kunstausstellungen, Heirats-, Tauf-, und Todesanzeigen. Es machte ihr Spaß, Dinge zu sammeln, und wegen ihrer großen Neu- und Wissbegier boten sich Informationen als Sammelobjekte geradezu an.

Und sie hatte Zeit. Viel Zeit. Zu viel Zeit vielleicht?

Beim Kramen in ihrem Archiv vergaß Frau Maier normalerweise alles um sich herum. Erinnerungen stiegen hoch, sie konnte sich auch nach vielen Jahren noch für Artikel über Streitereien im Gemeinderat oder die Renovierung der Kauzinger Kirche interessieren. Nie sah sie sich alles an. Sie zog hier ein Foto und da ein Stück Papier vor; las manche Artikel ausführlich und andere gar nicht. „Alte Bauernregeln", murmelte sie und lächelte. „Warum um Himmels willen habe ich die denn aufgehoben?"

Das Archiv erwies sich als gute Waffe gegen die Unruhe. Aber nicht als perfekte. Immer wieder hob Frau Maier den Kopf, spitzte die Ohren, spähte aus dem Fenster in die Dunkelheit. Immer wachsam, immer bereit, die Gefahr rechtzeitig zu wittern.

Es war schon spät, als Regentropfen anfingen, gegen das Fenster zu pochen. Frau Maier ging zum Fenster und spähte in den dunklen Garten. Die Tropfen verwandelten sich auf dem Weg zur Erde in Schneematsch, der in großen weißen Flecken laut auf die Scheiben klatschte. Sie machte die Vorhänge fest zu, ging zurück zu ihrem Archiv, das sie auf dem Wohnzimmerboden ausgebreitet hatte, und wickelte ihre Patchwork-Decke fester um sich. Dann nahm sie einen großen Schluck heißen Kaffee – den sie so spät eigentlich nicht mehr trinken sollte! – und seufzte. „Todesanzeigen, Todesanzeigen, Todesanzeigen. Oh mei, oh mei." Sie schüttelte den Kopf. Es war ihr noch nie so sehr aufgefallen wie heute, dass sie so unendlich viele Todesanzeigen aufgehoben hatte. Oder fiel es ihr heute nur auf, weil der Tod sie momentan so beschäftigte? Oder hatte er sie vielleicht schon immer beschäftigt? Mehr als andere Menschen? Mehr als andere Menschen, die ein ausgefülltes Leben hatten?

Frau Maier fröstelte trotz der warmen Decke. *Wissen Sie, was ich glaube? Sie sind einfach zu viel alleine, haben eine lebhafte Fantasie und wollten endlich einmal Aufmerksamkeit bekommen!* Die Worte vom Kommissar Brandner schossen ihr mit einer Schärfe durch den Kopf, die sie zusammenzucken ließ.

Und wenn er doch Recht hatte? Wenn sie so viel alleine war, dass sie überhaupt kein eigenes Leben mehr lebte, sondern sich nur mit den Todesfällen irgendwelcher Leute beschäftigen konnte, die sie kaum kannte?

Eilig wollte Frau Maier die Anzeigen wegpacken, da stutzte sie plötzlich. Sie hatte gerade etwas Wichtiges übersehen, da war sie sich mit einem Schlag ganz sicher! Irgendetwas war da gewesen, irgendeine Information hatte in ihrem Gehirn Alarm geschlagen.

Aber sie war zu langsam gewesen. Ihre Hände waren bereits dem um Sekundenbruchteile früher erfolgten Befehl ihres Gehirns gefolgt, die Anzeigen zu einem Stapel zu bündeln und sie wieder in der Schachtel verschwinden zu lassen.

Fieberhaft ging Frau Maier die Anzeigen noch einmal durch. Was war es nur gewesen? Was hatte sie gesehen? Was nur? Sie entdeckte nichts, was ihr irgendwie wichtig erschien und wollte schon fast aufgeben, da hielt sie plötzlich die Todesanzeige eines Herrn Kurt Huber in der Hand. Sie warf einen schnellen Blick auf das Geburtsdatum. Natürlich, das konnte hinkommen. Das musste der aus Anitas Klasse sein.

Wieso nur hatte sie seine Todesanzeige vor fünf Jahren ausgeschnitten und ins Archiv gelegt? Weil sie ihn entfernt von der Schule her gekannt hatte? Das ist wirklich armselig, dachte sie und fühlte sich plötzlich sehr, sehr traurig.

III

Später, als sie mit Elvis und der Katze auf dem Sofa lag und versuchte, einen Krimi zu lesen, konnte sie sich kaum auf einen Satz konzentrieren.

Sie war immer noch traurig. Und sie war immer noch unruhig. Vor allem aber hatte sie immer noch das Gefühl, etwas Wichtiges übersehen zu haben. Etwas viel Wichtigeres noch als die Todesanzeige vom Kurt Huber. Einen verborgenen Hinweis, eine Ahnung ... Was war es nur gewesen? Doch so sehr sie sich auch bemühte, das fehlende Puzzleteil wollte nicht in ihren Kopf zurückkehren.

Und zu allem Überfluss hatte sie jetzt auch noch Herzklopfen vom vielen Kaffee.

Siebtes Kapitel
Sonntag

I

So sehr sie am nächsten Morgen auch suchte, sie konnte wieder keine Spur eines nächtlichen Besuches entdecken. Das verwirrte sie. Was war passiert? Warum war sie nicht mehr interessant für ihn? Es gab nur eine Erklärung: Er glaubte, die Sache mit der Leiche hätte sich erledigt und niemand hätte ihr geglaubt.

„Freu dich nicht zu früh", murmelte sie, als sie im Schneematsch einmal rund um ihr Haus stapfte. Immerhin galt Anita jetzt als vermisst und wenn die Polizei erst einmal intensiv suchte, dann würde sie vielleicht auch die Leiche finden. Und sobald es eine Leiche gäbe, gäbe es auch eine Mord-Ermittlung. Obwohl Frau Maier eigentlich nicht daran glaubte. Sie vermutete Anita am Grund des Sees.

Es war Sonntag, und nach einer starken Tasse Kaffee und einem Brot mit Speck beschloss Frau Maier, in die Kirche zu gehen. Sie ging gerne in die Kirche, normalerweise allerdings nicht am Sonntag. Lieber am Samstagabend. Am Sonntag waren alle echten Kauzinger da – und sie war ja keine. Dass sie im Dorf am See wohnte, seit sie vier Jahre alt war, spielte keine Rolle. Ihre Eltern waren Fremde gewesen, also war und blieb sie es auch. Aber heute war ihr nach Gesellschaft und nach Singen zu Mute und beides konnte der Gottesdienst ihr bieten. Je näher sie der Kirche kam, desto mehr Menschen sah sie auf der Straße.

Auch, wenn die Kirche bei weitem nicht mehr so gut besucht war wie zu ihrer Jugendzeit, so gab es doch immer noch viele alt eingesessene Dorfbewohner, für die der Kirchgang in Tracht am Sonntag ein festes Ritual war. „Grüß Gott!", grüßte Frau Maier jeden freundlich, der ihr begegnete. Seltsam, in solchen Situationen fühlte sie sich wieder unsicher und schüchtern – so wie vor sechzig Jahren. Und das, obwohl sie doch längst gelernt hatte, als Außenseiterin zurechtzukommen.

Von der Messe bekam sie nicht viel mit, weil sie ständig an Anita und Evi denken musste. Aber es war beruhigend, die Worte und Gebete an sich vorbeiplätschern zu lassen und die Anwesenheit der anderen Menschen zu spüren. Die Lieder allerdings sang Frau Maier aus Leibeskräften mit. In den Kirchenchor hatte sie als Jugendliche leider nicht gedurft, weil angeblich kein Platz im Alt mehr frei gewesen war. Sie hatte damals aber zufällig mitbekommen, wie die Metzgers-Tochter aus der Parallelklasse eine Woche später eingetreten war. Sie sang Alt.

Durch die hohen Kirchfenster fiel blasses, kaltes Winterlicht herein. Ein paar Sonnenstrahlen hatten ihren Weg durch die Wolkendecke gefunden und waren genau auf Frau Maiers Lieblingsbild gerichtet, eine der Votivtafeln im Kirchenschiff.

Darauf konnte man den vom Sturm gepeitschten See sehen, voller dunkler, fast schwarzer und wütender Wellen. Oben auf den Wellen tanzte wie eine

Nussschale ein kleines Fischerboot und alle vier Mann waren über Bord gegangen. Einer klammerte sich verzweifelt an ein Ruder, ein anderer ans Boot. Einer winkte und schrie um Hilfe und vom vierten Fischer waren nur noch die Arme zu sehen, denn er war schon dem Ertrinken nahe. Rechts im Bild war Kauzing gemalt, das damals offensichtlich nur aus der Kirche im alten Pfarrhof und ein paar wenigen Häusern bestanden hatte. Frauen und Kinder standen verzweifelt am Seeufer und mussten hilflos zusehen, wie ihre Männer, Väter oder Brüder ertranken. Eine Frau war auf die Knie gesunken und schickte ein Stoßgebet zum Himmel.

Und das Gebet würde erhört werden. Das wusste der Betrachter des Gemäldes bereits, auch wenn es die Figuren darauf noch nicht wissen konnten. Denn über allem, auf einer Wolke, schwebte die Heilige Jungfrau Maria. Sie hatte schützend ihre Hände ausgebreitet, aus denen goldene Strahlen direkt zu den Ertrinkenden führten. Die Rettung war nah.

Was Frau Maier an diesem Bild so faszinierte, war aber nicht die Maria mit ihren schützenden Strahlen. Es war die Darstellung des Sees. So nährend und lebensnotwendig auf der einen Seite, denn unten im schwarzen Wasser konnte man eine große Zahl an silbernen Fischen schwimmen sehen. Und so gefährlich und unheilvoll auf der anderen Seite.

„Maria sei Dank für die wunderbare Rettung" stand unten auf dem Bilderrahmen. Zu allen Zeiten waren die Fischer in Kauzing auf Schutz und Hilfe angewiesen gewesen. Die Fischer ... die Fischer.

Frau Maier sah sich um: Die Kirche war fast leer, der Gottesdienst längst vorbei. Sie wartete, bis die letzten Gläubigen gegangen waren, dann kramte sie aus ihrem spärlich gefüllten Geldbeutel fünfzig Cent hervor. Sie warf die Münze in den Opferstock und zündete eine Kerze an: „Bitte beschütze mich!", flüsterte sie und schloss die Augen. „Beschütze mich vor dem nächtlichen Unbekannten und führe mich auf die richtige Spur zu Anita."

Draußen blieb sie wie immer noch kurz an den Gedenktafeln mit den Namen der Kauzinger, die in den Weltkriegen gefallen waren, stehen. Es war einfach unglaublich: Da standen immer die gleichen Namen. Der Enzberger, Franz, gefallen 1914. Und der Enzberger, Franz, vermisst in Russland 1944. Und heutzutage gab es auch einen Enzberger, Franz, in Kauzing, dem die Dorfwirtschaft gehörte. Nächstes Jahr wollte sie aber sein Sohn, der Enzberger, Franz, übernehmen. Und dann gab es da auf der Gedenktafel unterschiedliche Eidenbichlers, Deisenhofers und Kirchmayers. Dreimal den Huber, Josef. Zweimal einen Dirnberger, Alois. Das alles waren Väter und Söhne und Brüder, sie alle waren aus den gleichen, alt eingesessenen Familien, die es hier immer gegeben hatte und immer geben würde. Nirgendwo verstand Frau Maier besser, was es hieß, ein echter Einheimischer zu sein. Oder eben nicht.

Frau Maier fröstelte. In der kurzen Zeit, seit sie gestern Morgen noch gedacht hatte, es würde endlich wärmer werden, waren die Temperaturen deutlich gesunken. Es war jetzt wieder richtig frostig und der Frühling schien in weite Ferne gerückt zu sein. Die Fische mussten mit ihren Frühjahrstänzen noch warten.

Plötzlich nahm sie aus dem Augenwinkel eine Bewegung wahr. Jemand näherte sich ihr, und zwar sehr schnell und sehr zielstrebig. Sie fuhr herum.

Da stand er schon neben ihr, direkt neben ihr. Ihr Herz klopfte wie wild. Wie aus dem Nichts war er aufgetaucht.

„Wie geht's dir denn?", fragte er sie mit seiner rauen Stimme und sah verlegen aus.

„Danke, Karli, mir geht es gut. Und dir?"

Wie sie es hasste, mit ihm höfliche Konversation zu machen. Er offensichtlich auch, denn er sah sie jetzt forschend an und hakte nach: „Nein, irgendwas stimmt doch nicht, das merke ich doch. Du warst die ganze Woche nicht da und hast keinen Räucherfisch geholt und ..."

„Und?"

„Und dann habe ich das mit der Leiche von der Anita gehört und außerdem schaust du müde aus." Er streckte ihr ein in Papier gewickeltes Päckchen hin. „Ist frisch geräuchert", sagte er ein bisschen verlegen. „Die Hechte beißen zurzeit ganz gut."

„Bist du extra hergekommen zur Kirche, um mich zu treffen?", fragte sie leise.

„Ja natürlich, was glaubst denn du?", antwortete er und seine Stimme klang noch rauer als sonst. „Ich bin das nicht gewohnt ... eine ganze Woche ohne dich."

Ach, Karli, dachte Frau Maier. Das hättest du so viel einfacher haben können. Laut sagte sie: „Das ist lieb, dass du dir Gedanken machst, aber ich pass' schon auf mich auf. Mache ich ja schon so lange, weißt du." Und sie lächelte, aber ihre Stimme klang traurig und das ging dem Fischer-Karli durch Mark und Bein.

II

Frau Maier ging den Kirchberg hinunter, an der Schule vorbei, am kleinen Supermarkt vorbei, am Wirtshaus vorbei. Die Straßen waren jetzt beinahe wie leer gefegt: Sonntagmittag, Bratenzeit. Nur eine Mutter zerrte auf der anderen Straßenseite an jeder Hand ein Kind hinter sich her und ermahnte zur Eile: „Herrschaftszeiten, jetzt geht's amoi weida!" Bestimmt wartete in irgendeinem Haus hier im Dorf schon die Oma mit dem Braten.

Das wäre schon schön, einmal jemandem ein Sonntagsessen zu servieren ... Jetzt kam ihr noch ein junger Mann entgegen, der etwas verloren und ziellos die Straße entlangging. Frau Maier fühlte sich direkt solidarisch mit ihm: Bestimmt hatte auch er nieman-

den, mit dem er einen Braten essen konnte. So wie
sie. Obwohl, das stimme ja gar nicht, sie hatte ja immerhin die Katze! Frau Maier lächelte beim Gedanken daran, wie die Zunge der Katze in einem schier
unmöglich scheinenden Radius über das ganze Maul
und Gesicht fuhr, wenn es ihr geschmeckt hatte. Sie
lächelte den jungen Mann an, aber der reagierte gar
nicht. Ob er wohl traurig war, einsam? Oder einfach
nur in Gedanken versunken?

Frau Maier setzte ihren Weg durchs Dorf be-
schwingt fort. Heute ging ihr die Begegnung mit
dem Fischer-Karli nicht so nahe wie sonst. Es gab
momentan eben Dinge, die sie mehr oder zumindest
genauso sehr interessierten. Zum Beispiel der Neuhauser Josef. Als sie an der Post vorbeikam, fiel ihr
Blick auf die letzte Telefonzelle im Dorf, die noch
eine richtige Kabine war, mit Telefonbuch. So wie
früher eben. Sie ging langsamer. Sie überlegte. Sie
ging zur Telefonzelle.

K, L, M. Neuberger, Neudorfer, Neuhauser. Sieben
gab es nur in Kauzing, da hatte sie mit mehr gerechnet. Ein Josef war nicht dabei, aber probieren musste
sie es trotzdem. Sie holte Münzen aus ihrer Geldbör-
se und atmete tief durch. Neuhauser, Alois war der
erste. Es klingelte und sofort wurde der Hörer ab-
genommen. Ob sie wohl gerade beim Braten störte?
„Ja, Grüß Gott, ich hätte gerne den Neuhauser Josef
gesprochen", sagte sie und bemühte sich, dabei ganz
selbstverständlich zu klingen. Es schien zu funktio-

nieren, denn der Neuhauser, Alois, fragte nicht nach, wer sie denn überhaupt wäre und was sie das anginge.

„Den gibt's bei uns ned", brummte er und legte auf.

„Auch Recht, auf Wiederhören", sagte Frau Maier in die Stille des Hörers hinein und legte auf. Neuhauser, Barbara, war die Nächste. Konnte das vielleicht die Frau vom Josef sein? Unwahrscheinlich, entschied Frau Maier. Hier in Kauzing stand üblicherweise noch der Mann im Telefonbuch, vor allem bei Ehepaaren aus ihrer Generation. Sie probierte es trotzdem. Die Neuhauser, Barbara, meldete sich mit einem leisen „Ja?" und schien über den Anruf so erschrocken, dass sie nur murmelte: „Den kenne ich nicht!" und auflegte.

Neuhauser, Hans ging erst nach dem zehnten Klingeln ans Telefon und schien über die Störung am Sonntagstisch sehr verärgert zu sein. „Wenn Sie einen Josef suchen, haben Sie sich wohl verwählt!", blaffte er und knallte den Hörer auf die Gabel. Zumindest stellte Frau Maier sich bildlich vor, wie der Neuhauser, Hans – bestimmt ein rundlicher Mann mit Bluthochdruck – den Hörer aufknallte.

Neuhauser, Irene war da schon höflicher: „Das tut mir leid, aber hier wohnt kein Josef!"

„Oh, Entschuldigung, da habe ich mich wohl verwählt, trotzdem danke!" Frau Maier legte auf.

Vier von sieben geschafft. Die Münzen wurden allmählich knapp. Beim Neuhauser, Konrad, war belegt.

Sie probierte es bei Neuhauser, M. und erwischte einen gelangweilten Teenager. „Bei uns heißt niemand Josef", sagte er genervt.

Frau Maier konnte ihr Glück kaum fassen. Alle schienen an diesem Sonntag zu Hause zu sein. Wahrscheinlich war ein Sonntag mit ungemütlichem Wetter wie heute auch der ideale Zeitpunkt für eine solche Telefonaktion. Oder die Kerze und das Gebet taten schon ihre Wirkung. Frau Maier musste über sich selbst lächeln. Sie wusste nicht, ob sie an solche Dinge glaubte oder nicht. Aber schaden konnte es wohl nicht.

Sie schaute wieder ins Telefonbuch. Neuhauser, Peter und Margit, waren die letzten auf der Liste. Es klingelte. Niemand hob ab. Sie wartete und ließ es klingeln. Und tatsächlich! Nach einer ewig langen Zeit meldete sich eine verschlafene Stimme, die eher jung klang.

„Mein Großonkel Josef?", sagte die verschlafene Stimme. „Wollen Sie mich verarschen?" Jetzt klang die Stimme nicht mehr verschlafen, sondern misstrauisch.

„Wer sind Sie überhaupt?"

Frau Maier beschloss, dass das ein guter Zeitpunkt war, um die Regeln der Höflichkeit ausnahmsweise zu ignorieren und legte einfach auf. Der Ordnung halber versuchte sie es noch einmal bei Neuhauser, Konrad. Freizeichen.

„Ja?"

„Könnte ich bitte den Josef sprechen?"

„Welchen Josef?"

Aufgelegt. Gut, dann wäre der auch abgehakt. In Gedanken war Frau Maier sowieso noch bei der erst verschlafenen und dann misstrauischen Stimme.

Großonkel Josef? Konnte das der Josef sein, den sie suchte? Vom Alter her könnte es passen. Aber wieso hatte der Großneffe so verärgert reagiert?

Langsam ging Frau Maier nach Hause. Es war kalt und der Himmel war fast weiß. Sollte es tatsächlich noch einmal richtig schneien? Nicht nur so ein Gemisch aus halb Regen und halb Matsch wie vergangene Nacht? Das Wasser war grau und still, die Berge lagen in Wolken. Aber Frau Maier nahm das alles viel weniger genau wahr als sonst, denn sie schmiedete einen Plan. Und dieser Plan hatte mit dem Neuhauser Josef zu tun. Und mit der Weidner Nicole. Frau Maier lächelte zufrieden vor sich hin und bemerkte den Schatten, der ihr in einiger Entfernung folgte, nicht.

III

Er folgte der dicken alten Frau am Seeufer entlang. Er hatte sie zufällig durchs Dorf laufen sehen und er konnte sich nicht beherrschen. Es war Sonntag, ihm war langweilig und die lästige Kuh beherrschte seine Gedanken sowieso. Aber leider war die Antwort im Kircherl negativ ausgefallen: Nein, er durfte sie nicht umbringen. Noch nicht. Aber bald vielleicht, wenn alles vorbei war.

Die Alte schien in Gedanken versunken. Sie schaute sich heute nicht so wissend um wie sonst und es war relativ leicht, ihr auf den Fersen zu bleiben. Obwohl es natürlich eine blöde Idee war, das tagsüber zu machen, das wusste er schon. Aber er konnte nicht anders. Jetzt blieb sie stehen. Schnell schlüpfte er hinter einen Baum. Aber nein, sie drehte sich nicht um. Sie hatte jetzt den kleinen Wald erreicht. Nur noch wenige Meter bis zu ihrem Gartentor. Er ging schneller. Die Gelegenheit war einfach zu einladend. So leicht und lautlos konnte er jetzt von hinten die Hände um ihren Hals legen und …

Aber nein! Verdammter Mist! Nein, er durfte sich nicht über seine Anweisungen hinwegsetzen. Alles musste nach Plan laufen, er hatte es versprochen. *Ordnung ist das halbe Leben!* Und deshalb durfte es jetzt keine weitere Leiche geben, die die Aufmerksamkeit der Polizei wieder auf Kauzing ziehen würde. Vorerst. Und vorerst musste die Alte weiterhin ahnungslos bleiben und nicht den blassesten Schimmer haben, wer sie da ständig beobachtete und wer sie nachts besuchte … und wer sie letztendlich umbringen würde. Wenn der richtige Zeitpunkt endlich gekommen war …

IV

Als Frau Maier das Gartentor hinter sich zumachte, stutzte sie. Da war es wieder! Das Gefühl, nicht alleine zu sein. Das Gefühl, dass sie jemand beobachtete, der es nicht gut mit ihr meinte. Gar nicht gut. Sie legte den Kopf in den Nacken und konzentrierte sich. Von der Hecke her hörte sie ein leises Rascheln. Langsam ging sie in die Richtung, aus der das Geräusch kam. Hielt sich da jemand versteckt? Aber als sie näher kam, sah sie, dass eine stattliche Amsel unter der Hecke herumhüpfte und empört im Schneematsch stöberte. „Jaja, dir wird der Winter auch allmählich zu lang, oder?", murmelte Frau Maier und bewunderte das glänzend schwarze Gefieder, den gelben Schnabel und die schlauen Knopfaugen ihres Besuchers. „Tja, wenn jeder Besucher so friedlich wäre", seufzte sie dann und drehte sich zum Haus um. Beinahe blieb ihr das Herz stehen. Direkt hinter ihr war jemand, sie hatte ihn nicht gehört, weil sie zu beschäftigt mit der Amsel gewesen war. Jetzt war er schon direkt bei ihr, ganz nah. Zu nah! Die Figur verschwamm vor ihren Augen, so wie im Traum der Fischer-Karli, und sie hatte das Gefühl, kaum Luft zu bekommen …

„Frau Maier, alles in Ordnung?", sagte da eine Stimme, die ihr bekannt vorkam. Plötzlich konnten ihre Augen wieder fokussieren, ihr Herzschlag normalisierte sich und sie erkannte Frank Schön.

„Ja da schau her, der Herr Psychologe!", sagte Frau Maier und zwang sich zu lächeln. Sie war nicht nur erleichtert. Sie merkte, dass sie sich wirklich freute, Frank Schön zu sehen. Und auch er grinste über das ganze Gesicht.

„Ja, wissen Sie, Frau Maier, ich hatte Hunger."

„Das trifft sich dann ganz ausgezeichnet", erwiderte Frau Maier, „denn ich habe rein zufällig einen frischen Räucherfisch in der Tasche. Dazu würde ein Kartoffelsalat ganz gut passen, was meinen Sie?"

„Danke für die Einladung!", sagte Frank und setzte seinen frechen Blick auf, den Frau Maier so mochte.

Nachdem Frank drei Portionen Kartoffelsalat gegessen hatte und während der Kaffee langsam durch die Maschine blubberte, fragte sie: „Und wieso sind Sie da? Nur, weil Sie Hunger haben?"

Frank sah ein bisschen betreten aus. „Nein, ich wollte Sie nur … warnen."

„Mich warnen, wovor denn?", fragte Frau Maier und dachte: Von meinem nächtlichen Besucher weißt du doch gar nichts!

„Die Polizei sucht ja jetzt nach Anita", erklärte Frank. „Aber das mit der Leiche glauben die immer noch nicht so recht. Sie kontrollieren gerade an den Flughäfen in München und Salzburg, ob Anita vielleicht einfach in die USA zurückgeflogen ist und wollen auch mit den Behörden dort Kontakt aufnehmen."

„Ja, und was hat das mit mir zu tun?"

„Na ja, eigentlich nichts, aber der Brandner ist irgendwie immer noch genervt von Ihnen. Und er findet es seltsam, dass Sie beim Überfall auf Inge Graf gerade wieder zufällig in der Nähe waren."

„Das weiß er?"

„Ja, sicher. Frau Graf hat den Vorfall der Polizei gemeldet und da musste sie ja auch sagen, wie sie dem Angreifer entkommen konnte. Und da hat sie dann auch gesagt, dass sie auf Ihren Rat hin gleich nach München fährt."

„Und das hat dem Brandner natürlich nicht gepasst", stellte Frau Maier fest.

„Natürlich nicht", sagte Frank lächelnd. *„Muss die sich in alles einmischen und wieso ist die immer da, wo was passiert? Die sollten wir mal genauer überprüfen!* So in etwa hat er geredet."

„Was für ein schöner Schmarrn!", schnaubte Frau Maier verächtlich. „Soll ich jetzt gleichzeitig die Inge überfallen und gerettet haben?"

Frank Schön zuckte die Achseln. „Es ist halt sein Revier, im wahrsten Sinne des Wortes. Ich wollte nur, dass Sie das wissen. Für den Fall, dass ..."

„Ja?"

„Dass Sie auf eigene Faust Nachforschungen anstellen wollen", sagte Frank und sah sie aus seinen blauen Augen streng an. Der Junge ist definitiv nicht so dumm, wie er aussieht, dachte Frau Maier und lächelte ihn unschuldig an.

Am Abend verfasste Frau Maier einen Brief. Sie holte ihre uralte Schreibmaschine heraus und schrieb:

Kauzing, im Februar

Liebe ehemalige Schulkameradinnen und Schulkameraden!

Anlässlich des hundertjährigen Bestehens unserer alten Volksschule, später Grund- und Hauptschule, in Kauzing, wird es im nächsten Frühjahr ein großes Fest und ein Ehemaligen-Treffen geben.

Damit es ein Erfolg wird, brauchen wir, die Organisatoren, Eure Hilfe. Bitte schreibt uns so schnell wie möglich, ob Ihr am 10. Mai des kommenden Jahres in Kauzing sein könnt und ob Ihr Euch am Buffet beteiligen wollt. Wir wollen in den alten Klassenzimmern unserer Dorfschule, der heutigen Musikschule, feiern.

Wir freuen uns über Eure rasche Zuschrift,
Euer Organisationsteam
i. A. Maier

Antworten bitte an:
Frau Maier, Am Seeweg 1, Kauzing
Wir bitten um Angabe der Telefonnummer für eventuelle Rückfragen die Organisation betreffend.

Frau Maier rümpfte die Nase. Nicht sehr einfallsreich! Sogar eher stümperhaft. Aber auf die Schnelle war ihr einfach nichts Besseres eingefallen. Und es war immerhin eine Möglichkeit, mit Josef Neuhauser in Kontakt zu kommen, seine Telefonnummer zu erfahren und eventuell auch einen Grund zu haben, ihn anzurufen. Und wer weiß? Vielleicht konnte sie ihn dann unschuldig fragen, ob er vielleicht mit der Anita Graf noch in Kontakt stünde und ob er ihre aktuelle Adresse in Amerika wüsste. Und vielleicht wäre seine Reaktion auf diese Frage irgendwie aufschlussreich. Frau Maier rümpfte die Nase noch mehr. Wirklich ein dünner Strohhalm, an den sie sich da klammerte. Aber der einzige, den sie hatte.

Sie faltete den Brief ordentlich zusammen, steckte ihn in einen Umschlag und kramte in einer leeren Zigarilloschachtel ihres Vaters nach einer Briefmarke. Das Klebezeug auf der Rückseite schmeckte scheußlich. Jetzt fehlte nur noch die Adresse, aber Frau Maier wusste ja zum Glück, wen sie danach fragen konnte.

Achtes Kapitel
Montag

I

Das Gespräch mit der nicht mehr ganz so jungen Gemeinde-Angestellten Nicole Weidner am nächsten Morgen um neun Uhr verlief erwartungsgemäß kurz. Als Frau Maier das Bürgerbüro betrat, stellte sich in deren Augen sofort das gleiche Entsetzen ein wie damals vor zehn Jahren, als Frau Maier sie mit dem Herrn Gruber im Bett überrascht hatte. Jedes Mal war das seitdem so. Egal, ob sie sich im Supermarkt über den Weg liefen, am See oder sonst wo. Frau Maier fand es jedes Mal amüsant.

„Guten Morgen, Frau Maier", sagte Nicole Weidner, wurde rot bis an den Haaransatz und es war beinahe spürbar, dass nur noch ein Gedanke sie beherrschte: Sie wollte Frau Maier möglichst schnell wieder loswerden. Nur keine Diskussionen, nur keine Probleme.

„Wie kann ich helfen?", fragte sie bemüht fröhlich.

„Ja, wissen Sie, Fräulein Weidner", schnurrte Frau Maier und zog eine Augenbraue hoch, „ich bin auf der Suche nach einem alten Schulkameraden, dem Neuhauser Josef. Er ist weggezogen aus Kauzing und hat sich doch sicher hier abgemeldet und seine neue Adresse hinterlassen?"

Nicole räusperte sich und fing leicht an zu schwitzen. „Ich darf Ihnen da leider keine Auskunft ..."

„Ich bin sicher, Sie können mal eine Ausnahme

machen", unterbrach Frau Maier freundlich, aber bestimmt. „Ich habe ein altes Klassenfoto gefunden, das ich ihm so gerne schicken möchte", fuhr sie mit ihrer süßesten Stimme fort. Nicole schwitzte und wollte Frau Maier lieber jetzt als gleich aus dem Zimmer haben. Sie holte einen dicken Ordner vom Regal und blätterte hektisch. Dann räusperte sie sich.

„Ja, der Herr Neuhauser ist vor zehn Jahren nach Regensburg gezogen. Aber die neue Anschrift, die darf ich Ihnen nicht ..."

„Aber Fräulein Weidner", warf Frau Maier sanft ein „Wer wüsste denn besser als Sie, dass ein kleines Geheimnis bei mir gut aufgehoben ist?" Sie lächelte ermutigend. Nicole kapitulierte. Sie schrieb in ihrer mädchenhaften Schönschrift die Adresse ab und reichte Frau Maier das Papier, ohne ihr in die Augen zu sehen.

Draußen schrieb Frau Maier die Adresse auf den Umschlag und warf den Brief ein. Erledigt. Jetzt musste sie nur noch warten, aber das machte nichts. Sie konnte gut warten, sie wartete eigentlich schon ein Leben lang. Meistens wusste sie nicht, worauf. Dieses Mal schon: auf Post vom Neuhauser Josef.

II

Frau Maier machte es sich so richtig gemütlich. Denn wenn sie eines gelernt hatte, dann, dass man sich Wartezeiten unbedingt mit Gemütlichkeit versüßen muss.

Sie legte eine Elvis-Platte auf. Sie machte sich einen großen Stapel belegter Brote und eine Kanne Kaffee und stellte beides auf einer Seite ihres Cordsessels auf den Boden. Auf die andere Seite legte sie sich eine Auswahl ihrer liebsten Kochbücher bereit und fing an zu schmökern.

Aber es war nicht richtig gemütlich. Was fehlte?

Frau Maier holte sich eine Wärmflasche. Sie versuchte sich in *Mediterrane Fischgerichte* zu vertiefen. Es klappte nicht. Was fehlte?

Frau Maier stand auf und ging zur Tür. Sie rief die Katze, die sofort maunzend angelaufen kam. Gemeinsam setzten sie sich hin und schauten zu, wie es tatsächlich lautlos anfing zu schneien. Frau Maier lauschte auf das leise Schnurren der Katze und betrachtete die zu Boden taumelnden Flocken. Gemütlich fand sie es nicht.

„So ein Schmarrn!", grummelte sie und stand auf. Die Katze maunzte empört und verengte ihre Augen zu dünnen Schlitzen. „Es tut mir leid", sagte Frau Maier und zuckte die Achseln. „Ich muss raus." Die Katze kehrte ihr den Rücken zu und rollte sich zusammen. „Ich wäre gern wie du, das sage ich dir", sagte Frau Maier zum Rücken der Katze. Dann zog sie ihre Stiefel und ihren Anorak an, holte sich Mütze, Schal und Handschuhe und machte sich auf den Weg zum Kilianskircherl.

Oben auf der Anhöhe verschnaufte sie und ließ den Blick über den See schweifen. Wo war nur ihre Ruhe hin, die alte Gelassenheit, beinahe Gleichgültigkeit? So eine Leiche war anscheinend selbst für ihr Gemüt zu viel. Genau heute vor einer Woche habe ich sie gefunden, überlegte Frau Maier und sah wieder Anitas weit aufgerissenen Augen unter der Wasseroberfläche vor sich. Und die Hand, die leise winkte …

Wieso konnte sie die Sache nicht auf sich beruhen lassen? Wegen Inge. Und aus Neugier. Und aus Prinzip! Jemand hatte einen Mord begangen und die Leiche verschwinden lassen – das konnte man doch nicht einfach so auf sich beruhen lassen. „Wo kommen wir denn da hin?", fragte Frau Maier empört den See. Der gab aber keine Antwort, sondern lag dunkel und unergründlich und still vor ihr. Wenn das Wasser fast schwarz aussah so wie heute, dann konnte man sich gut vorstellen, wie tief der See war. Einige Leichen gab es dort an den tiefsten Stellen. Menschen, die ertrunken und nie gefunden worden waren. Und vielleicht Anita. Ob dort um sie herum wohl auch einige Fische gründelten?

An den Rändern des Sees hatte sich schon eine Eisschicht gebildet. Aber die großen Fische waren dumm genug, auch an die Löcher im Eis zu schwimmen, die die Angler schlugen. So wie der Hecht, den der Karli ihr gestern gegeben hatte. Wie es sich wohl anfühlte, ein Fisch zu sein und Tag und Nacht im Wasser zu leben?

Frau Maier fröstelte und ging flott weiter. Es schneite immer noch. Die Flocken legten sich sanft auf ihren Anorak und schmolzen dann sofort. Und ihr Gesicht berührten sie wie ganz sanfte Fingerspitzen. Wie Fingerspitzen von Zwergen vielleicht. Oder von Elfen mit sehr kalten Händen. Die klare Winterluft füllte ihre Lunge und sie fühlte sich wach und frisch. Vereinzelt kamen ihr Spaziergänger entgegen, fast allesamt Hundebesitzer, die bei jedem Wetter nach draußen mussten.

Sie dachte wieder an die vergangene Woche und an ihre Versuche, mehr über den Mord herauszufinden. Ein wenig wollte sie ja auch ihre eigene Ehre retten, das musste sie schon zugeben. Immerhin war sie als *verwirrte Oma* in der Zeitung bezeichnet worden. Von wegen verwirrt! Und was, wenn der Kommissar Brandner recht gehabt hatte und sie sich irgendwie auch ein bisschen wichtig machen wollte, auch einmal Aufmerksamkeit bekommen wollte? Der Gedanke war ihr unangenehm, weg damit. Nein, es war auf jeden Fall das Beste, den Fall zu einem sauberen Abschluss zu bringen. Wer wusste schon, was dem Brandner noch alles einfiel? Am Ende machte er ihr doch noch richtigen Ärger wegen der angeblich erfundenen Leiche.

Da lag auch schon das Kircherl vor ihr. Die Wiese rundherum war bereits von einer makellosen Schneedecke überzogen. Am Eingang zum Friedhof sah sie Fußspuren. Sie schienen von der Wiese her zu kommen. War da jemand aus dem Wald querfeldein zum Kircherl gegangen? Frau Maier kniff die Augen zusammen, aber sie konnte die Spur nicht so weit zurückverfolgen. Die Flocken flirrten vor ihren Augen und der Hintergrund verschwamm zu einer weißen Fläche. Langsam wurden ihre Zehen kalt.

Auf dem Friedhof sah sie, dass auf jeden Fall kürzlich jemand da gewesen war: Die Spuren führten zum Grab mit den Initialen hin und es brannte wieder eine neue Kerze darauf. Sie lächelte. Wie schön, wenn auch nach dem Tod noch jemand so an einen denkt, dachte sie. Sie ging in die Kirche und setzte sich im Halbdunkel auf eine Bank. Sie schloss die Augen und dachte noch einmal über alles nach, was sie wusste.

Was war der Stand der Dinge? Sie wollte herausfinden, ob die Anita einen Freund gehabt hatte. Den Josef vielleicht? Eifersucht war ja immer ein gutes Mordmotiv. Oder verschmähte Liebe. Oder Liebe, die in Hass umgeschlagen war. Immerhin war die Anita mit einem Soldaten nach Amerika gegangen. Vielleicht nahm ihr Freund von damals ihr das heute immer noch übel? Sie dachte an das Klassenfoto, an Evi und Anita und wie sie sich fest an den Händen hielten. Sie schienen niemanden zu brauchen, außer sich gegenseitig.

Frau Maier machte die Augen auf. Ja, natürlich! Warum war sie darauf nicht schon früher gekommen? Konnte es nicht sein, dass Anita und Evi – dass die beiden ein Paar gewesen waren? Mehr als beste Freundinnen? Und dass vielleicht der Klaus und der Josef das gar nicht lustig gefunden hatten? Dass sie Angst gehabt hatten, zum Gespött von ganz Kauzing zu werden, weil ihre beiden Mädchen sich mehr füreinander interessierten als für sie, die kernigen Burschen? Und wäre das nicht ein Grund gewesen für Anita und Evi, auszuwandern? Ganz bestimmt wäre das zu dieser Zeit in Kauzing ein Grund gewesen. Im Dorf hätten sie unmöglich zusammen leben können. Und in Amerika, da hätten die beiden gemeinsam neu anfangen können. Aber die Anita hatte doch den Ami-Soldaten geheiratet. Und wo war die Evi jetzt? Vielleicht konnte sie noch einmal zur Weidner Nicole gehen? Nein, es war unwahrscheinlich, dass sie Evis Adresse in Amerika ausfindig machen konnte. Aber sie musste Inge danach fragen, sobald sie aus München zurück war.

Frau Maier stand von der harten Kirchenbank auf und streckte sich. In Sachen Anita war sie jedenfalls noch keinen Schritt weitergekommen. Plötzlich fiel ihr Blick auf die Bank, in die neulich die frische Kerbe eingeritzt gewesen war. Direkt daneben war eine neue Kerbe, allerdings viel schwächer als die erste. Eine halbherzige Kerbe. Vielleicht ist der Lausbub, der das gemacht hat, erwischt worden und musste aufhören mit der Schnitzerei, überlegte sie und machte sich auf den Heimweg.

III

Mit einem Schlag war sie hellwach. Er war an der Tür – und dieses Mal versuchte er, hereinzukommen. Sie hörte die kratzenden, schabenden Geräusche am Schloss. Was machte er? Hatte er einen Draht dabei, ein Messer, einen Dietrich?

Jemand mit krimineller Energie, der es wirklich will, wird sich überall Zugang verschaffen schoss es ihr durch den Kopf. Wo hatte sie diesen Satz gehört? Aktenzeichen XY? Sie setzte sich im Bett auf und lauschte angestrengt in die Nacht. Das Ticken ihres Weckers auf dem Nachttisch erschien ihr plötzlich unangemessen laut, so als würde es das ganze Haus erfüllen und in ihm schlagen wie ein unbeirrbares Herz. Ihr eigenes Herz klopfte auch, aber sie war sich nicht sicher, wie lange noch. In meinem Alter kann man schon leicht einmal einen Herzkasperl bekommen, dachte sie. Und dann: Was denke ich eigentlich für blöde Sachen? Jemand versucht in diesem Moment, in mein Haus einzubrechen! Und ich bin meilenweit von jeder Hilfe entfernt.

Hätte sie doch nur ein Telefon – besser noch: ein Handy. Dann würde sie den Frank anrufen. Oder sogar den Brandner, so weit war es schon.

Zu spät! Die Haustür öffnete sich mit dem gewohnten leisen Quietschen. Er war da.

Die Zeit schien still zu stehen. Frau Maier konnte sich nicht bewegen, nicht einmal den kleinen Finger, nicht einmal, wenn sie ihre ganze Kraft zusammennahm. Schweißperlen standen auf ihrer Stirn. Die Sekunden verstrichen und sie hörte nichts. Wo war er? Schlich er schon die Treppe nach oben? Aber nein, unmöglich. Dann müsste sie doch das Knarzen der dritten Stufe hören. Oder ließen ihre Sinne nach? Oder hatte er die dritte Stufe übersprungen?

Da fiel die Tür wieder ins Schloss und im frischen Schnee unter ihrem Fenster knirschten Schritte. Plötzlich war die Blockade gelöst, Frau Maier stürzte ans Fenster. Auf dem weißen, vom Mond beschienenen Schnee konnte sie deutlich eine schwarze Gestalt sehen, die durch den Garten lief und durch das Tor verschwand. Er war wieder gegangen, einfach so.

Langsam ging Frau Maier zur Schlafzimmertür hinaus ins Treppenhaus. Ganz unten am Treppenabsatz schimmerte etwas Silbernes. Ihr wurde kurz schwindlig, weil sie an Anitas sanft winkende Hand unter Wasser denken musste. Stufe für Stufe ging sie hinunter und musste dafür all ihre Willenskraft aufbringen. Die dritte Stufe übersprang sie.

Unten lag ein toter Fisch. Sein Bauch war aufgeschlitzt und er war ausgenommen worden. Seine leblosen Augen starrten Frau Maier an und sie starrte zurück.

Neuntes Kapitel
Dienstag

I

Frau Maier stand auf ihrer Veranda und aus ihrer Kaffeetasse dampfte es in großen Wolken direkt in ihr Gesicht. Sie wärmte sich die Hände an der Tasse, schaute zum See hinüber und dachte nach. Dienstag. Sie konnte eigentlich gar nichts machen. Wenn alles gut ging, dann kam ihr Brief heute beim Josef Neuhauser an. Aber wann er ihr dann antworten würde, das stand in den Sternen. Falls er überhaupt antworten würde.

Vereinzelt hörte sie Möwen kreischen und dann das empörte Quaken einiger Enten. Wahrscheinlich wollten die gierigen Möwen den Enten ein mühsam im kalten Wasser erobertes Stück Brot wegschnappen. Oder sie stürzten sich gerade auf den Fisch, den Frau Maier über den Weg ans Seeufer getragen und ins Wasser geworfen hatte.

Sie konnte seinen Blick aus den toten Augen nur schwer aushalten. Was wollte ihr der Fisch mit diesen Augen sagen? Dass man sie genauso umbringen und aufschlitzen wollte? Oder dass der nächtliche Besucher sie ganz genau kannte – und sogar von ihrer Vorliebe für Fisch wusste? Wer konnte das sein?

Frau Maier kniff die Augen zusammen und ließ den Blick über die kahlen Bäume schweifen. Nein, sie konnte nicht hier sitzen bleiben und warten. Worauf auch?

Sie würde zu Inge Graf gehen, immerhin sollte sie

dort nach dem Rechten sehen. Mit Schrecken fiel ihr ein, dass Inge sich bestimmt auch darauf verließ, dass sie die Blumen gießen und den Briefkasten ausleeren würde. Dann wurde es ja höchste Zeit. Sie zog sich warm an und marschierte in Richtung Dorf.

Inges Haus lag still und verlassen da. Allerdings war es wohl nicht die ganze Zeit so verlassen gewesen: Fußspuren im Schnee führten auf das Haus zu und zum Gartentor. Frau Maier ging in den Garten. Die Spuren liefen ums Haus herum, am Wohnzimmerfenster verdichteten sich die Abdrücke – hier hatte wohl jemand gestanden. Sie war sich ziemlich sicher, dass es ihr nächtlicher Besucher gewesen war. Inges Angreifer. Anitas Mörder. Sie fröstelte ein bisschen. „So ein Schmarrn", sagte sie sich energisch und ging ins Haus. Dort war alles wie immer. Sie nahm den Stapel Zeitungen aus dem Windfang und die Post aus dem Briefkasten und sortierte alles ordentlich auf dem Küchentisch. Dort lag auch ein Umschlag. *Frau Maier* stand in Inges Schrift drauf. Im Umschlag waren 50 Euro und ein Zettel, auf dem ein einziges Wort stand. *Danke.*

Frau Maier ging durchs ganze Haus und goss sorgfältig die Blumen. Gleichzeitig überprüfte sie, ob alle Fenster fest geschlossen waren und ließ im Erdgeschoss die Rollladen herunter. So, fertig. Sie sah sich um. Sie hätte eigentlich gehen können, aber wieder zog es sie unwiderstehlich in Anitas Zimmer. Alle Unterlagen lagen noch auf dem kleinen Schreibtisch.

Frau Maier legte die beiden Klassenfotos zur Seite und sah sich an, was darunter lag. Ein Umschlag mit Dokumenten. Soweit sie sehen konnte, waren es Versicherungsunterlagen und Anitas Geburtsurkunde. Ein altes Familienfoto der Grafs. Eine Mappe mit Anitas Reisepass und den Flugtickets. „So viel zur These der Polizei, dass sie zurück in die USA geflogen sein könnte!", brummte sie. „Ohne Reisepass." Und was war das? Ein dicker Briefumschlag. Luftpostbriefpapier und adressiert an … Inge Graf! Absender: Anita. Der Brief war verschlossen und die Briefmarke zwar aufgeklebt, aber nicht abgestempelt.

Frau Maier war verwundert. Das war offenbar ein Brief von Anita an Inge, den sie nicht abgeschickt und den Inge auch nie gelesen hatte. Wieso hatte Anita den wohl aus Amerika nach Kauzing mitgenommen? Frau Maier legte ihn zurück und fischte ein kleines Heiligenbild aus dem Stapel. Die Heilige Irmingard war darauf zu sehen, die Schutzheilige des Sees. Sie schwebte auf einer Wolke über dem Frauenkloster auf der Insel. Auf dem Bildchen stand in Kinderschrift: *Möge Gott Dich immer behüten. Deine Freundin Evi.*

Frau Maier lächelte traurig. Recht lange hat er sie schon beschützt, der liebe Gott, dachte sie. Aber am letzten Sonntag oder Montag, da war er wohl verhindert gewesen.

Plötzlich schoss ihr Klaus Kecht durch den Kopf. *Ja, da sollten Sie mal den alten Pfarrer Huber fragen,*

wie der den Mädchen und uns allen das Leben zur
Hölle gemacht hat mit seiner Bigotterie. Bis nach Ame-
rika hat er sie getrieben, die Evi.

Der alte Herr Pfarrer! Den konnte sie doch eigentlich einmal besuchen, solange sie auf Post wartete. Das Problem war nur: Wo wohnte der jetzt? Er war ja schon seit sicher zwanzig Jahren in Pension. Da würde ihr der Seppi aus dem Supermarkt, der beim jetzigen Pfarrer Schneitzl Ministrant war, wohl nicht weiterhelfen können. Er war viel zu jung, um den alten Pfarrer noch zu kennen.

„Mist!", murmelte Frau Maier. Sie wusste, wen sie fragen musste.

II

Im kleinen Fischer-Laden beim Dampfersteg stand natürlich die Maria hinter der Theke. „Grüß Gott", sagte sie verkniffen und lächelte nicht. Es roch nach köstlichem Räucherfisch. „Grüß Gott", sagte Frau Maier und lächelte.

„Der Karli ist draußen auf dem See", sagte die Maria leicht schnippisch.

„Wie schade", antwortete Frau Maier freundlich. „Dann warte ich draußen, ich muss ihn etwas fragen." Sie drehte sich um und verließ den Laden, ohne eine Antwort oder einen eventuellen Protest Marias abzuwarten.

Sie trug die Ruhe der Verliererin in sich. Sie hatte den Kampf um den Karli verloren. Obwohl sie genau genommen nie wirklich die Chance bekommen hatte, um ihn zu kämpfen. Stolz, Selbstachtung, Liebe, Glück – alles war weg gewesen. Was sollte sie jetzt noch verlieren?

Die Maria auf der anderen Seite, die hatte die Angst, alles zu verlieren, noch im Nacken. Und das hatte ihr Verhalten Frau Maier gegenüber in den letzten vierzig Jahren geprägt: immer misstrauisch, immer wachsam, immer giftig. Auch nicht schön, dachte Frau Maier. Die Maria war zwar die Frau vom Karli geworden, aber geliebt hatte er sie nie und das wusste die Maria. Eine Vernunftehe, fast schon eine Zwangsheirat, weil der hoch verschuldete Vater vom Karli das Geld vom reichen Vater von der Maria gebraucht hatte.

Frau Maier setzte sich auf die kleine Bank vor dem Laden und schaute aufs Wasser. Weit draußen sah sie drei Fischerboote. Eines davon gehörte dem Karli.

Vierzig Jahre lang überlegte sie jetzt schon, wie das Leben wohl gewesen wäre, wenn er sie geheiratet hätte. Sie, seine große Liebe, die im Dorf nicht Anerkannte, die Fremde, die Zuagroaste. Sie schüttelte langsam den Kopf. Wenn sie überlegte, wie unglücklich die Maria immer aussah. So blass, so verkniffen. Heute hatte sie fast wächsern gewirkt, irgendwie krank. Nein, auch nicht schön. Da hatte sie es letztendlich vielleicht sogar besser erwischt.

Frau Maier erschrak bis in ihr Innerstes über diesen Gedanken, der für sie nicht nur neu, sondern absolut revolutionär war. Wie war der nur in ihr Gehirn gelangt?

III

Als der Karli vom See kam und sie auf der Bank sitzen sah, erhellte ein Lächeln sein immer noch jugendliches Gesicht. Sie fand ihn auch heute noch wunderschön. Dann blieb er aber stehen und runzelte die Stirn. Es dämmerte ihm, dass es einen Grund für ihr Kommen geben musste. Mit wenigen großen Schritten war er bei ihr: „Ist alles in Ordnung, was ist los?", fragte er besorgt.

Frau Maier lächelte ihn an. „Was soll denn los sein, Karli? Ich brauche nur eine Auskunft von dir."

„Eine Auskunft?" Karl sah sie forschend an. Irgendetwas war anders an ihr in letzter Zeit. Sie war immer ruhig gewesen und vernünftig und selbstständig. Aber jetzt wirkte sie irgendwie noch selbstständiger und sicherer. Unabhängig vielleicht.

„Ja, ich will wissen, wo der alte Pfarrer Huber jetzt wohnt. Du warst doch damals in der Pfarrjugend so aktiv und du kennst doch immer alle Leute!"

„Der wohnt schon seit Jahren im Seniorenstift in Grubstädt drüben. Aber was willst du denn plötzlich vom alten Huber?", fragte der Karl misstrauisch.

„Ach, ich habe daheim ein altes Gebetsbuch von

meinem Vater gefunden und da ist ein Lied angestrichen. Und ich wollte den Pfarrer Huber fragen, ob mein Vater mit ihm einmal über dieses Lied gesprochen hat."

Sie musste fast selbst lachen, weil die Ausrede so blöd war. Sie stand auf und wollte gehen, doch der Karli packte sie fest am Arm und sah sie an.

„So einen Schmarrn glaubst du doch selbst nicht", zischte er. „Was machst du denn dauernd in letzter Zeit? Hat das was mit der Anita zu tun?"

Frau Maier zog ihren Arm weg und strich ihren Anorak glatt. Dann sah sie dem Karli in die Augen und lächelte freundlich. „Das geht dich nichts an", sagte sie und ging.

IV

An der Pforte des „Seniorenstift Seeblick" saß eine mürrische Empfangsdame. Sie war aber glücklicherweise mürrisch und dazu noch desinteressiert, sodass sie überhaupt nicht nachfragte, wer Frau Maier war und wieso sie zum alten Herrn Pfarrer wollte. Umso besser! Frau Maier ging den Gang im ersten Stock entlang und sah sich nach dem Aufenthaltsraum um, wo sie laut Empfangsdame den Pfarrer finden würde. Der Linoleumboden quietschte unter ihren Sohlen und sie fröstelte leicht.

Zum Glück hatte sie ihre Eltern in kein solches

Heim bringen müssen. Sie hasste die Art und Weise, wie die gebastelten Papierblumen und die dürftig bestückten Foto-Pinnwände, die so gut gemeint waren, nur noch grausamer deutlich machten, dass die Menschen hier schon kein echtes Leben mehr hatten. Die Blumen und die Fotos waren hauptsächlich für die Angehörigen da, damit die sich besser fühlten, wenn sie Opa oder Oma, Mama oder Papa hier zurücklassen mussten. Und dabei war ja alles gut gemeint. Aber trotzdem hörte sie leises Wimmern hinter einer Zimmertür, trotzdem roch es nach Windeln und Putzmittel, trotzdem hatte sie schreckliche Angst, selbst irgendwann einmal hier zu landen. Sie hatte ja nicht einmal Kinder, Neffen oder Nichten, die sie hierher schicken mussten. Sie würde selbst und ganz alleine darüber nachdenken müssen.

Leises Stimmengemurmel führte sie in den Aufenthaltsraum. Sie schluckte. Da waren die alten Leute (alt? Was war sie selbst eigentlich?) versammelt und waren doch jeder für sich ganz allein. Zwei Frauen saßen am Tisch und hatten Zeitschriften vor sich liegen, in die sie kaum einen Blick warfen. Ein alter Herr ging mit zittrigen Schritten und seinem Rollator durchs Zimmer und eckte an jedem Stuhl, an der Wand und am Regal an. Jedes Mal blieb er erstaunt stehen und schien zu überlegen, wie das hatte passieren können. In der Ecke in einem Sessel saß eine alte Dame mit geschlossenen Augen und redete leise vor sich hin. Drei Bewohner saßen vor dem Fernseher, in dem irgendwelche Menschen fröhliche Lieder sangen, und starrten irgendwohin.

Eine Schwester kam herein. Sie hatte eine Ausstrahlung irgendwo zwischen Effizienz und Erschöpfung. „Kann ich helfen?", fragte sie Frau Maier.

„Ja, ich möchte gerne den Herrn Pfarrer Huber besuchen."

„Sind Sie eine Verwandte? Sie waren noch nie da, oder?"

„Nein, nein, keine Verwandte. Nur eine ehemalige …"

Frau Maier stockte und die Schwester zog die Augenbrauen hoch.

„… Ministrantin!", sagte Frau Maier schnell.

Zum Glück schien die Pflegerin nicht weiter darüber nachzudenken, dass es zu den Zeiten, als die rundliche Besucherin vor ihr jung gewesen war, hier in der Gegend mit Sicherheit keine weiblichen Kirchendiener in der heiligen katholischen Kirche gegeben hatte.

„Ach so", sagte sie. „Ja, der Herr Pfarrer sitzt immer oben im dritten Stock im Gang am Fenster. Von da aus sieht man den See am besten."

Frau Maier bedankte sich und ging nach oben.

Der alte Pfarrer saß in einem Rollstuhl und in eine Wolldecke eingewickelt am Fenster. Er schaute auf den See hinaus und schien weit, weit weg zu sein.

Sie räusperte sich. Keine Reaktion. Sie hüstelte. Keine Reaktion.

„Herr Pfarrer?"

Keine Reaktion. Sie zögerte und legte sanft die Hand auf seine Schulter. Die Schulter fühlte sich klein an und schmal und sie konnte seine Knochen spüren.

Pfarrer Huber schien weder überrascht, noch erschrocken zu sein, und wandte nur kurz den Kopf, um ihr zuzunicken. Gütig oder herablassend? Schwer zu sagen.

„Grüß Gott Herr Pfarrer! Erinnern Sie sich noch an mich? Ich war mal Ministrantin und wollte Sie gerne besuchen."

Der Pfarrer schien nicht interessiert zu sein. Frau Maier folgte seinem Blick. Ein kleiner Garten umgab das Stift, dahinter kamen eine Straße und dann eine Reihe von Bäumen. Und dahinter lag der See, der leicht wellig und grau das trübe Wetter reflektierte. „Seniorenstift Seeblick"? Gerade noch.

Frau Maier überlegte. Wenn Sie irgendetwas erreichen wollte, dann musste sie ihn direkt auf Anita und Evi ansprechen. Es konnte ja nichts passieren. Entweder er würde gar nichts sagen oder sie wegschicken. Oder aber er würde ihr etwas erzählen.

Sie holte Luft.

„Ich war eine Freundin von der Evi damals, wissen Sie. Der Evi Amberger."

Sie wartete. Und tatsächlich.

Langsam drehte sich der alte Pfarrer um und sah sie an. Er sah auf einmal streng und unnahbar aus. Frau Maier konnte sich plötzlich wieder daran erinnern, wie viel Respekt sie alle vor ihm gehabt hatten und wie aber niemand ihn wirklich gemocht hatte.

„Denn der Herr wird durchs Feuer richten und durch sein Schwert alles Fleisch; und der Getöteten des Herrn wird viel sein", flüsterte er. Seine Augen verengten sich zu Schlitzen. „Denn die Hure ist eine tiefe Grube, und die fremde Frau ist ein enger Brunnen. Auch lauert sie wie ein Räuber und mehrt die Treulosen unter den Menschen", zischte er dann.

Frau Maier wich unwillkürlich ein paar Zentimeter zurück. Der Alte kam ihr plötzlich vor wie eine Schlange, die sie gereizt hatte, und die jeden Augenblick bereit war, vorzuschnellen und ihr Gift zu verbreiten.

„Was meinen Sie denn damit?", fragte sie.

„Pfannkuchen mit Gemüse. Pfui Teufel. Was soll das?", erwiderte er.

Frau Maier seufzte. Er war offensichtlich verwirrt. Die Bibelzitate hatten wahrscheinlich rein gar nichts zu bedeuten. Vermutlich wusste er überhaupt nicht, von wem sie gesprochen hatte.

„Die Evi Amberger ..." flüsterte er da. „Und die Graf Anita, diese freche Göre. So tötet nun die Unzucht, Unreinheit, schändliche Leidenschaft, böse Begierde. Gott hat sie gerichtet, alle beide."

„Was haben die beiden Mädchen denn angestellt?", fragte Frau Maier.

Aber der Pfarrer Huber schaute wieder auf den See hinaus und schien völlig in sich zusammengesunken.

„Und das Hemd war auch wieder nicht richtig ge-
bügelt", murmelte er. „Überlasse nichts einer Frau,
was auch nur die geringste Bedeutung hat, das sage
ich immer wieder."

Oh je, dachte Frau Maier. Was der Zölibat alles
anrichtet!

Sie wandte sich zum Gehen, als der Pfarrer sich
plötzlich noch einmal umdrehte.

„Man richtet sich nicht gegen den Herren. Nicht
gegen den im Himmel, aber auch nicht gegen den
auf Erden." Dann schloss er die Augen. Das Gespräch
war beendet.

Frau Maier ging langsam zur Bushaltestelle. Sie
dachte über die Worte des alten Pfarrers nach. Voller
Zorn waren sie gewesen und voller Geringschätzung.
Unzucht, Fleisch, Hurerei – die Worte hallten in ihrem Kopf nach. Aber auch das Wort *töten* war mehrmals gefallen. Frau Maier konnte sich keinen Reim
darauf machen.

Der Bus kam und sie stieg ein.

V

Are you lonesome tonight, do you miss me tonight …
Frau Maier lag auf ihrem Sofa und versuchte, sich
auf jeden einzelnen Ton, jede Note, jedes Wort ihres
Lieblingsliedes zu konzentrieren. Wie immer, wenn
sie es sich anhörte, spürte sie ein eigenartiges Krib-

beln auf der Haut. Mehr als nur eine Gänsehaut. „Bist du einsam, vermisst du mich?", flüsterte sie. In mühevollen Stunden hatte sie sich schon vor Jahren mit Hilfe des englischen Wörterbuches, das sie ergattert hatte, als die Schule einen Verkauf alter Bücher für wohltätige Zwecke veranstaltet hatte, Wort für Wort des Liedtextes übersetzt. Und mit jedem Wort, mit jedem Satz, war sie sich sicherer gewesen: *Are you lonesome tonight*, schon immer ihr Lieblingslied, erzählte ihre eigene Geschichte. *Is your heart filled with pain, shall I come back again? Tut dein Herz dir weh, soll ich zu dir zurückkommen?* Wenn sie jemals auf die Idee gekommen wäre, dem Karli ein Lied zu schreiben – worauf sie natürlich nie gekommen wäre, weil sie nicht wusste, wie man so etwas machte –, dann wäre es genau dieses Lied gewesen.

Frau Maier lauschte gebannt Elvis, der von der Leere um sich herum sang. Sie seufzte und schaute sich in ihrem eigenen leeren kleinen Wohnzimmer um. Und als Elvis die Frage aller Fragen stellte – *Tut es dir leid, dass wir uns getrennt haben?* – murmelte sie ganz leise: „Hoffentlich. Hoffentlich."

Draußen war es längst dunkel geworden. Der Plattenspieler kam mit einem leichten Knarzen zum Stehen und Stille breitete sich im kleinen Haus am See aus. Angestrengt lauschte Frau Maier in die Dunkelheit. Sicher, sie war selbstständig, unerschrocken und immer gelassen. Aber irgendwann stieß auch sie an ihre Grenzen. Und der tote Fisch am Treppenabsatz war eindeutig so eine Grenze. Aber was sollte sie machen? Es gab keinen anderen Ort, an dem sie hätte übernachten können. Sicher, sie konnte die Polizei rufen. Aber würden die ihr Glauben schenken? Frank? Elfriede? Frau Maier schüttelte den Kopf. Nein, das traute sie sich nicht. Sie konnte ja nicht einfach anrufen und fragen: „Darf ich bei Ihnen übernachten?" Noch dazu müsste sie dafür erst einmal bis zur Telefonzelle gehen … alleine und im Dunkeln. Sie fröstelte.

Karli? Ja, das wäre vielleicht möglich. Da konnte die Maria noch so sauertöpfisch schauen, der Karli würde sie nicht wegschicken, das wusste sie. Aber trotzdem wäre es natürlich unangenehm. Und irgendwie wollte sie auch nicht, dass der Karli über die ganze Sache Bescheid wusste. Weil er sich dann nur große Sorgen um sie machen würde? Vielleicht. Oder weil sie die Sache alleine zu Ende bringen wollte? Ohne immer auf den Karli zu warten und zu hoffen, so wie sonst?

Frau Maier stand auf und legte die karierte Wolldecke ordentlich zusammen. Dann stellte sie den Plattenspieler aus und überprüfte, ob die Fenster im Wohnzimmer fest geschlossen waren. Sie zog die Vorhänge zu und überprüfte auch alle übrigen Fenster im Haus. Dann rief sie nach der Katze, die zum Glück gleich angetrabt kam. Gott sei Dank. Ganz alleine wollte sie heute Nacht nicht bleiben. Sie sperrte die Tür zu und versuchte den Gedanken zu verdrängen, dass der nächtliche Besucher offenbar kein Problem mit dem Türschloss hatte. Es war zwar ein bisschen zerkratzt aber ansonsten unbeschädigt – er hatte es also mit irgendeinem geeigneten Instrument aufgemacht und es nicht aufgebrochen. Frau Maier überlegte. Sie holte einen Stuhl aus der Küche und schob ihn unter die Türklinke.

Sie ging nach oben und legte sich angezogen auf das Bett, die Taschenlampe und ihr Pfefferspray griffbereit neben sich, die Katze auf ihrem Bauch. Einmal mehr konnte sie nichts tun, außer zu warten.

Zehntes Kapitel
Mittwoch

I

Frau Maier machte die Augen auf und stöhnte. Sie war irgendwann doch vor Erschöpfung eingeschlafen, aber in einer verkrampften, halb sitzenden Position. Jetzt tat ihr jeder einzelne Knochen weh. Grad, dass man's nicht knirschen hört, dachte sie, als sie sich mühsam aus dem Bett quälte. Heute spürte sie die Jahre, die sie auf dem Buckel hatte. Normalerweise vermied sie den Gedanken daran lieber, aber heute war das nicht möglich.

Nach drei Tassen Kaffee und einer heißen Dusche fühlte sie sich schon besser. Immerhin war die Nacht ruhig gewesen, es war ihr nichts passiert. Sie lebte noch. Das war doch schon einmal etwas.

Sie ging vor die Haustür und schaute auf den See. Die Katze flitzte an ihr vorbei in den Garten. Die ganze Nacht hatte sie sich nicht beschwert. Kein Mucken und kein Maunzen. Sie hatte natürlich gewusst, dass sie Frau Maier nicht alleine lassen durfte. Aber jetzt war die Nacht vorbei und es warteten der Garten mit den spätwinterlichen Gerüchen und der kleine Wald mit den Tieren, die sich im Laub verkrochen hatten, und der dunkelblaue See mit den kleinen silbernen Fischen, die doch irgendwo unter der dünnen Eisschicht stecken mussten.

Mittwochmorgen. Frau Maier hatte nichts zu tun. Putzen bei Inge fiel aus. Sie konnte niemanden mehr zu Anita und Evi befragen. Da half nur eines: Das eigene Haus putzen. Sie fing im Bad an und schrubbte es, bis alles glänzte. Sie lüftete ihr Bett und wusch die Bettwäsche. Dann ging sie in die Küche und räumte das Gewürzregal leer. Das war völlig überflüssig, weil das Gewürzregal nämlich schon absolut sauber und ordentlich und gut sortiert war. Aber Frau Maier liebte diese Arbeit. An jedem Gewürz, das sie in die Hand nahm, roch sie und stellte sich ein Gericht vor, zu dem dieses Gewürz passte.

Die Düfte von Seeforelle mit Rosmarinbutter, von gefüllter Renke mit Basilikumsoße und von Aal in frischem Salbei zogen durch ihren Kopf. Beim Muskat dachte sie an ihren leckeren Kartoffelbrei, über den sie immer frischen Muskat rieb. Beim Thymian dachte sie an den mediterranen Auberginenauflauf, den sie so liebte, und beim Oregano an ihre geschmorte Lammhaxe, die sie sich einmal im Jahr an Ostern gönnte. Diese kulinarische Gedankenreise war fast so schön wie das Schmökern in den Kochbüchern.

Und jetzt hatte Frau Maier, wie jedes Mal am Ende einer Gewürzreise, Hunger. Aber sie hatte keine Lust zum Einkaufen. Also machte sie sich aus dem, was noch da war, eine sehr große Portion Schinkennudeln.

Danach wusste sie wieder nicht, was sie machen sollte. Diese Geschichte bringt meine ganze Routine durcheinander, dachte sie. Sollte sie einen Spaziergang machen? Draußen hingen graue Wolken tief über dem See, der kalt und abweisend aussah. Kein Spaziergang, beschloss sie. Zumal sie auch ihr übliches Ziel, das Kilianskircherl, überhaupt nicht lockte. Irgendwie war ihr nicht wohl beim Gedanken an diesen Ort, den sie eigentlich so liebte. Sie konnte nicht festmachen, woran es lag.

Ein Nachmittagsschläfchen, beschloss sie. Das war ein Luxus, über den sie sich normalerweise immer freuen konnte. Und nach der Nacht, die sie halb sitzend verbracht hatte, konnte sie ihn auch sehr gut brauchen. Tatsächlich driftete Frau Maier sofort in einen unruhigen Schlaf, sobald sie es sich mit der karierten Wolldecke auf dem Sofa bequem gemacht hatte. Verzerrte Gedankenfetzen zogen durch ihren Geist: Die Maria im Fischladen. Das Votivbild mit den Schiffbrüchigen in der Kirche. Die Empfangsdame im Seniorenstift. Nach und nach verdichteten sich die einzelnen Fetzen zu Bildern und schließlich zu einem Traum: Frau Maier fuhr auf ihrem Fahrrad am See entlang. Es war ein strahlender Sommertag und der See lag blitzblau und glitzernd in der Sonne, die in einem wolkenlosen Himmel hing. Segelboote zierten wie helle Tupfen die blaue Wasserfläche und der Strand war voll von fröhlichen Menschen in Badehosen und Bikinis. Aber Frau Maier war nicht fröhlich. Sie wunderte sich: Wieso war sie nur auf dieses verflixte Fahrrad gestiegen? Sie mochte es doch gar nicht. Wackelig und unsicher fühlte sie sich und sie musste mit aller Kraft in die Pedale treten, um irgendwie vorwärts zu kommen. Ein riesiger Widerstand war da offenbar eingebaut, denn so sehr sie sich auch abstrampelte, sie bewegte sich nur unendlich langsam. Trotzdem mühte sie sich ab und fuhr immer weiter, bog vom Seeufer ab und befand sich plötzlich auf einem verlassenen Waldweg. Wieso durfte sie nicht anhalten? Sie wusste es nicht mehr. Aber sie musste fahren, fahren, immer weiter. Es raschelte in den Bäumen. War da eine schwarze Gestalt mit Skimaske gewesen oder spielte ihre Fantasie ihr einen Streich? Weiter, weiter. Frau Maier schwitzte. Nicht nur kleine Schweißperlen auf der Stirn. Nein, aus allen Poren strömte der Schweiß, sie war nass und spürte, wie der Fahrtwind sie kühlte, so dass ihr plötzlich eisig kalt war an diesem herrlichen Sommertag. Da hörte sie Gelächter vor sich. Mit aller Kraft radelte sie weiter und bog um eine Kurve. Ganz weit vorn waren zwei blonde Mädchen zu sehen. Sie fuhren auch auf Fahrrädern, aber es sah absolut mühelos aus und sie kamen sehr schnell voran. Sie fuhren dicht nebeneinander und hielten sich an den Händen. Jetzt fiel es Frau Maier wieder ein! Sie musste radeln, weil sie die Anita und die Evi unbedingt einholen musste! Sie musste die beiden warnen. Es war lebenswichtig und alles hing von ihr ab. Alles! Verzweifelt trat sie in die Pedale, aber die beiden Mädchen waren schon wieder außer Sichtweite. Frau Maiers Beine waren auf einmal unendlich schwer. So schwer, dass sie kaum noch treten konnte. Sie wollte stehen bleiben und absteigen, aber plötzlich zerriss ein Schrei den Sommertag. Ein schrecklicher Schrei voller Angst und Verzweiflung. Mit allerletzter Kraft fuhr sie weiter, aber sie schien sich nur in Zeitlupe bewegen zu können. Da bog plötzlich eines der blonden Mädchen um die Ecke. Sie fuhr wie eine Wahnsinnige, wie von Furien gehetzt und in ihrem Gesicht stand blankes Entsetzen. Bei Frau Maier blieb sie stehen, stieg vom Rad und ließ sich auf den Boden sinken. „Sie ist weg, sie ist weg!", jammerte sie. „Die Evi, die Evi! Bitte helfen Sie mir! Die Evi! Er hat sie mitgenommen ..." Und da fiel sie langsam zur Seite, die Anita, und blieb starr liegen und sah Frau Maier aus ihren blauen, leblosen Augen fragend an. Frau Maier wollte zu ihr stürzen und ihr helfen, aber sie konnte sich nicht bewegen. „Der Herr hat sie gerichtet!", sagte da eine leise, böse Stimme neben ihr. Sie erschrak fast zu Tode und drehte sich um. Der alte Pfarrer Huber stand direkt neben ihr und sah sie aus kalten Augen an. „Beide müssen gerichtet werden, denn sie haben sich gegen den Herrn aufgelehnt", zischte er und plötzlich schnellte aus seinem Mund eine lange, dünne Zunge mit gespaltenem Ende direkt auf das Gesicht von Frau Maier zu. Starr vor Entsetzen sah sie die Zunge an, die vor ihren Augen tanzte, und sie konnte nicht schreien und sie konnte nichts tun, außer mit ihrer Hand, die am Fahrradlenker lag, die Klingel zu betätigen. Ringringringring! schrillte es über den verlassenen Waldweg. Ringringring! Aber natürlich hörte sie niemand. Niemand kam ihr zur Hilfe und die Zunge kam noch näher ...

Mit einem Ruck war sie wieder wach. Das Herz schlug ihr bis zum Hals und sie war völlig nass geschwitzt. Draußen war es längst dunkel geworden und Frau Maier brauchte einige Sekunden, bis sie ihre Orientierung wieder gefunden hatte. Und da bemerkte sie, dass sie das Klingeln nicht nur geträumt hatte. Es klingelte tatsächlich. An ihrer Tür.

II

Langsam stand Frau Maier vom Sofa auf. Die Angst kroch unaufhaltsam in ihr hoch und sie fühlte sich wehrlos, gegen sie anzukämpfen. Sie spürte ihre lähmende Wirkung. Das liegt nur an diesem Traum, versuchte sie sich einzureden. Der Traum hat mich noch fest in der Hand, ich muss ihn abschütteln und dann ist auch die Angst weg. Aber sie wusste, dass das nicht stimmte. Es war einfach zu viel passiert in den letzten zehn Tagen. Zu viel – selbst für ihre Nerven.

Frau Maier ging zur Tür. Sie wollte, sie durfte nicht klein beigeben. Was sollte aus ihr werden, aus ihrem einsamen Leben im Haus am See, aus ihrer Unabhängigkeit? Wie sollte sie dieses Leben weiter führen, wenn sie der Angst erst einmal erlaubt hatte, sich darin einzunisten? Die Angst war bestimmt hartnäckig, das spürte sie jetzt schon. Würde man der erst einmal den kleinen Finger überlassen, dann wollte sie sicher in null Komma nichts die ganze Hand. Ach was: beide Hände!

Es klingelte noch ein Mal. Ein ausdauernder Besucher. Konnte es tatsächlich wieder der Unbekannte sein? Aber wieso sollte er denn klingeln? Aber andererseits: Wieso eigentlich nicht? Es war doch völlig egal. Draußen war es dunkel und es waren sicher keine Spaziergänger mehr unterwegs. Er könnte in Ruhe klingeln und sie dann direkt an der Haustüre erledigen, niemand würde es bemerken. Und er könnte sich so einen Einbruch sparen. Immerhin stand auch wieder der Stuhl unter der Klinke ...

Entschlossen rückte sie ihn beiseite und riss die Tür mit Schwung auf. Sie schaute direkt in Elfriedes erstauntes Gesicht.

„Frau Gruber!", sagte sie verblüfft und spürte, wie die Erleichterung sie bis in jede Zelle ihres Körpers durchflutete. Verflucht, die Angst hatte sie wohl schon ziemlich im Griff gehabt.

„Frau Maier! Ich dachte schon, Sie sind gar nicht da. Ich war die Woche schon mal da und es hat niemand aufgemacht."

„Doch, doch, ich bin da." Frau Maier lächelte und hoffte, dass sie ruhiger aussah, als sie sich fühlte. „Wenn ich mal nicht da bin, dann bin ich höchstens beim Einkaufen oder beim Putzen. Oder beim Kilianskircherl, da gehe ich immer hin, wenn ich nachdenken muss." Aus Verlegenheit redete Frau Maier einfach drauf los. Sie wusste nun einmal nicht, wie man mit Besuch umging, und sie fühlte sich plötzlich wie die verschrobene Einzelgängerin, die sie in den Augen der anderen wohl war.

Aber auch Elfriede wirkte ein bisschen unsicher. „Es ist so …" fing sie an. „Ich wollte … Ich habe noch Äpfel im Keller gehabt, die mussten weg. Ich habe Apfelmus gekocht." Und sie hielt Frau Maier ein großes Einweckglas hin, das mit einer rot-weiß karierten Schleife liebevoll dekoriert war.

„Kommen Sie doch erst einmal herein!", lud Frau Maier sie ein. Sie wusste nicht so richtig, was sie sagen sollte. Sie bekam ja nie etwas geschenkt.

„Nein, danke!" Elfriede schüttelte den Kopf. „Ich habe gleich vorn am kleinen Parkplatz mein Auto stehen, ich muss nämlich noch in die Stadt. Ich gehe mit einer Freundin zum Griechen. Ich wollte Ihnen das nur bringen und …"

„Ja?"

„Also meine Freundin, die Margit, die kennt gar keinen Dr. Schön."

Frau Maier winkte ab. „Keine Sorge, ich habe den Doktor mittlerweile schon ein paar Mal getroffen und der weist mich sicher nicht ein. Aber danke fürs Fragen!"

Elfriede zögerte wieder. „Und dann wollte ich eigentlich noch …"

Frau Maier wartete.

„… schauen, ob es Ihnen gut geht."

Frau Maier überlegte fieberhaft, was sie sagen

könnte, aber Elfriede hatte sich schon zum Gehen gewandt und winkte zum Abschied noch einmal kurz. „Vielen Dank!", rief Frau Maier ihr nach.

„Vielen Dank", wiederholte sie leise, als sie die Tür schloss, den Stuhl wieder unter die Klinke schob und sich auf die Treppe sinken ließ. Sie strich über das kühle, glatte Einweckglas, streichelte es sanft mit den Fingerspitzen. Sie stellte sich vor, wie wohl ein Leben wäre, in dem man sich abends mit einer Freundin beim Griechen traf. Und sie stellte sich vor, wie schön es gewesen wäre, wenn Elfriede Gruber Zeit gehabt hätte, zum Abendessen zu bleiben. Sie fühlte sich plötzlich unendlich einsam. Einsamer, als wenn die Elfriede nicht vorbeigekommen wäre. „Ein schöner Schmarrn", flüsterte sie in die Leere des dunklen Treppenhauses hinein. „Da schenkt einem mal jemand etwas und dann macht es einen nur traurig." Sie stand auf und ging in die Küche. Aber sie hatte keine Lust, alleine zu essen.

Im Wohnzimmer ließ sie sich in ihren abgewetzten Cordsessel sinken. Ihre Augen brannten, aber sie wollte nicht weinen. Sie weinte nicht. Sie hatte nicht mehr geweint seit dem Tag, an dem der Karl und die Maria geheiratet hatten. Auch nicht, als ihre Mutter beerdigt wurde. Auch nicht, als sie ihren Vater am Ende gefüttert hatte, weil er zu schwach war, den Löffel zu halten.

Eine komische Sache, die Gesellschaft. Hatte man keine, arrangierte man sich irgendwie damit. Kam man aber irgendwie auch nur ein bisschen auf den Geschmack, dann wollte man immer mehr. Saublöd, dachte sie. Sie legte den Kopf zurück und machte die Augen zu. Sie würde einfach bis zum Morgen hier sitzen bleiben. Bis zum Morgen, wenn es endlich wieder hell werden würde.

Elftes Kapitel
Donnerstag

I

Im Morgengrauen wurde sie ruhiger. Sie hatte nichts gehört die ganze Nacht über und sie wusste, dass die ersten Hundebesitzer unterwegs waren, sobald es hell wurde: schnell noch eine Gassi-Runde vor dem Büro. Und wenn Spaziergänger unterwegs waren, dann war es für den Unbekannten nicht mehr sicher genug, bei ihr einzubrechen, davon ging sie aus. Sie legte sich aufs Sofa, deckte sich mit der Wolldecke zu und schlief ein.

Von einem Geräusch vor der Haustüre wurde sie ruckartig wieder wach. Sie hatte das Gefühl, dass höchstens ein paar Minuten vergangen sein konnten, aber ein Blick auf die Uhr zeigte ihr, dass es gleich zehn war. Sie griff sich das Pfefferspray und schlich in die Küche, um aus dem Fenster zu schauen. Wieder falscher Alarm: Der Briefträger verließ gerade das Grundstück und machte sorgfältig das Gartentor hinter sich zu. Bestimmt hatte er sich sehr gewundert, dass Post für Frau Maier kam. Denn das kam nicht oft vor – brachte er doch nur ab und zu eine Stromrechnung vorbei.

Frau Maier rannte zur Tür und stürzte an den Briefkasten. Post! Das konnte doch nur bedeuten, dass der Neuhauser Josef … Sie stutzte. Die Handschrift, in der die Adresse auf dem Umschlag geschrieben war, war eindeutig weiblich. Sabine Kratzer, lautete der Absender. Ungeduldig riss sie den Brief auf.

Regensburg, im Februar

Sehr geehrte Frau Maier, liebes Organisationsteam!

Ich habe mich sehr über Ihren Brief gefreut und deshalb möchte ich Ihnen auch gleich antworten. Ich habe mich so gefreut, weil ich weiß, wie viel meinem Vater ein solches Schultreffen bedeutet hätte.

Leider muss ich Ihnen mitteilen, dass er vor einem halben Jahr verstorben ist, nach einer kurzen, schweren Krankheit.

Ich wünsche ein gutes Gelingen der Veranstaltung und verbleibe mit besten Grüßen,

Sabine Kratzer, geb. Neuhauser

Frau Maier ließ den Brief sinken und schaute zum See hinüber. Leise kräuselte sich die Wasseroberfläche im Wind. Josef Neuhauser war tot. Sie konnte ihn nichts mehr fragen. Jetzt verstand sie auch die Reaktion seines Neffen am Telefon. „Wollen Sie mich verarschen?", hatte er gefragt. Natürlich, denn sie, die angebliche Klassenkameradin, hatte mit einem Toten sprechen wollen.

Der See sah heute kalt aus. Frau Maier fröstelte. Das war jetzt der dritte Tote auf dem Klassenfoto. Nein! Der vierte, sie hatte für einen Moment lang die Anita ganz vergessen. Langsam atmete sie die kalte

Luft ein und aus. Nein. Es war sogar der fünfte Tote, wenn man die Evi auch noch mitzählte. War das normal? Diese Leute waren alle einige Jahre jünger gewesen als sie … Wie viele von ihren eigenen Klassenkameraden lebten eigentlich noch? Sie könnte es bestimmt anhand der vielen, fein säuberlich ausgeschnittenen Todesanzeigen in ihrem Archiv nachprüfen. „Lieber nicht!", murmelte Frau Maier und ging ins Haus zurück. „Lieber nicht", wiederholte sie, als sie die Tür zumachte und zweimal zusperrte. Ihr restliches Leben kam ihr auf einmal sehr, sehr kurz vor.

II

Um zehn nach elf traf Frau Maier fast der Schlag. Sie hatte den Termin bei den Zieglers vergessen! Das war ihr in all den Jahren noch nie passiert, kein einziges Mal. „Mei o mei o mei", seufzte sie. „Jetzt werd' ich auch noch vergesslich."

Alle zwei Wochen am Donnerstag ging sie normalerweise zu den Zieglers. Sie hatte diesen Job schon seit fünf Jahren und sie stand ihm sehr zwiespältig gegenüber. Einerseits machte sie ihn äußerst ungern, weil sie die meiste Zeit damit verbrachte, die Böden der Kinderzimmer leer zu räumen, um überhaupt einmal dort staubsaugen zu können. Inzwischen waren die beiden Kinder der Familie Teenager, was die Sache nicht besser machte. Anstelle der Legosteine und Barbiekleider musste sie jetzt DVDs, Berge von T-Shirts und Computerspiele wegräumen. Andererseits stellte Frau Ziegler, die gestresste Mutter der beiden unordentlichen Kinder, ihr aber jedes Mal eine Wurstsemmel und eine Thermoskanne mit Kaffee auf den Küchentisch. Meistens war Kochschinken auf der Semmel, manchmal aber auch die Pfeffersalami, die sie so liebte. Meistens waren es ganz normale helle Semmeln, manchmal aber auch ihre geliebten Laugensemmeln. Frau Maier warf einen Blick auf ihre Küchenuhr, die weiter ruhig und gemütlich vor sich hin tickte und offensichtlich keine Ahnung hatte, was Eile bedeutete. Viertel nach elf. Um halb eins würden die Kinder aus der Schule kommen. Es lohnte sich nicht mehr, jetzt noch mit dem Putzen anzufangen.

Sie zog sich ihren Anorak an und machte sich sofort auf den Weg zu den Zieglers. Sie hatte einen Brief vorbereitet:

Liebe Familie Ziegler,
es tut mir schrecklich leid, aber ich kann heute nicht putzen. Ich habe furchtbare Kopfschmerzen und schaffe es einfach nicht. Natürlich hole ich den Termin nach. Ich komme in den nächsten Tagen am Nachmittag vorbei, damit wir ausmachen können, wann ich putzen soll.
Hochachtungsvoll!
Frau Maier

Bei „Hochachtungsvoll" war sie sich zwar nicht sicher, ob man das so formulierte, aber sie schrieb ja fast nie offizielle Briefe und das hatte sie irgendwo gelesen. Egal, Hauptsache, die Zieglers kamen nicht darauf, dass sie den Termin schlicht und einfach vergessen hatte. Denn dann würden sie sie vielleicht für vergesslich halten – für zu alt! – und sich eine jüngere Putzfrau suchen.

Der Schnee hatte sich in den letzten beiden Tagen komplett in Matsch verwandelt und war an vielen Stellen geschmolzen. Es war heute viel wärmer. Frau Maier legte den Kopf in den Nacken und schnupperte. Lag da etwa ein Hauch von Frühling in der Luft? Nein, noch nicht ganz. „Aber bald", flüsterte sie vor sich hin. Bald. Sie dachte an die Fische im See. Wenn es wärmer wurde, dann kamen sie aus den tieferen Gewässern wieder weiter nach oben geschwommen. Die Barben mit ihren platten Bäuchen, die Zander mit den hübschen Streifen, die Hechte mit den langen Zähnen. Alle würden sie munter werden und auftauchen. Milde Tage nach einer Kälteperiode – perfektes Beißwetter. Der Karli würde in nächster Zeit vermutlich sehr gute Fänge machen.

Frau Maier warf den Brief bei den Zieglers ein und ging weiter zu Inge Graf. Sie war sowieso schon in der Nähe und sie hatte nichts zu tun. Jetzt, wo sie wusste, dass der Neuhauser Josef tot war, und wo sie aus dem alten Herrn Pfarrer keinen vernünftigen Satz herausgebracht hatte, da waren ihre Ermittlungen an einem toten Punkt angelangt. Genauso tot wie Anita, dachte sie.

Inges Grundstück lag verlassen da und im Schneematsch konnte sie keine neuen Fußspuren erkennen. Sie nahm die Post aus dem Briefkasten und setzte sich an den Küchentisch, um alles zu sortieren. Zeitungen, Zeitschriften, Prospekte, Briefe. Aus dem Stapel fiel ein loses Papier heraus und flatterte zu Boden. Es war ein normaler, weißer Briefbogen ohne Umschlag und in der Mitte nur einmal gefaltet. Als Frau Maier ihn aufhob, klaffte das Papier auseinander und sie erkannte eine altmodische Handschrift. Sie zögerte kurz, dann faltete sie das Blatt auf. Heute ist es eh schon wurscht, dachte sie. Erst die Notlüge bei den Zieglers, dann kann ich hier gleich auch noch schnüffeln.

Sehr geehrte Frau Graf, stand da in einer sehr ordentlichen Schrift, der man auf den ersten Blick ansah, dass sie zu einem alten Menschen gehörte. Es war die Art von verschnörkelter Schreibschrift, die schon lange nicht mehr an den Schulen unterrichtet wurde.

Leider treffe ich Sie nicht an. Deshalb schreibe ich Ihnen, denn ich möchte Sie sehr gerne sprechen. Ich bin Antonia Richter, die Haushälterin vom verstorbenen Herrn Schuldirektor Häuser. Ich bin schon sehr lange bei ihm gewesen. Seit er damals so plötzlich eine Haushälterin gesucht hat.

Ich weiß nicht, ob Sie mich kennen. Ich kenne Sie vom Sehen, aus der Zeit, als ich noch besser zu Fuß war und selbst einkaufen gehen konnte. Ich wohne immer noch im Haus vom Herrn Direktor, denn er hat mir in seinem Testament großzügigerweise lebenslanges Wohnrecht eingeräumt. Für sehr lange wird es wohl nicht mehr sein.

Jedenfalls habe ich beim Aussortieren von den Sachen vom Herrn Direktor etwas gefunden, was mit Ihrer Schwester zu tun hat, mit Anita Graf. Ich habe das schon letztes Jahr gefunden, aber ich wollte mich nicht einmischen. Aber jetzt, wo man im Dorf sagt, dass die Anita verschwunden oder vielleicht sogar – Verzeihung! – verstorben ist, da ist es mir doch ein Anliegen, mit Ihnen zu sprechen.

Bitte kommen Sie zu mir, wenn Sie wieder in Kauzing sind und diese Nachricht erhalten. Wie gesagt, ich bin nicht mehr gut zu Fuß. Aber ich bin fast immer daheim. Sie finden mich im Haus vom Herrn Direktor, Grasweg 6.

Es verbleibt freundlichst
Antonia Richter

Frau Maier spürte, wie wieder eine große Unruhe in ihr aufkam. Wie der See, wenn ein Gewitter aufzog, so fühlte sie sich. Sie wusste nicht, aus welcher Richtung der Sturm aufziehen würde, aber sie konnte die dunklen Wolken schon erahnen, die sich irgendwo am Horizont zusammenballten, und ein kleiner Schauer lief ihr über den Rücken – so wie es immer war, wenn sie an einem heißen Sommertag den ersten leisen Windhauch spürte und sich von den Badegästen noch niemand etwas dachte.

Sie versuchte, konzentriert nachzudenken, aber sie war wie elektrisiert. Warum? Was hatte sie an der Nachricht von Antonia Richter so gefesselt? Es war eine neue Spur, ja. Die alte Dame hatte irgendeine Information über Anita. Aber das allein war es nicht, nein.

Frau Maier schloss die Augen und plötzlich hatte sie wieder das Klassenfoto vor sich. Ganz deutlich konnte sie es sehen: Anita und Evi, so ernst und blass, wie sie sich an den Händen hielten. Der Neuhauser Josef, fröhlich lachend – jetzt war er tot. Der Kecht Klaus, der die Evi anschaute. Und in der Mitte, im Zentrum von allem, der Herr Schuldirektor.

Frau Maier erstarrte und öffnete ihre Augen. Wie hatte sie nur so blind sein können? Alle Jungs auf dem Foto hatte sie durchgeschaut und überlegt, wer verdächtig sein könnte und gegrübelt, welche davon heute als Männer noch in Kauzing lebten. Und dabei hatte sie übersehen, dass der Direktor auch ein Mann war! Wieso hatte sie noch nie in diese Richtung gedacht? Der Pfarrer … der Herr Direktor … vielleicht ging es gar nicht um die Klassenkameraden. Aber nach kurzem Überlegen schüttelte sie den Kopf. Diese Theorie hatte einen entscheidenden Haken:

Der Direktor war ja längst tot, das stand doch im Brief der Haushälterin. Abgesehen davon wusste das wohl jeder in Kauzing, denn jetzt fiel es Frau Maier wieder ein: Er hatte fast so etwas wie ein Staatsbegräbnis bekommen – falls man in einem Dorf wie Kauzing von so etwas sprechen konnte. Tagelang war im Supermarkt und beim Bäcker und beim Metzger und beim Fischer-Karli von nichts anderem die Rede gewesen. War das schon wieder zwei Jahre her? Oder war das erst letztes Jahr gewesen? Egal, selbst wenn der Direktor noch am Leben gewesen wäre – ein über 90-Jähriger würde wohl kaum nachts um ihr Haus schleichen, die Inge überfallen und dann fix über den Gartenzaun springen. „So ein Schmarrn", murmelte Frau Maier. „Ich bin ja schon ganz narrisch."

Und trotzdem war da wieder diese nagende Gewissheit irgendwo in ihrem Hinterkopf, dass sie etwas übersehen hatte. Dieses Gefühl vom Samstag. Sie hatte etwas entdeckt. Aber was, um Himmels willen, was nur? Sie dachte an den nächtlichen Besucher und an den toten Fisch am Fuß der Treppe. Wer war er? Kannte er sie, kannte sie ihn? Die blauen Augen, die ihr vage bekannt vorgekommen waren, letzte Woche beim Überfall auf die Inge …

Sie stand auf und ging in den ersten Stock. Vom Balkon aus betrachtete sie lange ihren geliebten See. Das Wasser sah grünlich aus und sie dachte wieder an die Fische, wie sie silbrig glänzend durch dieses trübe, kühle Grün schwammen. Die Berge waren immer noch mit Schnee bedeckt und am Himmel ballten sich tatsächlich dunkle Wolken zusammen, obwohl ein Unwetter über dem See im Spätwinter unwahrscheinlich war.

Das Unwetter zog nur in ihrem Kopf auf. Der Herr Direktor mit seinem stolzen Lächeln und seiner geraden Körperhaltung. War er eigentlich ein strenger Lehrer gewesen? Frau Maier wusste es nicht, denn ihre Abschlussklasse hatte er nicht unterrichtet. Sie versuchte, sich zu erinnern, was man so über ihn erzählt hatte. Aber immer wieder schob sich vor ihre Überlegungen sein lächelndes Gesicht. Besitzerstolz, das war es. Irgendwie strahlte er Besitzerstolz aus. Meine Schüler, meine Schäfchen. Frau Maier fröstelte und sie ging wieder ins Haus zurück.

Vor Anitas Zimmer zögerte sie. Sie dachte an den dicken, ungeöffneten Briefumschlag aus Luftpost-Papier, der auf dem Schreibtisch lag. Aber nein, das wären zu viele der Unverschämtheiten an einem Tag. Sie zwang sich, zur Treppe zu gehen.

Plötzlich glaubte sie ein Geräusch im Hof zu hören. Sie ging zum Fenster und spähte vorsichtig nach unten. Aber nein, da war niemand. Auf der Straße vor dem Haus schob eine junge Mutter einen Kinderwagen vorbei. Sie sah müde aus. Und ein junger Mann in einem schwarzen Anorak ging auch vorbei – oder gehörte er zur jungen Frau? Nein, sie sahen sich nicht an und der junge Mann überholte sie wortlos.

Frau Maier atmete hörbar aus. Überall hörte sie jetzt schon Geräusche und fühlte sich verfolgt. Sie musste das dringend wieder loswerden! Angst vor ihrem einsamen Leben kroch in ihr hoch, aber sie kämpfte mit aller Macht dagegen an. Um sich abzulenken, überlegte sie laut vor sich hin: „Ob ich die Frau Graf wohl anrufen und ihr von der Nachricht von Antonia Richter erzählen sollte? Sie hat mir die Telefonnummer von ihrer Cousine ja hingelegt. Aber nein, sie braucht jetzt Abstand und sie würde nur sofort nach Kauzing zurückkommen. Nein. Da habe ich eine bessere Idee." Ihre eigene Stimme in Inges leerem Haus beruhigte sie nicht.

Wieder drifteten Frau Maiers Gedanken ab, als sie das Haus zusperrte und den Schlüssel einsteckte. Das Versteck im Blumenkasten erschien ihr plötzlich nicht mehr sicher genug. Sie wickelte sich ihren Schal fester um den Hals, als könnte das etwas gegen ihr inneres Frösteln ausrichten, und machte sich auf in Richtung Grasweg.

III

Auf ihrem Weg durch das Dorf war sie immer noch völlig in Gedanken versunken und erschrak fürchterlich, als mit quietschenden Bremsen ein Fahrrad neben ihr anhielt.

„Grüß Gott, Frau Maier!", sagte eine fröhliche

Stimme und sie war erleichtert. Es war nur der Seppi, der Lehrling vom Supermarkt und ihr besonderer Liebling. Sie mochte ihn, weil er lustig und schlagfertig war und ihr manchmal auf dem Fahrrad die Einkäufe nach Hause brachte. Er mochte sie, weil sie, wie er ihr einmal treuherzig anvertraut hatte, „ausschauen wie meine Oma und die ist schon tot".

„Wie geht's, wie steht's?", fragte er. „Wir haben grad reduzierten Lachs da, der hat ein falsches Verfallsdatum aufgedruckt. Soll ich einen für Sie zurücklegen?"

„Ja gerne, Seppi, danke", sagte Frau Maier und lächelte ihn an. Seppi lächelte zurück. Wenn er die rundliche Frau Maier sah mit ihren grünen, aufmerksamen Augen und den Lachfalten, dann freute er sich.

„Ich muss weiter!", rief er und schwang sich wieder aufs Rad. „Der Boss wartet." Seppi rollte die Augen und Frau Maier lachte. Der Boss war der dynamische Filialleiter, eine schreckliche Nervensäge.

„Kommen Sie am besten morgen gegen Mittag vorbei, dann fahre ich in der Mittagspause schnell bei Ihnen vorbei und bringe Ihnen die Einkäufe."

„Danke!", rief sie ihm nach, da drehte er in einer gewagten, engen Kurve noch einmal um. „Wollen Sie eigentlich in den Grasweg rein?", fragte er und nickte in Richtung der kleinen Straße, die hinter ihnen anfing. „Da werden Sie, glaube ich, nicht durchkommen. Da stehen überall Polizei und Krankenwagen und so. Keine Ahnung, was da passiert ist."

Mit diesen Worten flitzte er davon und Frau Maier fühlte sich fast gelähmt von der Kälte, die erneut in ihr aufstieg. Sie schüttelte sich und ging so schnell wie möglich weiter in den Grasweg hinein.

IV

Schon von weitem sah sie Blaulicht, einen Krankenwagen und viele Menschen. Beim Näherkommen registrierte sie auch noch einen Notarztwagen. Und – ihr Herz machte einen kurzen, aber heftigen Stolperer – einen Leichenwagen. Sie wusste bereits, vor welchem Haus sich dieser Großeinsatz abspielte, noch bevor sie dort angekommen war. Hausnummer 6, das Haus vom Direktor Häuser.

Sie ging langsamer und sah zur Tür hinüber. Sie blieb stehen. Die Tür ging gerade auf und zwei Männer trugen eine Bahre heraus. Und auf der lag eine zugedeckte Leiche.

Frau Maier schloss die Augen. Was war nur los hier in Kauzing? Wer ging hier herum und brachte Menschen zum Schweigen? Und warum?

Ein Sanitäter, der am Krankenwagen lehnte, wurde auf sie aufmerksam.

„Wollten Sie zur Frau Richter?", fragte er.

Frau Maier nickte und sagte nichts. Aber sie sah anscheinend so geschockt aus, dass der nette junge Mann Mitleid hatte.

„Sie ist im Schlaf gestorben, ganz friedlich, sie musste nicht leiden. Die Frau von der Sozialstation hat sie heute früh in ihrem Fernsehsessel gefunden."

Dann lächelte er ihr aufmunternd zu, so, als ob das doch alles in allem eine sehr gute Nachricht wäre.

Frau Maier lächelte fassungslos zurück. Sie verstand überhaupt nichts mehr. Wieso war denn Frau Richter ausgerechnet jetzt zufällig im Schlaf gestorben? Jetzt, wo sie ihr vielleicht eine wichtige Information über Anita Graf hätte liefern können? Wie benommen ging Frau Maier einen Schritt auf das Haus zu – und drehte sich sofort wieder auf dem Absatz um. Denn kein anderer als der Kommissar Brandner kam just in dem Moment aus dem Haus heraus. Zu spät. Er hatte sie gesehen „Halt, Sie sind doch Frau Maier, oder?", rief er, und Frau Maier musste sich wohl oder übel wieder umdrehen. Der Kommissar hatte auch noch so laut gerufen, dass alle in ihren hastigen Aktivitäten – Leiche verstauen, Absperrband aufhängen, Funkgeräte ein- und ausschalten – innehielten und interessiert zu ihr herübersahen.

Sie atmete tief durch und besann sich auf ihre alt bewährte innere Ruhe. „Richtig, die bin ich", antwortete sie freundlich. Der Polizist sah sie ungläubig an.

„Ja, sagen sie mal, was machen Sie denn hier? Sind Sie denn immer da, wo es gerade eine Leiche gibt?" Seine Lautstärke ging verdächtig in Richtung Schreien. Alter Choleriker, dachte Frau Maier verächtlich. „Auf Wiedersehen", flötete sie und ging mit raschen

Schritten davon. Der Kommissar war ein paar Sekunden lang sprachlos, aber es fiel ihm auch kein triftiger Grund ein, die komische Alte zurückzuholen. Er schüttelte den Kopf und schrie einen jungen Beamten an: „Schau nicht so blöd, sondern gib lieber durch, dass keine Obduktion nötig ist!"

Manchmal ist so ein Choleriker auch ganz praktisch, dachte Frau Maier im Weggehen. Wenigstens redet er immer so laut, dass man alle wichtigen Informationen auch ganz sicher mitbekommt.

V

Frau Maier schnaufte. Und schwitzte. Eine ganz neue Mode ist das mit dem ständigen Schwitzen, dachte sie verächtlich. Ihre Füße waren auch feucht, aber leider nicht warm. Der völlig aufgeweichte Schneematsch sickerte langsam durch die Ritzen ihrer alten Stiefel. Daheim würde sie sich eine Wärmflasche und eine schöne Tasse Kaffee machen, tröstete sie sich. Aber nicht jetzt. Jetzt musste sie dringend zum Kilianskircherl und nachdenken. Auch, wenn es ihr dort in letzter Zeit nicht mehr behagt hatte – ein anderer Platz zum Denken fiel ihr nicht ein. „Die Macht der Gewohnheit", brummte sie vor sich hin. Dann blieb sie abrupt stehen. Führte sie eigentlich in letzter Zeit öfter Selbstgespräche als früher, konnte das sein? „Entweder macht mich der Fall mit der

Anita langsam irre oder ich werde tatsächlich senil", stellte sie nach kurzem Nachdenken fest – und erschrak, weil sie schon wieder laut vor sich hingeredet hatte.

Der See schimmerte in einem milchigen Blau, die Konturen zu den Inseln, zu den Ufern und den Bergen verschwammen mit dem farblosen Himmel.

Der Friedhof lag vollkommen verlassen da. Wie meistens. Denn er war einfach zu weit außerhalb des Dorfes, als dass dort ständig Angehörige zur Grabpflege oder zu Besuch bei ihren Toten vorbeikämen. Außerdem waren viele Gräber schon so alt, dass es vermutlich keinen Lebenden mehr gab, der sich an die Toten darin erinnerte.

Nur beim Grab mit den Initialen war das wie immer anders. Dort lag heute eine frische Rose und bildete einen roten Farbfleck im grau-braunen Schneematsch ringsum. Frau Maier lächelte und fast im selben Moment stutzte sie. Jetzt, wo der Schnee fast weggetaut war, sah man wieder deutlich die frisch aufgeschüttete Erde. Und es war eine ganze Menge Erde, wirklich viel mehr als zum Anpflanzen nötig gewesen wäre. Und außerdem pflanzte man im Winter nun einmal nicht an. Frau Maier schüttelte den Kopf. Da ist wohl jemand etwas übereifrig, dachte sie und stapfte zum Kircherl.

Schwaches Licht fiel durch die Fenster und erhellte den kleinen Raum nur wenig. Die Steinmauern der Kirche atmeten noch immer die in ihnen gespeicherte, eisige Winterluft aus, und es war drinnen um einige Grade kälter als im Freien. Frau Maier setzte sich hin und ließ ihren angestauten Gedanken freien Lauf. Sie beobachtete die kleinen Dampfwolken, die sie bei jedem Ausatmen produzierte.

Sie konnte nicht glauben, dass die alte Frau Richter einfach so gestorben war. Sanft und friedlich im Schlaf – gerade jetzt, wo sie über Anita hatte reden wollen. Nein. Daran glaubte sie genauso wenig wie an einen zufälligen Überfall auf Inge oder wie an Nixen im See. Zu dumm, dass der Brandner keine weiterführende Untersuchung angeordnet hatte. Sehr viele ungeklärte Morde gab es genau durch solche Fälle, das hatte sie kürzlich erst wieder gehört. Man findet einen alten Menschen, niemand hinterfragt seinen Tod, er wird unter der Rubrik „natürlich" abgehakt und das war's. Sie schüttelte den Kopf.

Was hatte Frau Richter nur gewusst? Und wie hatte ihr Mörder davon erfahren? Frau Maier erschrak. Konnte es sein, dass er noch immer um Inges Haus schlich, dass er irgendwie ins Haus gelangt war und den Brief gelesen hatte? Beim Gedanken daran, im leeren Haus von Inge dem Mörder von Anita zu begegnen, fröstelte sie. „So ein Schmarrn", sagte sie dann laut, um sich zu beruhigen. „Dann hätte er den Brief doch verschwinden lassen!"

Ihre Worte klangen in der stillen Kirche seltsam hohl und unnatürlich. Hatte sie wirklich eine so hohe Stimme? Eigentlich hatte sie sich mit dem lauten Sprechen nur ein bisschen selbst beruhigen wollen, aber das Gegenteil war der Fall. Irgendetwas fühlte sich falsch an, sie fühlte sich … belauscht.

Jetzt fror sie wirklich. Das sind nur die nassen Füße, redete sie sich ein, aber gleichzeitig blickte sie sich verstohlen um. Das Kircherl war überschaubar, nur etwa zehn Holzreihen auf jeder Seite des Mittelgangs. Niemand außer ihr war da und es war ganz still. Plötzlich wurde Frau Maier bewusst, wie einsam das Kircherl und der Friedhof waren. Niemand würde sie hier hören, niemand würde vorbeikommen, wenn … Wenn? Ja, wenn was eigentlich?

„So ein Schmarrn!", sagte sie noch einmal extra laut und stand auf. Im Gehen warf sie aus reiner Neugier noch einen Blick auf die Kerben in der Bank. Neben der ersten und der zweiten halbherzigen Kerbe prangte eine dritte, frische, tiefe, rohe Kerbe.

VI

Er saß ganz still oben im Chor neben der kleinen Orgel. Ganz still. Einatmen, ausatmen, keine Bewegung. Die fette Alte durfte ihn nicht sehen. Noch nicht. Er fühlte sich seltsam ruhig. Alles bewegte sich auf ein Ende zu, das spürte er. Eine Gefahr nach der anderen räumte er aus dem Weg und die Alte, das würde sein persönlicher Triumph werden. Der Höhepunkt. Und der Endpunkt.

VII

Frau Maier verlangsamte ihre Schritte erst, als sie wieder in der Nähe von Häusern war. Sie ging dieses Mal auch nicht am See entlang zurück nach Kauzing, sondern lieber an der Hauptstraße. Sie ärgerte sich über ihre Angst, aber sie konnte sie nicht mehr im Zaum halten.

Wo soll das enden? Was soll ich tun? Die beiden Fragen kreisten in ihrem Kopf und wurden zu einer endlosen Spirale, die sie fast wahnsinnig machte.

In diesem Moment sah sie die Telefonzelle. Sie griff in ihre Manteltasche und fühlte die inzwischen leicht zerknitterte Karte zwischen ihren Fingern. Entschlossen betrat sie die Zelle und wählte Franks Handynummer.

„Frank? Sind Sie es? Hier ist …"

„Oh, Sie haben mich gleich erkannt. Gut. Hören Sie … störe ich?"

„Nein, nein, es ist nichts passiert. Aber ich habe eine Bitte."

„Jaja, ich habe das mit dem Todesfall in Kauzing mitbekommen – genau darum geht es doch! Frank, Sie müssen irgendwie dafür sorgen, dass die alte Dame noch einmal … angeschaut wird."

„Lachen Sie nicht, ich meine es ernst. Glauben Sie mir. Da stimmt etwas nicht. Ich bin mir ganz sicher!"

„Ich weiß nicht, wie Sie das machen sollen. Aber Sie haben doch Kontakte. Sie wissen doch sicher, wo die Frau Richter jetzt ist. Und kennen Sie nicht einen Arzt, der so was normalerweise macht? Der sich auskennt mit … toten Menschen.

„Ach kommen Sie Frank, Sie und ich wissen doch beide, dass Sie nicht so harmlos sind, wie Sie aussehen."

„Das geht nicht ohne offizielle Anordnung? Aber kann man dann nicht einfach ganz inoffiziell einen Blick auf die Leiche werfen? Wenigstens schauen, ob etwas Auffälliges zu sehen ist vielleicht?"

„Ärger? Sie sind doch Psychologe, Sie können doch mit so was umgehen."

„Bitte versuchen Sie es wenigstens. Ich koche für Sie dann auch wieder eine schöne, große Lachs-Lasagne."

„Na gut, und Kartoffelsalat auch noch."

„Sie können mich nicht anrufen, wenn es etwas Neues gibt. Sie müssen vorbeikommen. Ich habe nämlich kein Telefon."

„Wieso hätte ich Ihnen das denn früher sagen sollen?"

„Na gut, wenn Sie meinen. Bis bald, Frank. Auf Wiederhören."

Frau Maier trat ein wenig erleichtert aus der Telefonzelle. Zumindest hatte sie irgendetwas versucht. Und außerdem hatte es gut getan, Franks vertraute Stimme zu hören, und wenn es nur für zwei Minuten gewesen war. Was war sie nur für eine einsame alte Schachtel. Sie schnaubte, wickelte ihren Schal fester um sich und ging weiter.

Aus dem Schatten einer Hecke, ein paar Meter von der Telefonzelle entfernt, löste sich eine Gestalt und schaute ihr nach.

VIII

Das kleine Haus am See sah so gemütlich aus mit seinen grünen Fensterläden und der Holzveranda. Und es war immer ihr sicherer Hafen gewesen. Dort hatte sie sich wohl und geborgen gefühlt, egal, was das Leben gebracht hatte.

Traurig stand Frau Maier am Gartentor und sah es sich an. Jetzt musste sie bei seinem Anblick daran denken, wie oft ihr nächtlicher Besucher es wohl schon beobachtet hatte – und ob er heute Nacht wieder kommen würde. Hinter der Hecke raschelte es leise. Frau Maier zuckte zusammen. Da kam auch schon die Katze angetrabt und maunzte vorwurfsvoll. Frau Maier hob sie hoch und rieb die Nase an ihrem warmen, weichen Bauch. „Ich bin so froh, dass ich dich habe", flüsterte sie und spürte, dass ihre Augen wieder brannten.

Im Haus ging sie unruhig durch alle Zimmer. Die Fenster waren geschlossen, alles war ordentlich und aufgeräumt, alles war wie immer. Langsam nahm sich Frau Maier ein Kochbuch aus dem Regal. *Das große Kochbuch der Fische*, einer ihrer Klassiker. Sie fing an zu blättern, aber ihr Blick wollte einfach an keinem Bild hängenbleiben und ihre Augen flogen unruhig über die Rezepte. Bei keinem kam sie über die ersten paar Zeilen hinaus. Und ihre Gedanken spielten erst recht nicht mit. Wo sich sonst knusprige Fische, schmackhafte Gewürze und feine Soßen einfanden, war der Raum heute schon besetzt. Mit Anita. Und Evi. Und dem Pfarrer. Und Frau Richter. Ein einziger Fisch war auch da. Aber er war nicht knusprig, er war kalt und tot und starrte sie aus fragenden Augen an.

Frau Maier schüttelte sich. Wenn es mit dem Lesen der Kochbücher nicht funktionierte, dann könnte sie ja vielleicht etwas kochen? Doch als sie den

Vorratsschrank aufmachte, sah sie nichts außer ein paar Kartoffeln, zwei Karotten, einer Stange Lauch und zwei Zucchini mit verdächtig welliger Haut. Na gut. Eintopf. Da konnte sie wenigstens zuerst viel schälen und schnipseln und dabei hoffentlich auf andere Gedanken kommen. Doch schon als die ersten Kartoffelschalen auf die Wachstuchdecke auf dem Küchentisch fielen, war Frau Maier wieder bei Anita, bei Antonia Richter und beim toten Fisch. Stopp, stopp, stopp, stopp, STOPP! Das musste aufhören.

Sie stand auf und ging zum Fenster. Die Vorhänge waren fest geschlossen, wie immer in letzter Zeit. Durch einen kleinen Spalt lugte sie in den mittlerweile dunklen Garten hinaus. Wie gern würde sie jetzt warm eingepackt hinausgehen, durch den Garten und das Tor hinaus und bis hinunter an den See. Und dort beobachten, wie weit oben die Sterne funkelten und schauen, ob man die Silhouette der Berge erahnen konnte und zuhören, wie das Wasser leise plätscherte. Aber sie traute sich nicht. Sie traute sich noch nicht einmal, das Fenster aufzumachen. Als könnte sie ihre Gedanken lesen – ach was! Sie *konnte* ihre Gedanken lesen, davon war Frau Maier überzeugt – hüpfte die Katze auf die Fensterbank und sah sie forschend an. „Ja", flüsterte Frau Maier und kraulte sie sanft hinter dem linken Ohr. „Ja, ich weiß, ich bin dumm." Die Katze schnurrte. Aber sie war unerbittlich. „Jaja", seufzte Frau Maier, „ich mach's ja." Sie ging zur Haustür, die Katze blieb dicht an ihrer Seite.

Vor der Tür blieben sie stehen. Die Katze wartete geduldig, bis Frau Maier das Zittern in ihren Knien unter Kontrolle hatte. Sie schloss die Augen kurz, holte tief Luft und öffnete die Tür so entschlossen, wie es ihr irgendwie möglich war.

Kalte Luft und Dunkelheit und Stille warteten draußen. Frau Maier warf einen Blick in den Garten und versuchte, ein paar Mal ruhig ein- und auszuatmen, während die Katze an ihr vorbeiflitzte, zielstrebig zum Gartentor lief und in der Dunkelheit verschwand. Frau Maier machte einen etwas zu hastigen Schritt zurück und schloss die Tür etwas schneller und fester als unbedingt nötig gewesen wäre. Sie musste sich einen Moment anlehnen und spürte die mittlerweile schon vertrauten Schweißperlen auf der Stirn.

Er war da draußen, das wusste sie jetzt. Hinter der Dunkelheit, hinter dem Gartenzaun hatte er gelauert und zu ihr herüber geschaut. Sie wusste es einfach. Denn wenigstens ihre feinen Sinne, ihre Fähigkeit eines Tieres, Gefahren zu wittern und Spuren aufzunehmen, die hatte sie noch.

IX

Gut. Jetzt mussten feste Regeln her. Thema für die Kartoffeln: Elvis. An Elvis und an nichts anderes durfte sie denken, während sie die Kartoffeln schälte. Geboren am 8. Januar 1935 in Tupelo, Mississippi.

Der Mississippi ist der längste Fluss der Welt, fast 4000 Kilometer lang. Wie viel Wasser das ist, das da fließt und fließt und fließt. Mal grün, mal grau, mal blau ... wie das Wasser im See. Und wie viele Fische wohl darin schwammen ... kleine und große und silberne. Welche, die aussahen, als wären sie eine Hand, die unter Wasser leise winkt ...

„Herrschaftszeiten!", fluchte Frau Maier.

Elvis! Elvis war das Thema für die Kartoffeln. Konzentriert schnitt sie die Knollen in ordentliche Würfel. Elvis. Elvis. Elvis. Das Messer rutschte ab und Blut sickerte in das gelbe Fleisch der Kartoffelwürfel. Ob wohl auch Anitas Blut das Seewasser rot gefärbt hatte? Sie wusste ja nicht einmal, wie sie gestorben war. Erwürgt? Erstochen?

Gut. Jetzt die Karotten. Das Thema für die Karotten: Gewürze. Welche Gewürze hatte sie noch für den Eintopf? Petersilie, frisch gemahlenen Pfeffer. Salz natürlich. Das Salz in der Suppe. *Mein Salz in der Suppe.* Frau Maier lächelte. Der Karli hatte das oft zu ihr gesagt: „Du bist doch mein Salz in der Suppe!" Und obwohl das vielleicht nicht sehr originell war, hatte sie sich jedes Mal darüber gefreut. Sie atmete ruhiger. Unglaublich, wie sich ihr Leben in den letzten wenigen Tagen entwickelt hatte. Unglaublich, dass der Gedanke an den Karli, der sie normalerweise am meisten aufwühlte, sie jetzt geradezu beruhigte im Vergleich zu diesen anderen Gedanken ...

Gewürze! Dill hatte sie immer zuhause, denn der

passte so gut zu vielen Fischgerichten. Fisch. Ein toter Fisch mit weit offenen Augen am Fuß ihrer Treppe. Das Messer rutschte ihr aus der Hand und fiel klirrend zu Boden. Die Tränen stiegen wieder hoch, aber sie wollte und sie musste sich zusammenreißen. Frau Maier nahm all ihre Willenskraft zusammen, hob langsam das Messer auf und schnitt fein säuberlich das restliche Gemüse. Dann packte sie alles in Tupperdosen und in den Kühlschrank. Die Lust am Kochen und Essen war ihr vergangen.

X

Die zwei schwarzen Hände näherten sich langsam, sehr langsam und beinahe geräuschlos. Nicht schlecht für einen Menschen! Die Katze wusste sicher, dass es ein Mensch war. So sahen Menschenhände aus. Allerdings waren sie normalerweise nicht schwarz.

Handschuhe. Ein Mensch mit Handschuhen. Die Katze blinzelte. Sie hatte gerade so gemütlich geschlafen, dicht an die Rückwand des kleinen Hauses gekuschelt, und war wohl einen Moment lang nicht aufmerksam gewesen. Nur so konnte sie es sich erklären, dass die Hände schon so nahe waren. Ihre Schnurrhaare zitterten und sie witterte die Gefahr so eindeutig, als würde ein Rudel Bluthunde mit triefenden Lefzen vor ihr stehen. Sie blieb ruhig, aber sie spannte die Muskeln an. Hinter ihr war die Hauswand, vor ihr die Hände ... Sie brauchte gar nicht erst mit ihren scharfen Krallen nach ihnen zu schlagen, denn da waren ja noch die Handschuhe. Sie saß tatsächlich in der Falle. Die Katze spannte jeden Muskel und jede Sehne ihres Körpers an. Die Hände mit den schwarzen Handschuhen waren jetzt ganz, ganz nah. Und der Geruch des Menschen, der zu diesen Handschuhen gehörte, wehte in der Nachtluft in ihre Nase ... Sie hatte ihn schon einmal gerochen.

XI

Frau Maier konzentrierte sich voll und ganz auf ihren Atem. Wenigstens versuchte sie das. Es ärgerte sie, dass die Angst die Kontrolle übernommen hatte und sie sehnte sich nach ihrem alten Gleichmut. Sie war sich sicher, dass der da draußen ihre Angst bemerkt hatte – ihr zögerliches Öffnen der Tür, die verstohlenen Blicke in Richtung Gartenzaun, ihr zu schneller Rückzug ins Haus. Es ärgerte sie, dass er jetzt vermutlich triumphierte. Denn das hatte er ja von Anfang an gewollt: sie einschüchtern, ihr Angst machen.

Warum er das wollte, das war eine andere Frage. Zuerst hatte sie gedacht, er wolle sie zum Schweigen bringen. Aber bereits zum wiederholten Male fragte sie sich, ob jemand wirklich diese Methode wählen würde? War es nicht viel wahrscheinlicher, dass sie gerade aus Angst jemandem von den nächtlichen Besuchen erzählen würde? Sie brummte leise. Wer weiß, wie schlau der Kerl war. Vielleicht reichte seine Logik nicht so weit. Oder vielmehr: seine Einschätzung menschlichen Handelns. Vielleicht kannte er sich mit normalen menschlichen Regungen nicht besonders gut aus? Vielleicht war er ein Irrer, dem es einfach nur Spaß machte, sie zu ängstigen?

Frau Maier setzte sich mit einem Ruck aufrecht hin. Dieser Gedanke war ihr noch gar nicht gekommen! Dass es vielleicht gar kein Motiv, gar keinen richtigen Grund gab für alles, was passiert war. Außer dem, dass ein Irrer da draußen herumlief im beschaulichen Kauzing. Und blöderweise lief er bevorzugt um ihr Haus herum.

Draußen raschelte es leise. Jedes einzelne Härchen an Frau Maiers Armen stellte sich auf. Langsam stand sie auf. Sie hatte sich ins Schlafzimmer zurückgezogen. Allerdings nicht ins Bett, denn alleine der Gedanke an Schlaf erschien ihr absurd. Sie hatte sich in den Schaukelstuhl gesetzt, mit dem Gesicht zur Tür. Sie wollte ihrem nächtlichen Besucher wenigstens direkt in die Augen schauen. Sehr lange hatte sie überlegt, im ganzen Haus das Licht brennen zu lassen. Es war ja sowieso egal, er würde sie finden – ob mit oder ohne Licht. Und mit Licht fühlte wenigstens sie sich besser. Am Ende hatte sie sich doch dagegen entschieden, und zwar wegen der Katze.

Denn die Katze war den ganzen Abend nicht wieder aufgetaucht. Und Frau Maier hatte sich nicht getraut, so wie sonst in den Garten und ums Haus zu gehen und nach ihr zu rufen. Deshalb lauschte sie nicht nur auf jedes Geräusch, das ihren nächtlichen Besucher ankündigen würde, sondern auch auf ein leises Rascheln oder Maunzen der Katze. Wenn sie dann im Dunkeln ans Fenster ging, würde sie die Katze vielleicht unten vor dem Haus erkennen können.

Und so beobachtete sie in regelmäßigen Abständen den Garten und wartete. Es war ihr unangenehm, allein zu sein. Mit der Katze hätte sie sich viel besser gefühlt. Und außerdem nagte irgendwo ganz weit hinten in ihrem Gehirn eine kleine Sorge – oder gar eine Ahnung? Sie hoffte, dass es keine war. Auch, wenn die Katze manchmal die ganze Nacht wegblieb … dieses Mal hatte sie ein ungutes Gefühl dabei.

Frau Maier ging zurück zum Schaukelstuhl. Sie hatte nichts erkennen können und das Rascheln war auch nicht mehr zu hören. Sie seufzte. Sie hatte sich nie genauere Gedanken über das Ende ihres Lebens gemacht, aber so hätte sie es sich bestimmt nie vorgestellt. So gruselig, so ausweglos, so … spektakulär. *„Ermordet von einem Unbekannten"*, sagte sie leise. Die Regionalzeitung würde sich freuen über noch so eine aufregende Schlagzeile aus dem Dorf am See. Es war schon komisch: Das Spektakulärste, das in den ganzen letzten Jahren in Kauzing passiert war, war vermutlich die Abwahl des CSU-Bürgermeisters und der Wahlsieg seines Gegenkandidaten von den Freien Wählern. Und jetzt plötzlich … lauter Leichen.

Natürlich war sie selbst noch keine Leiche. Sie fühlte sich noch sehr lebendig. Aber in dieser Nacht im kleinen Haus am See, während draußen über dem Wasser besonders viele Sterne funkelten, fühlte Frau Maier, dass die Wahrscheinlichkeit, diesen Sternenhimmel noch einmal von unten zu sehen, weniger als fünfzig Prozent betrug.

Vielleicht hätte sie doch zum Karli gehen sollen? Oder zur Elfriede?

Und dann? Dann hätte es trotzdem noch eine nächste Nacht gegeben und noch eine und noch eine … Nein, irgendetwas musste passieren, so oder so. Entweder die Sache wurde beendet oder sie würde überleben und dann endlich wieder weiterleben. Ohne Angst und mit ihrer alten Ruhe.

Das Gartentor knirschte kaum hörbar. Frau Maier spitzte die Ohren und ging langsam zum Fenster. Sie hatte überall Gänsehaut, selbst ihre Kopfhaut prickelte.

Er war da. Er war wieder schwarz gekleidet und hatte die Skimaske übergezogen. Er ging langsam aber zielstrebig auf das Haus zu. In der Mitte des Gartens blieb er kurz stehen und schaute zu ihrem Schlafzimmerfenster hoch. Ob er sie da stehen sah? Frau Maier war wie versteinert. Sie starrte den Mann an wie das Kaninchen die Schlange und sie spürte, wie ihr Herz fast verrückt wurde. So wie in diesem Traum, als es aus ihrem Mund gehüpft war und dann auf dem Boden langsam aufgehört hatte zu schlagen.

Ob sie dem Karli vielleicht noch einmal einen Brief hätte schreiben sollen? Aber nein, er wusste ja alles, was sie ihm hätte schreiben können. Plötzlich wurde sie ruhiger. Zumindest hinterließ sie keine offenen Rechnungen. Und alles, was sie in ihrem Leben bereut hatte, hatte sie in den letzten Tagen in einem etwas anderen Licht sehen können. Vielleicht ist das, was man sich am meisten wünscht, nicht immer die Ideallösung. Vielleicht musste man irgendwann auch einmal aufhören, sich etwas Unmögliches, etwas Vergangenes zurückzuwünschen.

Frau Maier setzte sich wieder in ihren Schaukelstuhl und wippte sanft vor und zurück. Auf ihrem Schoß lag ein gerahmtes Bild. Aber es war nicht das vom Fischer-Karli. Sie hatte sich aus dem Wohnzimmer das Elvis-Foto mitgenommen. Irgendjemanden brauchte sie an ihrer Seite.

Er war jetzt an der Tür. Sie hörte ein kratzendes Geräusch am Schloss, dann ein Rütteln. Stille. Jetzt hatte er bemerkt, dass sie den Stuhl wieder unter die Klinke geschoben hatte. Blödsinnig, das wusste sie. Aber sie hatte es trotzdem gemacht.

Jetzt hörte sie nichts. Das war am schrecklichsten – nichts zu hören. Wenn sie wusste, wo die Gefahr war, aus welcher Richtung sie kam und vor allem wann sie kam, dann fühlte sie sich wenigstens ein bisschen gewappnet. Aber so … Stille. Frau Maier hörte, dass sie sehr laut atmete. Im nächsten Moment zerschnitt ein Klirren die Stille, das nach der Ruhe umso ohrenbetäubender klang. Er hatte ein Fenster eingeschlagen, um ins Haus zu kommen. Er war wütend, das spürte sie jetzt. Wütend, dass sie ihm diese Umstände bereitet hatte.

Das Klirren war wie ein Weckruf für Frau Maier. Bis zu diesem Moment hatte sie vorgehabt, sich nicht zu wehren. Denn wozu sich verausgaben, wenn sie doch sowieso keine Chance hatte? War es dann nicht würdevoller, einfach das Schicksal anzunehmen? Nein, das war es nicht! Sie würde sich wehren, auch wenn sie vielleicht keine Chance hatte.

Frau Maiers Überlebenswille war geweckt und sie stand hastig, aber leise auf. Sie war vollkommen bekleidet, sogar mit Mantel und Stiefeln. Sie hatte keine Lust, als Leiche im Bademantel zu enden und dann vom Brandner beglotzt zu werden. Sie nahm sich das Pfefferspray vom Nachttisch und steckte sich die Taschenlampe in die Manteltasche. Dann setzte sie sich auf den Bettrand. Von dort konnte sie schneller und leichter aufstehen als aus dem tiefen Schaukelstuhl.

Die dritte Treppenstufe von unten knarzte. Frau Maier umklammerte das Pfefferspray fester. Ihre Hand, in der sie es hielt, war mit ihrem Schal bedeckt. Nur noch wenige Sekunden. Einatmen, ausatmen. Er war da.

Er stand in der Tür und sah aufmerksam ins dunkle Zimmer hinein. Sein Blick fiel auf Frau Maier. Sie bildete sich ein, dass er unter der schwarzen Skimaske grinste. In seinen Augen konnte sie nichts lesen, es war zu dunkel.

„Da sind Sie ja", sagte sie und wunderte sich selbst darüber, wie freundlich ihre Stimme klang. Sie hoffte, ihn in ein Gespräch verwickeln zu können, ihn abzulenken, Zeit zu gewinnen. Doch der Unbekannte machte nicht mit. Er sagte kein Wort, er ließ ihr keine Zeit. Er ging auf sie zu. Er hatte schwarze Handschuhe an. Die Art, wie er sich bewegte, kam ihr vage bekannt vor, aber sie hatte keine Zeit, darüber nachzudenken. Frau Maier fühlte sich gar nicht mehr anwesend, sie hatte den Eindruck, versehentlich in eine Filmszene geraten zu sein. Alles, was jetzt zählte, war, dass sie sich an das Drehbuch hielt, das sie sich gerade erst überlegt hatte.

Als er nur noch zwei Schritte von ihr entfernt war, schnellte Frau Maier hoch, riss ihren Arm nach vorne und feuerte das Pfefferspray ab. Ihr Angreifer war völlig überrumpelt. Er hatte keine Sekunde damit gerechnet, dass Frau Maier so plötzlich und so blitzschnell in Aktion treten würde. Das Glück war auf ihrer Seite, sie hatte mit dem Spray einen Treffer gelandet. Der Unbekannte grunzte laut und hielt sich die Hände reflexartig vor die Augen. Er geriet ins Taumeln, als er unwillkürlich einige Schritte zurückwich, in die Richtung der offen stehenden Schlafzimmertüre. Er ging vor Schmerzen leicht in die Knie. Frau Maier holte aus und rammte ihm mit voller Wucht ihren Ellbogen in den Schritt. Normalerweise machte man das mit dem Fuß oder dem Knie, das wusste sie aus dem Fernsehen, aber sie war zu klein und zu ungelenkig, um das hinzubekommen.

Der Mann sackte kurz zusammen und stolperte nach hinten durch die Tür hinaus. Einen kurzen Augenblick hatte Frau Maier Zeit, sich darüber zu wundern, wie wenig es ihr ausmachte, so gewalttätig zu sein. Im Gegenteil. Das Gefühl, sich zu verteidigen, befriedigte sie. Und sie empfand plötzlich eine große Wut auf diesen Mann, der ihr ihre innere Ruhe und ihr friedliches Leben im Haus am See hatte stehlen wollen.

Jetzt stolperte er noch einmal und fiel nach hinten, weil er noch immer nichts sehen konnte. Schon während er fiel, wusste Frau Maier, dass ihre Überlebenschancen gerade drastisch stiegen: Er knallte mit dem Hinterkopf gegen das Treppengeländer und blieb reglos liegen. Für den Bruchteil einer Sekunde überlegte sie, ob sie nachschauen sollte, ob er noch atmete. Dann drehte sie sich um, rannte die Treppe herunter, übersprang die drittletzte Stufe, zerrte den Stuhl von der Tür weg und lief aus dem Haus.

XII

Sie hatte das Gefühl zu fliegen, als sie den Garten durchquerte und durch das Tor auf den dunklen Weg hinaus gelangte. Instinktiv wollte sie nach links laufen – in Richtung Dorf, zu den Häusern, zu den Menschen, zum Licht. Aber sie wandte sich nach rechts und rannte wieder los. Ihr Angreifer würde bestimmt davon ausgehen, dass sie nach Kauzing laufen würde. Doch der Weg bis dahin zog sich und er führte am Seeufer entlang, da gab es kaum eine Möglichkeit, sich zu verstecken. Frau Maier war nicht sportlich und sie war nicht jung. Sie wusste, dass sie – sollte der Angreifer in den nächsten Minuten zu sich kommen und loslaufen – keine Chance hätte, ihren Vorsprung auf der langen Strecke bis zu den ersten Häusern zu halten.

Sie lief in der Dunkelheit und war froh, den Weg so genau zu kennen. Zum Glück lag kein frischer Schnee mehr, in dem man ihre Fußspuren leicht hätte sehen können. In dem dunklen Matsch war es unmöglich, ihre Abdrücke zu sehen und noch unmöglicher, sie von denen der Spaziergänger vom Vortag zu unterscheiden.

Sie hörte nichts außer ihrem eigenen Atem, sie spürte nichts außer ihrem Herzschlag. Wo sollte sie hin? Sollte sie sich irgendwo in den Büschen verstecken? Nein. Zu kalt, zu ungeschützt. Sie stolperte und fluchte leise. Aber sie wagte es nicht, ihre Taschenlampe anzumachen. Hörte sie Schritte hinter sich? Sie hätte stehen bleiben und ruhig in die Dunkelheit lauschen müssen, um sicher zu sein, aber sie durfte nicht stehen bleiben. Wie sie es hasste, wenn sie nichts hören und sehen konnte, wenn sie ihre scharfen Sinne nicht einsetzen und die Gefahr nicht einschätzen konnte! Sie hasste die Hilflosigkeit.

Weiter, weiter, nur nicht langsamer werden. Sie hatte jetzt schon fast die Anhöhe mit dem verlassenen Haus erreicht. Sie war erst etwa drei Minuten gelaufen, aber sie war bereits völlig außer Atem. Sie musste sich jetzt verstecken, das wusste sie. Lange konnte sie nicht mehr weiter. Und außerdem: Wenn sie erst einmal komplett durchgeschwitzt wäre, würde sie sich danach in der Kälte den Tod holen – wenn ihr den nicht vorher der Mann mit der Maske bringen würde.

Das Gartentor war nicht zugesperrt. Ohne weiter nachzudenken, betrat Frau Maier das Grundstück. Sie spitzte ihre Ohren und hörte nichts außer einem leichten Wind und Wellenrauschen vom See. Es war stockdunkel und sie kannte diesen Ort nicht. Es blieb ihr nichts anderes übrig, als kurz ihre Taschenlampe anzumachen. Im schwachen Lichtkegel sah sie, dass neben dem Haus ein kleiner Schuppen stand. Sie lief hin und bekam vor Erleichterung beinahe zittrige Knie, als sich das Vorhängeschloss einfach öffnen ließ. Sie schlüpfte in den Schuppen und machte die Tür hinter sich zu.

Drinnen war es stockfinster. Sie leuchtete noch einmal: ein winziger Raum, in einer Ecke ein Stapel Holz, auf der anderen Seite ein paar Säcke, auf dem Boden eine Teppichrolle und ein paar Plastikplanen. Der Fußboden war ordentlich verputzt und der ganze Raum schien ziemlich trocken zu sein.

Frau Maier machte die Taschenlampe schnell wieder aus. Sie setzte sich auf die Teppichrolle und versuchte, ihren Atem wieder unter Kontrolle zu bekommen. Sie schloss die Augen und holte einige Male tief Luft. Sie musste ruhiger werden. So lange sie so laut schnaufte, konnte sie die Geräusche draußen nicht wahrnehmen. Nach einer Weile hatte sie sich wieder im Griff. Sie versuchte, alle Sinne auf die Dunkelheit da draußen zu fokussieren. Konnte sie etwas hören oder spüren? Nein, alles war ruhig.

Frau Maier schätzte, dass es mittlerweile etwa zwanzig nach vier sein musste. Um eins hatte sie sich in den Schaukelstuhl im Schlafzimmer gesetzt, dann hatte sie gewartet. Um genau 3.36 Uhr hatte sie den Mann durch ihren Garten auf das Haus zugehen sehen, sie hatte auf dem Wecker auf dem Nachtkästchen die Uhrzeit überprüft. Etwa zehn Minuten später war sie losgelaufen. Und seit geschätzten zwanzig Minuten saß sie hier und versuchte, ruhig zu atmen und zu lauschen.

Jetzt fing sie an zu frieren. Zum Glück hatte sie sich so warm angezogen und zum Glück waren die Nächte mit den frostigen Minustemperaturen vorbei. Vorsichtig und möglichst leise tastete sie nach der Plastikplane und wickelte sich darin ein. Sie hatte keine Ahnung, ob das etwas bringen würde, aber es fühlte sich ein bisschen geborgener an. Sie schätzte, dass sie noch etwa drei Stunden hier ausharren musste. Die schlimmste Gefahr wäre schon ab sechs Uhr vorbei, denn da wurde es hell und die ersten Hunde-spaziergänger waren unterwegs. Richtig belebt wurde es aber erst etwa ab halb acht. Dann wäre es wirklich fast unmöglich, hier am See jemanden unbeobachtet anzugreifen. Und dann würde jemand sie auf jeden Fall schreien hören.

Frau Maier lauschte in die Nacht hinaus. Sie hatte das Gefühl, als ob das kleine Wäldchen am Seeufer leise flüstern würde. Was hatten die Bäume wohl knarzend und seufzend zu erzählen? Wisperten sie sich zu, dass ein schwarzer Mann zwischen ihnen herumschlich und offenbar nach jemandem suchte? Frau Maier spürte die kleinen Schweißperlen auf ih-rer Stirn. Plötzlich war sie nicht mehr die Frau, deren sechzigster Geburtstag schon eine ganze Weile zurück lag, sondern wieder das kleine Mädchen am großen See. Sie saß in einem dunklen Schuppen und hielt sich die Augen zu. Das war völlig überflüssig, denn sie konnte in der Dunkelheit ja sowieso nichts sehen. Aber sie wollte auf gar keinen Fall schummeln, das machte man nicht. Das wusste sie von ihrem Vater. Sie zählte langsam und konzentriert bis dreißig und sprang auf. Jetzt durfte sie die anderen Kinder su-chen, die sie endlich einmal hatten mitspielen lassen, obwohl sie nicht aus dem Dorf stammte. Vielleicht würde sie endlich Freunde finden, wenn sie ihre Sache besonders gut machte. Voller Eifer und Vor-freude rannte sie zur Tür und wollte sie weit aufrei-ßen. Sie prallte fast zurück vor lauter Schreck: Die

Tür ließ sich nicht öffnen. So sehr sie auch zog und zerrte, die Tür war ganz fest zu. Langsam setzte sie sich zurück auf den Boden. Die Tür musste plötzlich kaputt gegangen sein. Sie klammerte sich an diesen Gedanken, obwohl sie wusste, dass die anderen Kinder sie eingesperrt hatten.

Frau Maier schreckte hoch. Sie war völlig in diese andere Zeit versunken gewesen und spürte einmal mehr, wie Tränen in ihren Augen brannten. Das passierte viel zu oft in letzter Zeit.

Plötzlich musste sie an den Kuhstall vom Anger-Bauer aus dem Oberdorf denken. Als Kind hatte sie sich manchmal dort versteckt, wenn sie weinen wollte. Damit niemand ihre Tränen sehen konnte. Das wollten die anderen ja nur, dass sie, die Außenseiterin, weinen und betteln würde, dass sie auch mitspielen dürfte. Aber den Gefallen wollte ihnen Frau Maier, die damals noch das kleine Mädchen am großen See gewesen war, auf keinen Fall tun.

Die Kühe verströmten Wärme und ihren ganz eigenen, beißenden Geruch, der mit der Zeit zu einem milden Duft wurde, wenn die Nase sich erst einmal daran gewöhnt hatte. Sie wiegten sanft die Köpfe, das leise Mahlen und Knirschen der wiederkäuenden Zähne war zu hören, ein Schnauben, ab und zu ein Muhen. Frau Maier hatte die Kühe geliebt. Und auch den Anger-Bauer. Denn einmal, da hatte er sie erwischt, beim Weinen im Kuhstall. Sie war aufgesprungen, voller Angst. Die Eltern hatten ihr doch eingeschärft, dass sie nicht zu fremden Leuten gehen sollte, dass sie den Einheimischen nicht lästig werden durfte! Der Bauer hatte sie gemustert, genickt, „Griasdi" gesagt und angefangen, die Kühe zu füttern. Frau Maier war reglos stehen geblieben. Als der Bauer mit dem Füttern fertig war, hatte er sie gemustert, genickt, „Pfiadi" gesagt und war wieder gegangen.

Der Anger-Bauer war lange tot. Den Kuhstall gab es nicht mehr. In ganz Kauzing gab es nur noch wenige Kühe.

Frau Maiers Knie tat weh. Sie war es nicht gewohnt, reglos auf einer Teppichrolle in der Kälte sitzend auszuharren. Ich bin viel zu alt für so was, dachte sie einmal mehr. Aber sie hatte ja nicht absichtlich diese Leiche gefunden. Und damit hatte alles angefangen. Sie hatte das Gefühl, dass die Lösung des ganzen Falls schon irgendwo in einem Hinterstübchen ihres Kopfes fix und fertig und schön sortiert parat lag. Aber so sehr sie sich auch bemühte, die Gehirnwindungen zu diesem Stübchen zu finden – im letzten Moment bogen ihre Gedanken jedes Mal falsch ab und sie kam wieder nicht ans Ziel. Die Leiche, das Klassenfoto, das rote Ausrufezeichen, das Treffen mit Klaus Kecht, der Überfall auf Inge, der böse Pfarrer, die tote Frau Richter. Alles drehte sich in ihrem Kopf und ihr wurde fast schwindelig.

Draußen knackte etwas. War er gekommen, um sie zu holen? Der schwarze Mann, der Tod? Sie hatte

Angst, dass sie nicht noch einmal die Kraft hätte, sich zu wehren. Alles blieb ruhig. Frau Maier stand ganz vorsichtig auf und musste sich auf die Lippen beißen, um nicht aufzustöhnen. Ihr tat alles weh und ein Fuß war eingeschlafen. Ganz langsam und leise, Zentimeter für Zentimeter ging sie durch den Schuppen. Sie musste wieder ein bisschen warm und beweglich werden, sonst hätte sie überhaupt keine Chance und müsste einfach wie ein hilfloser Klotz auf dem Boden sitzen bleiben und sich umbringen lassen.

Lautlos drehte Frau Maier in dem dunklen Schuppen neben dem verlassenen Haus ihre Runden.

Zwölftes Kapitel
Freitag

I

Kurz vor dem Morgengrauen hörte sie das Quietschen des Gartentürchens und die Schritte. Es war so weit. Eine Ewigkeit hörte sie nichts, das Blut rauschte in ihren Ohren. Dann rief eine helle Frauenstimme: „Ludwig! Ludwig! Herrschaft, wo läufst du denn hin? Lass die Eichhörnchen in Ruhe, bei Fuß!" Dann ein kurzes Bellen, die Schritte entfernten sich wieder. Frau Maier zitterte so sehr, dass sie sich hinsetzen musste. Ein paar Minuten verstrichen. Dann schoss ihr durch den Kopf: Ich hätte mit der Frau mitgehen sollen! Dann wäre ich in Sicherheit gewesen ... Aber dann verwarf sie den Gedanken. Wie hätte sie der Frau die Situation erklären sollen? Es war besser, da niemanden mit hineinzuziehen. Und wer weiß, vielleicht wäre es dem Mann mit der Maske auch egal gewesen, ob er eine oder zwei Frauen umbringen musste ...

Es musste jetzt etwa sechs Uhr morgens sein. Vielleicht auch ein bisschen später. „Eine Stunde noch", flüsterte Frau Maier sich selbst Mut zu. „Eine Stunde noch." Was dann passieren würde, was sie in ihrem Haus vorfinden und wie sie die nächsten Tage überleben sollte, daran versuchte sie nicht zu denken.

II

Mit jedem Schritt wurde sie langsamer. Ihre Beine wurden immer schwerer. Zum ersten Mal in ihrem

Leben hatte sie nicht einmal einen einzigen Blick für den See übrig, der stahlblau und leise plätschernd in seinem Becken aus Bergen und Bäumen neben ihr lag. Es war taghell und etliche Hundebesitzer waren unterwegs. Sie hatte überlebt. Aber es war noch nicht vorbei. Der Gedanke an ihr Haus machte ihr so große Angst, dass sie kurz in Erwägung zog, einfach nicht dorthin zurückzugehen. Aber wohin dann?

Würde er dort sitzen und auf sie warten? Sich irgendwo versteckt halten – unter dem Bett, hinter dem Vorhang, in der Badewanne – und im geeigneten Moment zuschlagen? Oder – und der Gedanke beängstigte sie fast noch mehr – würde sie ihn tot oben auf dem Treppenabsatz finden?

Niemand konnte ihr helfen. Wieder einmal war sie ganz alleine. Sie wusste: Sollte der Mann tot vor ihrem Schlafzimmer liegen, dann würde ihr der Brandner das Leben zur Hölle machen und sie säße so gut wie im Gefängnis. Oder im Irrenhaus.

Jetzt hatte sie das Gartentor erreicht. Sie sah eine Gestalt um das Haus laufen und erschrak bis ins Mark. Doch die Gestalt trug weder schwarze Kleidung noch eine Skimaske. Sie trug einen etwas zu großen Trenchcoat und etwas zu lange Haare, die förmlich nach einem Friseurbesuch schrien und die heute etwas wirr unter einer Kappe hervorhingen.

III

„Frau Maier!" Frank Schön stürzte auf sie zu. „Was ist denn passiert? Die Haustür steht offen und ein Fenster ist eingeschlagen worden. Und Sie waren nicht da!"

Frau Maier sah ihn wie von ganz weit weg, so als würde sie ihn durch ein verkehrt herum gehaltenes Fernglas anschauen. Sie fühlte sich seltsam entrückt, so als hätte das alles gar nichts mit ihr zu tun, sondern wäre ein Szenario, das sich jemand anders ausgedacht hatte und in dem sie nur durch einen dummen Zufall gelandet war. So musste es bestimmt sein, wenn man den Verstand verlor. Doch man schien ihr äußerlich nichts anzumerken, denn Frank Schön redete einfach weiter. „Wo waren Sie denn, Frau Maier? Ich habe mir Sorgen gemacht! Wer war das mit dem Fenster?" Er war vollkommen aufgebracht, ehrlich besorgt. In irgendeinem Teil ihres Herzens freute sich Frau Maier darüber. Aber die Angst ließ dafür nicht genügend Raum.

„Haben Sie die Katze gesehen?", fragte Frau Maier.

„Wie bitte?", antwortete Frank verwirrt. „Die Katze?"

„Ja, die Katze. Meine Katze. Die schwarz-weiße. Haben Sie sie gesehen?"

„Nein, ich …"

Frau Maier spürte, wie die Angst eiskalt ihr Herz umklammert hielt und immer fester zudrückte. Endlich schien auch Frank zu bemerken, dass Frau Maier nicht so ruhig war wie sonst.

„Was ist los?", fragte er und legte seine Hände auf ihre Arme.

Frau Maier sah ihn an und erzählte ihm von dem Einbrecher in der Nacht und von ihrer Flucht. Und von ihrer größten Angst: „Er ist vermutlich noch da drin. Entweder lebendig … oder tot. Ich weiß nicht, was schlimmer ist." Die letzten Worte hatte sie geflüstert und Frank erschrak. Plötzlich sah sie so alt aus, so verletzlich, so einsam. Sie war in diesem Moment nicht mehr die Frau, die er in den letzten Tagen kennen gelernt hatte: gelassen, eigenständig, scharfsinnig, weitsichtig, mutig, optimistisch, unbeugsam.

„Frau Maier", sagte er beruhigend. „Ich war schon im Haus und …"

„Was?" Frau Maier sah ihn scharf an und wirkte plötzlich wieder viel wacher und jünger. „Sie waren im Haus?"

„Ja, aber nur unten. Die Tür stand offen, ich bin einfach hineingegangen. Als ich dann das eingeschlagene Fenster im Wohnzimmer gesehen habe, bin ich wieder rausgelaufen … und da waren Sie dann. Unten war niemand im Haus."

„Nein, wenn dann liegt er oben …"

„Wir schauen jetzt gemeinsam nach", sagte Frank mit fester Stimme. Zielstrebig und ohne zu zögern, ging er ins Haus und nahm die Schneeschaufel mit, die neben der Haustür lehnte. Frau Maier wunderte sich einmal mehr über ihn. Sie kam kaum nach, weil sie sich seltsam steif und … alt fühlte. *Nicht darüber nachdenken, einfach ins Haus gehen.*

Frank war bereits die Treppe hinauf geschlichen. Oben drehte er sich zu ihr um und schüttelte den Kopf. Frau Maier ließ sich auf die Treppe sinken. Sie umklammerte das Pfefferspray in ihrer Manteltasche.

Zwei Minuten später war Frank wieder bei ihr. „Da ist niemand", sagte er. „Ich habe im Schrank, hinter dem Vorhang und in der Badewanne und unter dem Bett geschaut. Und neben der Treppe liegt auch niemand. Da … da ist nur ein Blutfleck."

Frau Maier schloss die Augen. Frank legte sanft den Arm um sie und sie ließ den Kopf an seine Schulter sinken. „Ich vermute, er hat sich den Kopf aufgeschlagen und war eine Weile ohnmächtig. Dann hat er sich wohl verzogen", sagte Frank leise. „Aber Sie müssen mir jetzt sagen, wer das war und was Sie über ihn wissen."

„Später", sagte Frau Maier.

Sie fing an zu zittern. Frank stellte keine weiteren Fragen, sondern half ihr ins Bett und deckte sie mit allem zu, was er finden konnte. Dann machte er einen Tee und setzte sich schweigend zu ihr ans Bett, während sie den Tee in kleinen Schlucken trank. Sie war müde, müde. So müde, dass sie es nicht einmal fertigbrachte, gegen den Tee zu protestieren und einen Kaffee zu verlangen. Bevor ihr die Augen zu fielen, fragte sie noch: „Wieso waren Sie eigentlich hier, Frank?"

„Später", antwortete Frank und legte ihr beruhigend die Hand auf den Arm, während sie einschlief.

IV

Frau Maier war im Garten. Ein schöner Tag, strahlender Sonnenschein. Vom See her hörte sie Kinderlachen und Möwenkreischen. Aber Frau Maier fror. Sie zitterte. Plötzlich war da noch ein Geräusch. Kein Lachen, kein Kreischen. Ein Wimmern? Ein Flüstern? Frau Maier spitzte ihre Luchsohren. Ja! Da war etwas … und zwar direkt hinter ihrem Haus. Sie starrte auf das Haus, als wollte sie es mit einem Röntgenblick durchleuchten und machte langsam einen Schritt drauf zu. Dann noch einen. Unaufhaltsam zog es sie in die Richtung, aus der die Geräusche gekommen waren. Sie hatten jetzt wieder aufgehört. Es war still. Auch kein Kinderlachen mehr und kein Möwenkreischen.

Frau Maier atmete schwer und bewegte den Kopf. Ihr war so kalt. Sie spürte, wie jemand ihr die Hand auf den Arm legte, beruhigend und warm.

Sie war jetzt nur noch wenige Schritte von der Hauswand entfernt. In diesem Moment tauchten zwei Figuren dort auf, sie mussten hinter dem Haus gewesen sein. Es waren zwei Mädchen, zwei blonde Mädchen. „Evi! Anita!", wollte Frau Maier rufen, aber sie brachte nur ein heiseres Flüstern heraus. Wieder spürte sie die Hand auf ihrem Arm.

Evi und Anita sahen sie an, aber sie nahmen sie nicht wahr. Ihre Augen waren weit offen, aber ihre Blicke waren leer und trüb. Wie zwei Schlafwandlerinnen, dachte Frau Maier. Oder wie zwei Gespenster. Die Evi und die Anita gingen einfach an ihr vorbei, immer weiter, zum Gartentor und hinaus auf den Weg. Und Frau Maier ging auch langsam immer weiter, aber in die andere Richtung. An der Hauswand entlang, um das Haus herum. Obwohl sie doch jetzt wusste, dass die Anita und die Evi dort geflüstert hatten ... sie musste weiter gehen. Weiter, noch einen Schritt weiter. Es fiel ihr unglaublich schwer, vor allem wegen dieser Kälte, die sie langsam zu lähmen schien.

Jetzt war sie hinter dem Haus angekommen, hier war es plötzlich dunkel. Wie war das möglich, an einem strahlend hellen Sommertag? Frau Maier wollte in den Himmel schauen, um zu sehen, ob sich dunkle Wolken vor die Sonne geschoben hatten, aber sie konnte nicht. Sie konnte den Blick nicht abwenden von der Gestalt, die dort hinter dem Haus stand. Die Gestalt hatte ihr den Rücken zugewandt, aber sie konnte sehen, dass es ein Mann war. In der Dunkelheit war er kaum mehr als ein schwarzer Schatten, aber er sah trotzdem böse aus.

Wie in kalten Wellen schwappte das Böse auf Frau Maier zu, sie konnte kaum noch atmen. Sie wollte weit, weit wegrennen, aber sie musste warten, bis er sich umdrehte. War es der nächtliche Besucher?

Nein, die Körperhaltung sah anders aus. Ein älterer Mann? Der Pfarrer? Jetzt hob die Figur den Kopf und drehte ihn langsam, Millimeter für Millimeter zur Seite. Frau Maier sah, dass er lächelte. Sie rang nach Luft. Doch in diesem Moment war der Schattenmann verschwunden.

Der Bann war gebrochen, Frau Maier machte ein paar schnelle Schritte in Richtung Hecke, um zu sehen, wohin er gegangen war. Er war wie vom Erdboden verschluckt. Aber auf dem Boden ... ein dunkler Fleck. Frau Maier bückte sich und tastete mit den Fingern danach. Plötzlich war es wieder taghell, das gleißende Licht blendete sie nach der Düsternis und ihre Hand war voll von leuchtend rotem Blut. Frau Maier entfuhr ein erstickter Schrei. Sie versuchte das Blut im Gras abzuwischen und rannte zum Gartentor. Zum See, schnell zum See, alles abwaschen. Der See war groß und tief genug, um alle ihre Sorgen zu verschlucken, er würde auch das ganze Blut abwaschen.

Das Gartentor war versperrt. So sehr sie auch zerrte und zog, es war wie zugemauert. Und der Zaun erschien ihr auf einmal so hoch, sie konnte unmöglich darüber klettern. Panik stieg in ihr hoch. Sie konnte sich nicht erinnern, sich jemals so hilflos gefühlt zu haben.

Da! Sie hörte Stimmen, jemand kam den Weg entlang. Zwei Spaziergänger, ein Mann und eine Frau. Es waren der Fischer-Karli und die Maria. Frau Maier sah sie flehend an, aber sie konnte nichts sagen. Der

Karli nahm die Hand von der Maria und beide sahen Frau Maier lachend an und gingen weiter. Im nächsten Augenblick waren sie verschwunden. Frau Maier sank auf die Knie. Sie zitterte. Und langsam rollten ihr Tränen die Wangen herunter.

„Frau Maier!" Die Hand auf ihrem Arm schüttelte sie sanft. „Frau Maier!", sagte die Stimme eindringlich. „Sie träumen. Wachen Sie auf, alles ist gut. Ich bin da."

Langsam öffnete Frau Maier die Augen. Die Lider schienen ihr schwer wie Blei zu sein. Erst verschwommen, dann immer klarer tauchte ein Bild vor ihren Augen auf: Frank Schön. Er saß an ihrem Bett und seine Hand lag warm und beruhigend auf ihrem Arm. Er hatte immer noch seine Kappe auf dem Kopf, aber er sah trotzdem vertraut aus. Sie machte die Augen wieder zu. Eine Träne lief unter den geschlossenen Lidern heraus und kitzelte sie sanft, als sie Richtung Ohr rollte.

V

Frau Maier saß in ihrem gemütlichen grünen Cordsessel und löffelte einen kräftigen Eintopf aus Kartoffeln und Gemüse. Aus den Kartoffeln und dem Gemüse, das sie gestern Abend geschnipselt hatte. Es kam ihr vor, als sei das eine Ewigkeit her gewesen. Sie spürte, wie langsam Leben und Wärme in ihren Körper zurückkehrten. Um die Füße hatte sie sich eine Wolldecke gewickelt, weil ihr die Stunden im kalten Schuppen noch in den Knochen steckten, aber sie fühlte sich wieder viel besser. Sie schaute auf das Fenster, das Frank mit Plastiktüten und Klebeband notdürftig repariert hatte. Wind und Nässe wurden einigermaßen abgehalten, die Kälte aber kaum – und Eindringlinge schon gar nicht. Doch darüber wollte sie jetzt nicht nachdenken. Sie war mit zwei Gedanken beschäftigt. Mit der Sorge um die Katze und mit dem, was Frank ihr erzählt hatte. Als sie nach etwa drei Stunden aus ihrem unruhigen Schlaf aufgewacht war, hatte Frank immer noch an ihrem Bett gesessen. Frau Maiers erste Frage war gewesen: „Ist die Katze da?" Frank hatte den Kopf geschüttelt. Und die zweite: „Wieso waren Sie heute früh da, Frank?"

„Ich wollte unbedingt noch vor meinem ersten Termin mit Ihnen sprechen. Mein Kollege hat sich Antonia Richter ein bisschen genauer angesehen … ganz inoffiziell, Sie verstehen."

Frau Maier war mit einem Schlag hellwach gewesen und hatte sich im Bett aufgerichtet. „Ja?"

„Sie hatten Recht. Wie immer, scheint mir so langsam." Und da war es wieder gewesen, Franks verschmitztes Lächeln.

„Frank, jetzt sagen Sie mir sofort, was Ihr Bekannter entdeckt hat!"

„Ein winzig kleines Loch im Halsbereich … etwas

unter dem Ohr und verdeckt von den Haaren. Aber doch gut erkennbar, wenn man etwas genauer hinschaut."

„Ein Loch? Was heißt das?"

„Na ja, vermutlich der Einstich von einer Nadel."

„Eine Giftspritze?"

Frank hatte langsam genickt. „Ja, Gift. Medikamente in zu hoher Dosis vielleicht."

„Welche Medikamente?"

„Das kann man vom Anschauen nicht sagen. Dazu bräuchte man wirklich eine Obduktion mit allem Drum und Dran."

„Vermutungen?"

Frank hatte geschwiegen.

„Jetzt tun Sie doch nicht so unbedarft, mir machen Sie schon lange nichts mehr vor!", hatte Frau Maier ihn gedrängt.

„Ein Schlafmittel könnte es sein. Oder ein Schmerzmittel. Morphium vielleicht. Bei so einer alten Frau braucht man nicht viel …" Frank hatte gestockt.

„Na vielen herzlichen Dank!", hatte Frau Maier gebrummt und versucht, ihre Beine möglichst jugendlich aus dem Bett zu schwingen. Dabei hatte sie sich leicht das Kreuz verrissen, sich aber nichts anmerken lassen.

Unten in der Küche hatten sie dann noch einen Kaffee zusammen getrunken. Plötzlich hatte Frau Maier auf die Uhr geschaut. „Es ist gleich elf, Frank! Hatten Sie nicht gesagt, Sie haben Termine?"

„Die waren doch nicht so wichtig", hatte Frank grinsend geantwortet.

„Und warum nehmen Sie eigentlich nicht Ihre Kappe ab? Wir sind im Haus!" Frau Maier hatte ihn mit einem großmütterlich-strengen Blick bedacht.

„Das lohnt sich jetzt nicht mehr, ich muss sowieso los", hatte Frank gemurmelt und ein bisschen verlegen dabei gewirkt. Und weil sie ihn anscheinend so forschend gemustert hatte, hatte er doch noch mit einem ergebenen Seufzer hinzugefügt: „Ich hatte die letzten Tage keine Zeit, mir die Haare zu waschen." Dann war er aufgestanden und zur Tür gegangen. Frau Maier hatte sich hinter seinem Rücken ein Grinsen nicht verkneifen können. Der Herr Psychologe! Zu wenig eitel, ab und zu zum Friseur zu gehen oder sich wenigstens die Haare zu waschen. Aber zu eitel, um ihr seine ungewaschenen Haare zu zeigen.

„Frau Maier", hatte Frank dann an der Tür zum Abschied noch eindringlich gesagt. „Ich kann und will nicht über Sie bestimmen. Aber Sie müssen mir versprechen, dass Sie für ein paar Tage zu einer Freundin oder Bekannten ziehen. Haben Sie da jemanden?"

„Jaja!", hatte Frau Maier etwas zu schnell gesagt und sich bemüht, Franks forschendem Blick möglichst gelassen zu begegnen. Es war schwer gewesen. Verdammt, der Kerl ist hundert Mal nicht so harmlos, wie er aussieht, hatte sie zum x-ten Mal gedacht.

„Und dann melden Sie den Vorfall bei der Polizei, versprochen?", hatte Frank noch einmal insistiert.

„Jaja!", hatte Frau Maier gebrummt und die Tür schnell hinter ihm zugemacht.

Die Polizei anzurufen kam natürlich nicht in Frage. Was sollten die schon tun? Es war unwahrscheinlich, dass sie einer alten Frau, die sie sowieso schon für verrückt hielten, Personenschutz anbieten würden. Dann schon eher: ab ins Irrenhaus!

Frau Maier hob den Kopf. Da war ein Geräusch im Garten. Die Katze? War sie endlich zurück? Mit klopfendem Herzen lief sie zur Tür und riss sie auf. Vor Schreck stolperte sie zurück. Es war nicht die Katze. Es war ein Mensch. Ein Mann. Ihr Herz raste und für einen Moment sah sie eine dunkle Gestalt mit schwarzer Maske vor sich … Sie schloss die Augen. „Was ist denn los, um Gottes willen?"

Es war die vertraute, raue Stimme vom Fischer-Karli. Er packte sie mit beiden Händen und schüttelte sie, fast grob. „Du sagst mir jetzt sofort, was los ist mit dir in letzter Zeit. Du kommst nie vorbei. Du bist nie am Steg, du bist … abweisend …"

„Karl!" Frau Maier erschrak selbst über ihren schneidenden Tonfall. „Jetzt hörst du mir mal zu. Ich bin dir keinerlei Rechenschaft schuldig. Du hast vor fast vierzig Jahren die Maria geheiratet und nicht mich, wenn ich dich daran erinnern darf. Und nur, weil es dir nicht passt, dass ich mal nicht alle paar Tage gelaufen komme, um dich für fünf Minuten zu sehen, machst du hier einen auf besorgten Liebhaber. Du bist so was von … egoistisch!"

Der Fischer Karl taumelte ein paar Schritte zurück, so als hätte sie ihm eine deftige Watschen verpasst. Noch nie hatte sie diesen Gesichtsausdruck bei ihm gesehen. Erschrocken, ungläubig, wütend und traurig sah er aus. Frau Maier spürte einen Stich im Herzen, aber sie wollte trotzdem nichts von dem, was sie gesagt hatte, zurücknehmen. Weil es die Wahrheit gewesen war. Endlich die Wahrheit.

Der Karli stand noch ein paar Sekunden da wie ein begossener Pudel, dann drehte er sich um und ging. Frau Maier war hin- und hergerissen. Sie fühlte sich furchtbar. Denn sie hatte den Karli verletzt. Und sie fühlte sich frei. Denn sie hatte den Karli verletzt.

Im Wohnzimmer kehrte sie zum Pragmatismus zurück: Wenigstens hatte er so das kaputte Fenster nicht entdeckt, denn das hätte eine endlose Fragerei zur Folge gehabt. Plötzlich musste sie lachen. Jetzt konnte sie doch noch einmal in die Glaserei Kecht gehen und zumindest ein Fenster austauschen lassen. Und dafür vermutlich den gesamten Inhalt ihres Sparkassen-Sparschweins opfern. Frau Maier seufzte. Zu viel Geld würde sie es in diesem Leben wohl nicht mehr bringen.

VI

Im Dorf war wenig los. Freitagnachmittag. Vielleicht arbeiteten noch einige, andere waren vielleicht schon ins Wochenende aufgebrochen. Noch einmal zum Skifahren, bevor der letzte Schnee auch noch wegschmolz. Wie wohl so ein Leben gewesen wäre? Mit Mann und Kindern und einem Auto und Wochenenden, an denen man Ski fuhr? Frau Maier konnte es sich nicht vorstellen, dieses Leben war für sie genauso weit weg wie eines als Blumenmädchen auf Hawaii oder als Background-Sängerin von Elvis Presley. Sie ging den Berg in Richtung Kirche hinauf. Es war nasskalt und grau.

Sie wollte eine Kerze anzünden und sich ihr Lieblingsbild von den geretteten Fischern anschauen. Denn heute Nacht war auch sie gerettet worden. Doch als sie an der Kirche ankam, sah sie Licht durch die Fenster schimmern, und als sie die schweren Außentüren öffnete, hörte sie das Gemurmel betender Menschen. Sie blieb in dem kleinen Vorraum, der als Windfang diente, stehen. Heute war ihr nicht danach, den anderen Kauzingern zu begegnen. Sie überlegte kurz, die Treppe hinauf in den Chor zu gehen und sich dort unauffällig hinzusetzen. Aber nein, sie blieb einfach ein paar Augenblicke im Vorraum stehen und hörte zu. Ein Rosenkranz wurde gebetet, vielleicht sogar der für die verstorbene Antonia Richter. Die alte Dame mit dem feinen Einstich am Hals, den niemand bemerkt hatte. Fast niemand.

Frau Maier tauchte einen Finger ins Weihwasserbecken und bekreuzigte sich. Das kühle Weihwasser auf der Stirn fühlte sich angenehm an. „… und erlöse uns von dem Bösen", murmelten die Menschen drinnen in der Kirche. „Oh Herr, erlöse du auch mich von allem Bösen, ich bitte dich!", flüsterte Frau Maier eindringlich.

Als sie wieder ins Freie trat, kam gerade ein Wind auf und es fielen erste Tropfen. Sie schaute über das Dorf hinweg zum See. Noch war er grau, aber bald würde er immer grünlicher werden, bis der Wind die Wellen in einem tiefen Giftgrün vor sich her ans Ufer treiben würde. Giftgrün. Frau Maier schlug den Mantelkragen hoch und unterdrückte ein Frösteln.

VII

Die Möwen kreischten aufgeregt und zogen weite, tiefe Bögen über dem Wasser. Auf den grünen Wellen tanzten weiße Schaumkronen und über den Bergen lagen graue Schleier. Einzelne große Regentropfen fielen auf Frau Maiers Gesicht. Sie stand am Ufer und starrte auf das Schilf, das sich im Wind bewegte. Es war genau die Stelle, an der sie Anita entdeckt hatte. Sie hatte sich gezwungen hierherzukommen. Sie wollte die Angst besiegen und sie wollte sich noch einmal ganz deutlich vor Augen führen, wieso sie jetzt nicht aufgeben konnte. Die aufgerissenen blauen Augen, die einmal einem frechen, fröhlichen Mädchen gehört hatten. Der Graf Anita. Die blonden Haare, wie Seetang. Frau Maier kniff die Augen zusammen, der Wind blies ihr ins Gesicht. Die Fische würden heute von Angelhaken verschont bleiben: Am ganzen See leuchteten die Sturmwarnungslichter auf, alle Fischer würden jetzt zu den Ufern zurückkehren. Frau Maier dachte an die Fische. Und an die Fischer. Aber zum ersten Mal seit vierzig Jahren dachte sie dabei nicht sofort an den Karli.

Die Dinge liefen auf ein Ende zu, das wusste sie. Jedes Härchen an ihren Armen verriet es ihr, das Kribbeln auf der Kopfhaut, die gespitzten Ohren und leicht geblähten Nasenlöcher. Wie würde dieses Ende aussehen? Für den unbekannten Maskenmann, für Inge, für Evi und Anita, für sie selbst? Ein einziger Satz wiederholte sich in ihrem Geiste wieder und wieder, immer schneller, bis die Worte beinahe übereinander stolperten. „Erlöse uns von dem Bösen!"

Diese Erlösung würde sie bei ihrem Plan brauchen, das wusste sie. Langsam ging sie zurück zu ihrem Haus, das nur einen Steinwurf vom Leichenfundort entfernt lag. Sie durchquerte den Garten. Von der Katze immer noch keine Spur. Das Futter, das sie ihr vorsorglich vor die Tür auf die Terrasse gestellt hatte, war unberührt. Frau Maier ging ins Haus und setzte sich auf den Treppenabsatz. Dann weinte sie, wie sie schon seit Jahren nicht mehr geweint hatte. Sie weinte um ihre Katze wie damals um den Karli.

VIII

Um Punkt fünf Uhr nachmittags verließ sie das Haus wieder. Sie war gut eingepackt in ihren Regenmantel und mit Gummistiefeln gegen die Nässe gerüstet. Langsam und sorgfältig sperrte sie die Haustüre zu. Auf der Terrasse blieb sie kurz stehen und ließ den Blick zum See schweifen. Giftgrüne Wellen. Sie ging durch den Garten auf den Weg und bemühte sich um ein ganz gemächliches Tempo. Wer auch immer sie beobachtete, sollte Zeit haben, zu bemerken, dass sie das Haus verlassen hatte.

Langsam schlug sie den Gehweg nach Kauzing ein. Einzelne tapfere Spaziergänger trotzten Wind und Wetter. Eine junge Frau mit ihrer kleinen Tochter an der Hand. Das Mädchen trug knallorangefarbene Gummistiefel mit lila Blumen darauf und freute sich sichtlich über die Gelegenheit, sie spazieren führen zu können. Frau Maier kannte die beiden vom Sehen und nickte ihnen freundlich zu. Als Nächstes kam ihr ein etwas älterer, gut gebauter Herr entgegen, der sich sehr jugendlich bewegte. Er trug einen schwarzen Anorak, hatte silbergraues Haar und sah ihr direkt in die Augen. Frau Maier zuckte zusammen. Sie fühlte sich unbehaglich, aber sie wusste nicht warum. Sie ging schnell weiter und drehte sich nicht mehr um. War es jetzt schon so weit, dass sie vor jedem schwarz gekleideten Mann erschrak? Oder hatte sie in den ganzen Jahren, in denen sie nur den Karli gesehen hatte, verlernt, einem anderen Mann in die Augen zu schauen? Oder … Frau Maier fuhr herum. Aber der Mann war nicht mehr zu sehen. Sie schüttelte den Kopf und ging weiter. Kurz vor dem Dorf kam ihr ein junger Mann entgegen, der sie nicht weiter beachtete. Er kam ihr irgendwie bekannt vor. Wo hatte sie ihn schon einmal gesehen? Sie grübelte eine Weile darüber nach, aber es fiel ihr nicht ein. Aber sie kannte ihn definitiv. Mein Gehirn lässt nach, dachte Frau Maier und fühlte sich plötzlich sehr alt. Und allein. Sie bog in Richtung Dorf ab und ging die Hauptstraße entlang. Es war jetzt zwanzig vor sechs und es wurde langsam dunkel. Frau Maier ging in die Kirche, zündete eine Kerze an, setzte sich in eine Bank und sah der Kerze dabei zu, wie sie abbrannte.

Eine Stunde später verließ sie die Kirche und machte sich wieder auf in Richtung See. Dieses Mal mied sie allerdings die hell beleuchtete Hauptstraße und benutzte stattdessen die kleineren, dunklen Straßen von Kauzing. Sie drehte sich immer wieder um, um zu überprüfen, ob ihr jemand folgte, und streckte ihre Antennen in alle Richtungen nach möglichen Beobachtern aus.

Nichts. Sie war alleine. Die Menschen saßen jetzt beim Abendessen. Sie verließ Kauzing und ging die

Straße entlang, die ins nächste Dorf führte. Nach etwa einem halben Kilometer stapfte sie querfeldein über einen Acker in Richtung See. Sie schnaufte und fluchte. Was hatte sie sich da nur eingebrockt. Aber sie wäre nicht Frau Maier gewesen, hätte sie jetzt klein beigegeben. Endlich hatte sie auch die nächste Wiese überquert. Sie quetschte sich durch eine Hecke und stand hinter ihrem kleinen Haus. Sie verharrte einen Moment ganz still, um zu Atem zu kommen und um ihre Umgebung in sich aufzunehmen. Was meldeten die Augen? Dunkelheit. Ein dünner Sichelmond, von Wolken verhangen, keine Sterne zu sehen, kein Schnee, fast völlige Finsternis. Was meldeten die Ohren? Rauschen des Windes und der Wellen, Rascheln der Bäume und Sträucher, darüber hinaus nichts Auffälliges. Was meldete die Nase? Frische, kalte Windluft, die vom See her kam, leicht erdiger Geruch vom feuchten Boden. Kein Zigarettenrauch, Parfum oder sonstiger menschlicher Geruch.

Frau Maier atmete tief durch und ging zum Haus. Sie stellte den Stuhl, den sie dort deponiert hatte, unter das kleine Fenster in der Rückwand des Hauses, das in den Flur führte. Sie wuchtete sich auf den Stuhl, drückte das nur angelehnte Fenster geräuschlos auf und kletterte ins Haus. Dann schloss sie das Fenster sorgfältig und ging so leise wie möglich in die Küche. Sie setzte sich an den Küchentisch, wo eine vorbereitete Thermoskanne mit Kaffee und Käsebrote mit Essiggurken warteten. Frau Maier setzte sich hin. Bis jetzt hatte alles geklappt. Der nächtliche Besucher musste davon ausgehen, dass sie nicht zuhause war, wenn alles dunkel und ruhig blieb. Selbst wenn er nicht beobachtet hätte, wie sie das Haus verlassen hatte. Aber er hatte es beobachtet, da war sie ganz sicher. Und wenn sie nicht zuhause war, dann brauchte er ihr auch keinen Besuch abzustatten. So einfach war das.

Frau Maier nahm einen großen Schluck heißen Kaffee. Nein, noch einmal stundenlanges Ausharren in der Kälte in einem fremden Schuppen, darauf hatte sie keine Lust mehr. Da versteckte sie sich doch lieber in ihrem eigenen Haus. Sie legte die Beine auf einen Stuhl und biss in ein Brot. Das war wesentlich komfortabler. Sie schaute auf die Küchenuhr. Es war kurz nach halb acht. Sie musste mindestens noch drei Stunden warten.

IX

Frau Maier wartete sogar noch länger. Sie saß in ihrer dunklen Küche und lauschte in die windige Nacht hinaus. Sie besann sich auf ihre alten Qualitäten: Ruhe, Geduld, Gelassenheit. Erst um zwanzig vor zwölf verließ sie das Haus wieder.

Da sie den beschwerlichen Weg durch das Fenster, durch die Hecke und über die Wiesen und Äcker nehmen musste, wäre es sicher schon nach Mitternacht, bis sie an ihrem Ziel angelangt wäre, überlegte sie. Zu dieser Zeit sollten die meisten Kauzinger schlafen. Und die, die nicht schliefen, würden zumindest daheim vor dem Fernseher und nicht auf der Straße zu finden sein. Schritt für Schritt kämpfte sie sich durch Regen und Wind und versuchte, nichts zu hinterfragen. Einfach weiter, immer weiter. Einen Fuß vor den anderen, und dann wieder den nächsten Fuß vor den anderen, und so weiter. Wie ein Soldat. Sie dachte an ihren Vater, Soldat im Zweiten Weltkrieg, als ganz junger Mann. Er hatte auch nichts hinterfragen können. Selbst, wenn er es vielleicht gerne getan hätte. Manchmal war es aber vielleicht auch besser, nichts zu hinterfragen, dachte Frau Maier, während sie laut schnaufend weiterstapfte. Zum Beispiel bei der Geschichte mit dem Karli.

Sie hatte jetzt die Felder hinter sich und war auf der Straße angelangt, die nach Kauzing führte. Sie atmete tief durch. Sie sah die beleuchtete, gelbe Kirche von Kauzing mit ihrem spitzen Turm auf dem Hügel stehen und das Dorf bewachen wie ein Schäfer im gelben Mantel. Die Häuser scharten sich wie eine diffuse Anzahl von dunklen Schafen um die Kirche. Die Kauzinger Kirche mit ihrem spitzen Turm ... Kein Zwiebelturm, so wie beim Kilianskircherl. Plötzlich blieb Frau Maier wie angewurzelt stehen. Das Kilianskircherl! Die Kerben in der Bank ... Ganz plötzlich erkannte sie ein Muster, das ihr vorher nicht aufgefallen war. Sie überlegte. Ja, tatsächlich. Sie dachte noch einmal scharf nach. Die erste Kerbe hatte sie nach Anitas Tod gefunden. Die zweite nach Frau Richters Tod. Und die eine unvollständige, halbherzige … Frau Maiers Hirn ratterte. Natürlich! Nach dem Überfall auf Inge. Nach dem nicht vollendeten Mord … Frau Maier spürte, wie eine Gänsehaut auf ihrem ganzen Körper kribbelte. Konnte es Zufall sein? Sie überlegte eine Weile. Ja, beschloss sie dann. Es konnte ein Zufall sein. Definitiv. Sie atmete noch einmal tief durch und machte sich wieder auf den Weg.

Über eine halbe Stunde war vergangen, als sie endlich in den Grasweg einbog. Sie war eben doch ein bisschen müde. Und vielleicht auch ein bisschen alt. Ihr Herz klopfte schnell, als sie die ruhige Straße entlangging. Fast alle Häuser lagen bereits im Dunkeln und die Straßenbeleuchtung an diesem kleinen Weg war auch eher spärlich. Gut so. Kurz bevor sie das Haus des Direktors erreicht hatte, blieb sie stehen und sah sich aufmerksam um. Alles blieb still. Sie ging zügig zum Haus und kletterte über den Zaun, so schnell sie konnte. Sie kam ungeschickt auf dem Boden auf, stolperte und landete auf ihrem Hintern. „Zum Glück gut gepolstert", murmelte sie und rappelte sich wieder hoch.

Die Eingangstür zum Haus war mit Absperrband der Polizei versiegelt. Frau Maier schlich um das Haus herum und in den Garten. Das Nachbarhaus auf der rechten Seite war kaum zu sehen, weil vor der

Hecke zwei hohe und dicht gewachsene Tannenbäume standen. Sehr gut. Der Nachbar auf der linken Seite allerdings schien noch wach zu sein, denn in einem Zimmer im ersten Stock brannte Licht. Die beiden Grundstücke waren nur durch einen niedrigen Zaun voneinander getrennt. Sie musste aufpassen. Langsam ging sie auf die Terrasse und zur Terrassentür. Durch die musste sie ins Haus, eine andere Möglichkeit hatte sie nicht.

Frau Maier sah zum beleuchteten Kauzinger Kirchturm hinüber. Es war zwanzig nach zwölf. In genau zehn Minuten, um halb eins, würde die Uhr zweimal schlagen. Einen dieser Schläge musste sie nutzen. Sie holte das Handtuch, das sie mitgebracht hatte, aus ihrer Tasche, und wickelte es fest um ihre klobige Taschenlampe. Plötzlich musste sie trotz der gefährlichen Lage, in der sie sich befand, beinahe lachen. Wenn der Brandner sie jetzt sehen könnte! Nachts heimlich an einem versiegelten Tatort. In flagranti bei einem Einbruch … Weihnachten und Ostern und Geburtstag an einem einzigen Tag wäre das für ihn! Sie schmunzelte und sie fröstelte. Sie konnte es kaum glauben, was sie hier machte. Aber sie musste die Sache jetzt endlich abschließen. Und der Mord an Antonia Richter war im Moment ihre wichtigste Spur. Und die Einzige, die sie noch nicht verfolgt hatte und die daher noch nicht in einer Sackgasse geendet hatte. So wie die Untersuchung des Klassenfotos, die Befragung vom Kecht Klaus, die Suche nach dem Neuhauser Josef oder der Besuch beim alten Herrn Pfarrer.

Sie lauschte aufmerksam in den Garten hinaus, aber bis auf ein Auto, das in einiger Entfernung zu hören war, blieb alles still. Es war ziemlich dunkel hier hinter dem Haus.

Noch zwei Minuten. Frau Maier stellte sich dicht an das Fenster. Ihr ganzer Körper war angespannt und die Sekunden schienen ihr unendlich langsam zu vergehen. Einmal zuckte ihre Hand schon, aber es war noch kein Schlag der Kirchturmuhr zu hören.

Aber jetzt! Ein Glockenschlag. Frau Maier holte aus und schlug mit aller Kraft zu. Das Glas zerbrach und Scherben klirrten auf den Boden. Schnell duckte sie sich hinter einen der Stühle auf der Terrasse und schaute gespannt zum Fenster des Nachbarn hoch. Sie hatte keine Ahnung, ob sie genau beim Glockenschlag getroffen hatte, der Lärm war zu groß gewesen. Mist! Sie duckte sich noch tiefer. Hinter dem erleuchteten Fenster im Nachbarhaus war ein Schatten erschienen. Er hielt das Gesicht nah an die Scheibe und spähte in die Dunkelheit hinaus. Frau Maier hielt die Luft an. Herrschaftszeiten! Sollte sie gleich weglaufen? Oder noch warten? Der Schatten entfernte sich wieder. Frau Maier wartete einige quälende Minuten, aber niemand kam aus dem Haus heraus oder zurück ans Fenster.

Jetzt oder nie. Sie richtete sich etwas mühsam auf – dieses blöde Knie schon wieder! – und ging zur Tür.

Respekt! Sie hatte ganze Arbeit geleistet. In der Scheibe klaffte ein großes Loch, durch das sie den Arm stecken und den Türgriff drehen konnte. Sie hatte sich vorsorglich ihre alten und abgewetzten aber robusten Lederhandschuhe angezogen, sodass sie keine Angst haben musste, sich zu schneiden. Sie schlüpfte ins Wohnzimmer und wunderte sich darüber, dass ihr dieser Einbruch irgendwie ein wenig Spaß machte. Schlummerte da etwa eine gewisse kriminelle Energie in ihr? Der Brandner hatte es ja gleich geahnt … Sie grinste und knipste kurz die Taschenlampe an, um sich zu orientieren.

Sie stand wohl im Wohnzimmer von Antonia Richter, denn die geblümten Vorhänge, der weiße Sekretär und der rosa Teppich sahen nicht nach dem Einrichtungsstil des Herrn Direktor aus. Im Eck stand ein wuchtiger, altmodischer Sessel – vermutlich der, in dem Frau Richter gestorben war. Die Härchen an Frau Maiers Armen richteten sich auf. Sie schlich weiter in den Flur, von dort aus gingen ein kleines Schlafzimmer, ein Bad und eine Küche ab. Das waren alle Zimmer im Erdgeschoss, eine Treppe führte in den ersten Stock. Aber dort war eine weitere Eingangstür und die war verschlossen. Vermutlich der Wohnbereich des Herrn Direktor. Frau Maier überlegte. Das, was sie suchte, war ziemlich sicher in den Räumen der alten Haushälterin versteckt. Denn sie hatte Inge Graf etwas zeigen wollen, etwas Wichtiges. Und etwas Wichtiges bewahrt man in Reichweite auf.

Im Schlafzimmer durchsuchte sie das Nachtkästchen, das zum Glück nur eine Schublade hatte. Ein Gebetbuch, ein altes Foto, Taschentücher, ein Rosenkranz, Nasentropfen. Und dann noch – Frau Maier stutzte. Eine leere Schachtel ... *Morphin* stand darauf. Morphin? Wieso hatte es Morphium in diesem Haushalt gegeben? Und war Frau Richter damit ermordet worden?

Sie würde später darüber nachdenken, jetzt war keine Zeit. Sie musste weitersuchen. Aber wo? Im Kleiderschrank? In Küche und Bad? Kurz ließ sie den Lichtkegel der Taschenlampe zur Küchentür schweifen, über der ein gesticktes Bild mit dem Schriftzug *Ordnung ist das halbe Leben* hing. Aus irgendeinem Grund fröstelte Frau Maier plötzlich. Nein, beschloss sie dann, und wandte sich von der Küche ab. Unwahrscheinlich.

Im Wohnzimmer ging sie zum Sekretär. Hier musste sie mit der Taschenlampe vorsichtig sein, denn der Nachbar konnte den Raum von seinem Fenster aus sehen. Ihre scharfen Augen hatten sich mittlerweile an die Dunkelheit gewöhnt und sie zog die zierliche Schublade auf. Ein enttäuschter Seufzer entfuhr ihr. Die Schublade war leer! So ein Mist. Ein Esstisch stand noch in dem Zimmer, darauf lagen ein paar Rätselhefte, die sie schnell durchblätterte. Nichts. „Etwas Wichtiges bewahrt man in Reichweite auf", flüsterte sie noch einmal vor sich hin. Und wenn man alt und gebrechlich war, dann war die Reichweite sehr begrenzt … Sie eilte zum Sessel und kauerte sich auf den Boden, um darunter zu leuchten. Tatsächlich! Da lag etwas im Staub. Schnell zog sie es vor und ihr Herz schlug bis zum Hals. Herrschaftszeiten! Wieder nichts. Es war eine alte Ausgabe des *Kauzinger Tagblattes*. Sie konnte nicht glauben, dass sie das Risiko dieses Einbruchs ganz umsonst auf sich genommen hatte. Das durfte einfach nicht sein. Sie zog das Kissen auf dem Sessel weg. Nichts. Aber jetzt sah sie, dass das Sitzpolster und die Rückenlehne aus zwei Teilen bestanden. Und das Sitzpolster konnte man hochheben …

„Na also", flüsterte Frau Maier zufrieden. Ein brauner Umschlag lag vor ihr, als sie das Polster zur Seite schob. Schnell überprüfte sie seinen Inhalt. Ein offiziell aussehendes Dokument fiel ihr entgegen. Es trug den Stempel der Kauzinger Gemeinde … Es war eine Geburtsurkunde. Sie bezeugte die Geburt eines gewissen Michael Robert Gradler. Gradler? Den Namen hatte sie noch nie gehört. Sie las weiter. Geburtsdatum: 26.7.1974. Name der Mutter: Gabriele Gradler. Name des Vaters: unbekannt. Aber über dem mit der Schreibmaschine in die Urkunde getippten Wort „unbekannt" hatte jemand in Schönschrift einen Namen geschrieben: Dr. Erwin Häuser. Potzblitz. Der Herr Direktor! Hatte er etwa einen Sohn? Davon war im Dorf nichts bekannt, soweit Frau Maier wusste. Und wer um alles in der Welt war diese Gabriele Gradler?

Frau Maiers Herz klopfte wie wild, als sie aus dem braunen Umschlag noch einen Brief herausfischte. Er war auf blauem Luftpostpapier geschrieben und der Absender lautete: Anita Graf! Irgendwo in ihrem Hinterkopf wusste Frau Maier, dass sie eigentlich schleunigst verschwinden sollte. Die Härchen an ihren Armen hatten sich aufgerichtet, das Kribbeln der Kopfhaut wollte sie warnen. Aber sie wollte nicht darauf hören. Jetzt nicht. Die Neugier war stärker. Sie musste endlich wissen, was hier vor sich ging. Sie faltete den Brief auf, vergaß alle Vorsicht und knipste die Taschenlampe an. Er war im letzten Jahr geschrieben worden – vor etwa acht Monaten. Der Brief war nur kurz.

Sehr geehrter Herr Direktor, las Frau Maier
genießen Sie diese Anrede, denn wenn ich mit Ihnen fertig bin, wird niemand mehr Sie so ansprechen, das können Sie mir glauben. Es war ein Fehler, so lange zu warten, das weiß ich jetzt. Ich habe gerade einen Flug gebucht. Anfang nächsten Jahres komme ich endlich zurück. Zurück nach Kauzing. Und dann erfahren alle, was damals passiert ist. Sie werden dafür bezahlen, das schwöre ich!
Anita Graf

Die Gedanken ratterten nur so in Frau Maiers Kopf, während sie versuchte, endlich jedem Puzzleteil seinen richtigen Platz zuzuweisen. Was genau hatte die

Anita mit dem Herrn Direktor zu tun gehabt? Und wieso hatte sie ihm diesen Brief geschrieben? Hatte sie nicht daran gedacht, dass sie sich dadurch womöglich in Gefahr bringen würde? Oder war ihr das ganz einfach egal gewesen? Hatte sie dem Direktor einfach nur Angst einjagen wollen? *„Es war ein Fehler so lange zu warten, das weiß ich jetzt.“* Vielleicht hatte Anita zu lange gewartet. Und in dem Augenblick, in dem sie endlich beschlossen hatte, zu handeln, gab es für sie kein Zurück, keine Vernunft und Vorsicht mehr „*… Dann erfahren alle, was damals passiert ist.*“

„Was, Anita?“ flüsterte Frau Maier. „Was ist damals passiert?“

Fast zu spät hörte sie die Schritte, die sich der Haustür näherten. Sie fluchte leise. Die Schritte stoppten. Sie durfte jetzt keine Sekunde mehr verlieren. Sie stopfte die Papiere in ihre Tasche und lief leise zur Terrassentür heraus in den Garten. Sie konnte sich gerade noch hinter einen Busch kauern, da kam schon eine dunkle Gestalt um die Ecke. Frau Maier spürte die Schweißperlen wieder einmal auf ihrer Stirn. Sie musste mit aller Kraft gegen die aufsteigende Panik ankämpfen, denn diese Gestalt war ihr inzwischen nur allzu vertraut. Es war der Mann mit der Maske.

X

Er sah die Spuren des Einbruchs und fuhr herum. Frau Maier schloss die Augen. Nichts passierte. Dem Himmel sei Dank für den schwarzen Mantel und die schwarze Mütze, dachte sie. Vorsichtig machte sie ein Auge wieder auf und sah gerade noch, wie die dunkle Gestalt im Wohnzimmer von Frau Richter verschwand. Sie überlegte nicht lange, sondern schlich zum Gartenzaun. Sie biss die Zähne zusammen und kletterte über den Zaun auf das Nachbargrundstück. Das Adrenalin schien sie zu beflügeln, denn das Klettern machte ihr keine Probleme. Im Haus war das Licht inzwischen aus, aber im Notfall würde sie vielleicht trotzdem jemand schreien hören. Vielleicht.

Sie presste sich an die Hauswand und lief weiter. Auch den nächsten Zaun überkletterte sie ohne Mühe. Sie blieb stehen und lauschte. Täuschte sie sich oder hörte sie Schritte auf der Straße? Schnelle Schritte? Wenn sie Glück hatte, dann war der Maskenmann auf die Straße gestürmt, um sie dort einzuholen. Sie kauerte sich hinter einen Holzstapel und wartete. Die Schritte wurden leiser. Im Garten um sie herum war es still. Die Kirchturmuhr schlug dreimal. Drei viertel eins. Eine viertel Stunde war nur vergangen, seit sie die Terrassentür bei Antonia Richter eingeschlagen hatte. Unglaublich. Es kam ihr vor, als wären es Stunden gewesen. Was sollte sie jetzt machen? Nach Hause konnte sie nicht. Vermutlich würde der Maskenmann dort schon auf sie warten. Oder war er noch irgendwo hier, ganz in ihrer Nähe? Sie wusste es nicht. Aber sie konnte jetzt auch nichts dagegen tun. Frau Maier stand auf und trat auf die Straße hinaus. Niemand war zu sehen. Sie lief los.

XI

Er war vor Wut wie von Sinnen. Es musste diese verdammte Alte gewesen sein. Wer sonst? Die verfluchte, fette Alte! Das Polster des Sessels war hochgehoben worden, das sah er auf den ersten Blick. Schließlich kannte er diesen Raum nur zu gut. Verdammt! Hatte die Vettel irgendetwas gefunden? Er hatte doch auch gesucht! Kannte sie jetzt sein Geheimnis? Alles, alles würde er aushalten. Gefängnis, wenn es sein musste, aber niemals würde er sich die Ehre nehmen lassen. Die Familienehre. „Wir sind etwas Besseres!", flüsterte er. „Etwas viel Besseres!" Er musste sie jetzt endgültig aufhalten. Er hätte es gleich tun sollen, aber er hatte ja keine Erlaubnis bekommen. Und dann war alles schiefgegangen. Es war nicht seine Schuld. Auf keinen Fall war es seine Schuld!

Dreizehntes Kapitel
Samstag

I

Gott sei Dank hatte sie noch den Schlüssel in der Jackentasche. Sie umklammerte ihn ganz fest, er war ihr Rettungsanker in dieser Nacht. Sie hatte ihn in der Jacke gespürt und sofort gewusst, dass das die einzige Möglichkeit war. Der Schlüssel fühlte sich warm und glitschig an, aber Frau Maier wusste, dass es ihre eigene Hand war, die heiß und nass geschwitzt war. Sie drehte sich noch einmal um, aber es war niemand zu sehen. Schnell schlüpfte sie ins Haus und sperrte zweimal hinter sich zu.

Im Dunkeln schlich sie in Inge Grafs Wohnzimmer und ließ sich aufs Sofa sinken. Sie zitterte und sie war außer Atem. Mit geschlossenen Augen versuchte sie, tief ein- und auszuatmen und zählte dabei langsam bis zehn. Dann noch einmal. Und noch einmal. Sie wurde ruhiger und öffnete die Augen. Sie konnte nur hoffen, dass der Maskenmann nicht auf die gleiche Idee kam wie sie. Aber selbst wenn sie mehr Zeit zum Überlegen gehabt hätte – Inges Haus war die beste Option, die sie hatte. Besser als der kalte Schuppen neben dem verlassenen Haus und besser als ihr eigenes Haus mit dem fehlenden Fenster. Hier hatte sie Fenster mit schweren Rollos, eine massive Eingangstür und … Frau Maier stand schnell auf und holte sich das tragbare Telefon zum Sofa. Sie legte es griffbereit neben sich. 110, der direkte Draht zum Brandner.

Sie seufzte und machte die Augen wieder zu. Sie hatte noch keine Sekunde übrig gehabt, um über die neuen Informationen nachzudenken. Erstens, der Herr Direktor hatte vermutlich einen Sohn. Zweitens, die Anita hatte etwas gewusst, was den Ruf des Herrn Direktor ruiniert hätte. Drittens, es war Morphium im Haus am Grasweg zugänglich gewesen. Frau Maier versuchte, aus all diesen Fakten einen Schluss zu ziehen und alles, was sie sonst noch wusste, dagegen abzuwägen. Aber sie konnte sich einfach nicht konzentrieren. Die Gedanken flutschten ihr weg, immer wieder schoben sich die Gesichter von Evi und Anita, das böse Gesicht des alten Pfarrers und der Maskenmann dazwischen. Sie strengte sich an, aber sie war zu erschöpft. Trotz ihrer inneren Anspannung schlief sie im Sitzen und mit Mantel und Gummistiefeln auf Inges Sofa ein.

II

Erst drei Stunden später wachte sie wieder auf. Es dämmerte bereits und ihr tat jeder Knochen weh. Vor allem das Genick. „Herrschaftszeiten", murmelte sie und rieb sich die Augen. Vorsichtig drehte sie den Kopf erst ganz langsam nach links, dann nach rechts. Es knackste. Na bravo. Sie stand auf, zog sich die Gummistiefel und den Mantel aus und versuchte, durch kräftiges Recken und Strecken wieder wach zu werden. Sie stellte sich auf die Zehenspitzen und rollte die Füße wieder zurück auf den Boden. Sie konnte die Dämmerung durch die Ritzen der Rollos sehen und war erleichtert. Bald wären Zeitungsausträger, Hundebesitzer, Postboten und Berufstätige unterwegs. Wieder einmal hatte sie eine Nacht überstanden. Und was für eine! Nach und nach sickerten die neuen Erkenntnisse in ihr Bewusstsein zurück.

Sie machte das Licht an und fing an, im ganzen Haus die Blumen zu gießen. Sorgfältig zupfte sie braune Blätter und abgestorbene Blüten weg, wischte hier und da Staub fort und sah in allen Räumen nach dem Rechten. Sie leerte den Briefkasten aus und sortierte die Post auf dem Küchentisch. Durch diese ruhige und routinierte Arbeit fühlte sie sich so entspannt und sicher wie schon seit Tagen nicht mehr. Sie atmete wieder tief und gleichmäßig, so wie es normalerweise ihre Art war. Und sie beruhigte gleichzeitig noch ihr Gewissen, denn sie hatte Inges Haus in den letzten Tagen arg vernachlässigt. Sie nahm sich fest vor, möglichst bald alles zu putzen und Inge bei ihrer Cousine anzurufen, um zu erfahren, wann sie heimkäme.

Die Uhr im Gang zeigte kurz vor sieben an. Bald würde sie sich auf den Weg zu ihrem Haus machen. Beim Gedanken daran verließ sie die gerade mühsam zurückeroberte Ruhe auf einen Schlag wieder. Sie hatte Angst vor ihrem eigenen Zuhause. Sie wollte nicht alleine dorthin gehen. Frau Maier überlegte.

Wenn sie noch ein wenig länger wartete, dann könnte sie in den Supermarkt gehen, einkaufen, und den Seppi bitten, ihre Sachen mit ihr zusammen heimzubringen. Vielleicht konnte sie ja den Filialleiter direkt fragen, ob das möglich wäre, damit der Seppi keinen Ärger bekäme. Je länger sie darüber nachdachte, desto besser gefiel ihr der Plan. Auf dem Küchentisch lagen zum Glück noch die 50 Euro, die sie das letzte Mal nicht mitgenommen hatte. Sie würde schon einen Großeinkauf machen müssen, damit sie einen Grund hätte, die Begleitung vom Seppi anzufordern. Frau Maier fühlte sich wieder ein wenig wohler in ihrer Haut mit diesem Plan. Aber jetzt musste sie noch über eine Stunde warten.

Sie ging in den ersten Stock und auf die Terrasse. Ihr Lieblingsblick. Das Dorf lag vor ihr, es war ein grauer Tag und der See im Hintergrund sah düster aus. Auf den Bergen lag noch viel Schnee, aber hier unten im Dorf war fast nichts mehr übrig. Nur Matsch. Es regnete immer noch ganz leicht. Sie blieb fünf Minuten in der kalten Morgenluft stehen und atmete tief durch.

Zurück im Haus ging sie zu Anitas Zimmer und zögerte wie immer einen Augenblick. „Bitte gehen Sie nicht in Anitas Zimmer!", sagte Inges Stimme in ihrem Kopf. Aber Frau Maier wollte den Raum noch einmal sehen.

Alles war wie immer. Das ordentlich gemachte Bett, der Koffer. Nur die Blumen auf dem Nachttisch waren inzwischen verwelkt und verbreiteten einen muffigen Geruch, aber Frau Maier wagte es nicht, sie wegzuschmeißen. Beim Anblick der Papiere auf dem kleinen Schreibtisch zuckte sie zusammen, als hätte sie einen Stromschlag abbekommen.

Wie hatte sie das vergessen können? Sie begriff plötzlich, dass das größte noch fehlende Puzzleteil vermutlich direkt hier vor ihrer Nase lag.

Anitas Brief. Der dicke, blaue Luftpostbrief, den sie vor so vielen Jahren geschrieben und offensichtlich nie abgeschickt hatte. Warum hatte sie ihn wohl mitgebracht? Wahrscheinlich hatte sie ihn ihrer Schwester nach all den Jahren doch noch geben wollen. Aber welches Geheimnis verbarg sich darin?

Frau Maier streckte ihre Hand vorsichtig nach dem Brief aus. Sie schämte sich. Aber sie wusste auch, dass es kein Zurück gab. Sie öffnete den Brief und begann zu lesen.

III

Anita Brent
23, Sandfield Rd.
Charlemont, MA 01339
Massachusetts, USA

9. September 1992

Meine liebe Inge! Liebe Schwester!

Ich sitze hier in unserem Haus und es ist ganz still. Joe ist nicht da – er hat seit einigen Jahren eine Freundin und kommt deshalb fast jeden Tag sehr spät heim. Ich habe ihn nie darauf angesprochen. Wenn ich das tue, dann muss ich ja irgendetwas dazu sagen. Und ich weiß nicht, was.

Seltsam, wie leicht es ist, solche Dinge auf ein Blatt Papier zu schreiben. Dinge, die man nicht gerne aussprechen möchte, die schluckt das weiße Papier kommentarlos. Dann kann ich es in einen Umschlag stecken und auf den weiten Weg schicken zu Dir. Bis nach Kauzing, an den See. Wie viele Jahre war ich nicht da? Fast 30? Ich bin nicht dabei, wenn der Brief ankommt, ich weiß noch nicht einmal, wann er ankommt. Und ich sehe Dein Gesicht nicht, wenn Du ihn liest. Vielleicht ist es deswegen leichter, gewisse Dinge aufzuschreiben als sie zu sagen.

Und ich meine nicht die Sache mit Joes Freundin. Das ist mir egal.

Nein, was ich Dir schreiben will, ist so viel wichtiger. Und so viel schlimmer. Es hat mein Leben bestimmt, von jenen Tagen an bis heute. Und es ist der Grund, Inge, wieso ich nie nach Kauzing zurückgekommen bin. Nicht einmal um Dich zu sehen, nicht einmal als unsere Eltern gestorben sind. Ich weiß nicht, wo ich anfangen soll. Aber dem Papier ist es ja egal.

Es hat angefangen, als wir in der Abschlussklasse den

Herrn Direktor als Lehrer bekommen haben. Die Evi und ich. Es hat gleich angefangen. Wie er uns manchmal angeschaut hat, wenn wir etwas ins Heft abgeschrieben haben aus dem Buch. Er hat gedacht, wir bemerken das nicht. Aber ich habe es gesehen. Seine Augen haben direkt gebrannt und meistens hat der die Evi angeschaut.

Dann hat er angefangen, uns nach der Schule nachsitzen zu lassen. Die Evi und mich gemeinsam. Die Gründe waren Nichtigkeiten: Wir hätten gekichert im Unterricht, nicht aufgepasst, wären zu spät aus der Pause zurückgekommen. Beim Nachsitzen hat er uns angefasst. Er hat uns erst nur über die Haare gestreichelt, dann über die Wangen. Er hat die Hände auf unsere Schultern gelegt und dann hat er sie wie zufällig tiefer rutschen lassen. Er hat sich so sicher gefühlt! So sicher. Ich kann kaum atmen vor Wut, auch heute noch, wenn ich an seine Selbstherrlichkeit denke. Er hat natürlich gewusst, dass wir nichts sagen werden. Und er hat ja auch Recht gehabt.

Ja, Inge, Deine kleine freche Schwester – die war auf einmal ganz still. Nichts war es mehr mit der großen Klappe. Die Evi und ich, wir waren wie die Kaninchen vor der Schlange. Es ist mir heute irgendwie unbegreiflich, aber innerhalb von wenigen Wochen war unser Leben nur noch von Angst bestimmt. Auf dem Weg zur Schule haben wir Herzklopfen gehabt und die Evi hat sich manchmal übergeben müssen. Was wird er heute sagen? Wird er uns dabehalten? Die Evi war ja so sensibel.

Zuhause haben wir nichts erzählt. Die Eltern hätten nur gedacht, dass wir frech oder faul oder beides gewesen sind und deswegen so oft nachsitzen müssen. Wir haben erzählt, dass wir länger Schule gehabt haben oder dass wir gemeinsam gelernt haben. Die Schule war ein einziger Albtraum. Wenn wir gewusst hätten, dass das erst der Anfang war …

Hier schien Anita den Brief unterbrochen zu haben, denn sie hatte ein paar Zeilen frei gelassen und dann mit einem anderen Stift weitergeschrieben. Frau Maier atmete tief durch. Sie fürchtete sich vor dem, was jetzt noch kommen würde. Sie las weiter.

Ja. Was. Was hätten wir tun sollen? In Kauzing, in den 60er Jahren? Wem hätten wir erzählen sollen, dass etwas mit dem Herrn Schuldirektor nicht stimmt? Aber das war erst der Anfang, wie ich bereits geschrieben habe.

Wir haben beide gewusst, was kommen würde, und wir haben unfassbare Angst davor gehabt. Und es ist so weit gekommen: Eines Tages hat er nur die Evi zum Nachsitzen dabehalten. Nie vergesse ich ihre Augen, als ich sie alleine im Schulzimmer zurückgelassen habe. Wir haben geweint. Alles war umso schlimmer, weil es niemanden gegeben hat, den wir um Hilfe bitten konnten. Uns beide hat es noch enger zusammengeschweißt. Ich habe im Gang gewartet und mich dort in der Nische versteckt, wo immer dieser hässliche Gummibaum gestanden hat. Als die Evi herausgekommen ist, hat sie nichts gesagt. Wir haben lange am See gesessen, auf dem Dampfersteg. Irgendwann hat sie gesagt: „Ich muss jetzt heim. Wir gehen in die Abendmesse."

Weißt Du noch, wie streng katholisch die Familie von der Evi war? Ständig musste sie in die Kirche und zum Beichten und den Rosenkranz beten. Sie hat sich nicht das kleinste bisschen modern kleiden dürfen und wenn wir bei ihr waren, dann haben wir Bibelverse mit ihrer Mutter lernen müssen. Unsere Eltern waren dagegen fast schon liberal, Inge! Stell Dir das vor. Unsere Eltern!

Jedenfalls glaube ich nicht, dass der Direktor bei diesem ersten Mal ... dass er da schon zum Äußersten gegangen ist. Die Woche danach hat er dann mich alleine dabehalten. Natürlich habe ich schreckliche Angst gehabt, aber ich glaube, dass ich trotzdem weniger von ihm zu befürchten hatte. Die Evi war das bessere Opfer. So brav, so schüchtern, so zart. Ich habe mich wenigstens getraut, ihm in die Augen zu schauen, und ich habe versucht, all meine Verachtung in diesen Blick zu legen. Er hat mich Texte abschreiben lassen und hat mich dabei genau beobachtet. Er hat mich angelächelt und hat mich seine Überlegenheit spüren lassen. Bevor er mich hat gehen lassen, ist er mit seinem Gesicht ganz nah an meines gekommen. Ich konnte seinen Atem spüren, er hatte Mundgeruch. Er hat geflüstert: „Denk daran, immer brav zu sein, Anita. Denk daran. Nicht, dass die Evi wieder etwas für Dich ausbaden muss!" Dann hat er seinen Mund auf meinen Nacken gepresst. Ich bin hinausgerannt und musste brechen. Ich habe vor Wut und

vor Angst gezittert. Ich hatte verstanden. Wenn ich nicht
spuren würde, dann würde er es an der Evi auslassen.

An dieser Stelle folgten ein paar Zeilen mit Kringeln, Kreuzen und Wellenlinien. So als hätte Anita angestrengt überlegt, wie sie weiterschreiben soll und dabei in Gedanken versunken vor sich hingekritzelt. Frau Maier sah, dass das dünne, blaue Luftpostpapier in ihren Händen leicht zitterte.

Ich habe gewusst, dass ich jetzt etwas machen muss. Wen sollten wir um Hilfe bitten? Uns ist nur eine Person eingefallen und die war leider eine schlechte Wahl. Der Herr Pfarrer war es. Damals der alte Pfarrer Huber noch. So was von bigott, das weiß ich jetzt. Wie ich die Evi überredet habe, zu ihm zu gehen, das weiß ich gar nicht mehr. Aber zum Herrn Pfarrer hatte sie wenigstens ein bisschen Vertrauen. Sie war ja dauernd bei ihm in der Kirche. Wir haben vor dem Pfarrhaus auf ihn gewartet. Er hat uns streng gefragt, was wir wollen, und uns gar nicht in sein Haus gebeten. Auf der Straße habe ich es sagen müssen. Was? Ich glaube so etwas wie „Der Herr Schuldirektor, der berührt uns unsittlich …" – weiter bin ich nicht gekommen. Er hat mir eine Ohrfeige gegeben, der Herr Pfarrer. Und gesagt, dass ich am nächsten Tag sofort beichten sollte und dass es eine große Sünde war, so über den Herrn Direktor zu sprechen. Evi und ich sind zitternd dagestanden und haben uns an den Händen gehalten. Er ist ins Haus gegangen. Und das war alles. Das war unser Versuch, Hilfe zu bekommen. Gebeichtet habe ich nie mehr.

Es waren schreckliche Monate. Wir haben wenig geschlafen, haben wenig essen können.

Es hat nur noch uns beide gegeben. Uns und den Rest der Welt. Wir haben gemeinsam weglaufen wollen, nach der Schule.

Wie sind wir nur erzogen worden, dass wir so etwas mit uns geschehen lassen haben und nichts, rein gar nichts unternommen haben? Dass wir zuerst die Schule beenden und dann erst weglaufen wollten? Zu dieser Zeit ist der Herr Direktor übrigens auch in den Gemeinderat gekommen. 80 Prozent haben ihn gewählt, das weiß ich noch. Ich habe mich so an den Gedanken geklammert, mit der Evi wegzulaufen, weit weg. Aber es kam anders. Es kam noch schlimmer.

Wir haben das Jahr irgendwie überstanden und die Abschlussprüfung auch. Das Ende des Albtraumes schien uns zum Greifen nah. Mir zumindest, die Evi wurde immer stiller und schwächer. Ganz passiv irgendwie. Sie hat gar nichts geplant. Aber ich habe geglaubt: Wenn wir erst mal weg sind, dann wird sie wieder!

Am Tag nach der Prüfung hat der Herr Direktor der Dreistigkeit dann die Krone aufgesetzt. Vielleicht hat er Angst gehabt, dass er die Evi und mich jetzt nicht mehr sehen würde und wollte noch eine letzte Chance nutzen? Oder hat er uns beweisen wollen, dass er wirklich allmächtig war? Wir haben ja keinen Unterricht mehr gehabt, nur die Zeugnisse sollten wir noch bekommen.

Der Herr Direktor hat die Mutter von der Evi angesprochen, dass sie die Evi am Nachmittag zu ihm in
die Schule schicken soll. Ausgerechnet ihre Mutter. Er
wollte ihr noch etwas zu ihrer Abschlussprüfung erklären, sagte er. Ausgerechnet zu ihrer Mutter. Und er hat
gewusst, dass die Evi kommen wird, denn die Mutter
wird nachfragen, ob sie auch ja mit dem Herrn Direktor gesprochen hat. Denn es ist eine unglaubliche Ehre,
dass er der Evi etwas erklären will. Sie war ja nie eine
Leuchte in der Schule.

Die Evi ist zu mir gelaufen. Sie war verstört. Heute
glaube ich, dass er sie da schon ganz krank gemacht hatte. Ihre Augen waren starr und groß. Ich bin mit ihr zur
Schule gegangen, aber in das Zimmer habe ich sie alleine gehen lassen. Ich bin im Flur gesessen, aber ich habe
es fast nicht ausgehalten. Nach einer viertel Stunde habe
ich es wirklich nicht mehr ausgehalten. Ich bin zur Tür
geschlichen. Hören konnte ich nichts. Ich konnte nicht
anders, ich musste jetzt leise, ganz leise die Türe öffnen.
Ich wünschte, ich hätte das nie gesehen. Die Evi lag auf
einer Schulbank. Wie eine Puppe, reglos. Der Herr Direktor stand zwischen ihren Beinen und er machte sich
die Hose zu. Er hat sein Hemd ganz ordentlich in die
Hose gesteckt, ganz ordentlich und dann noch unsicht-
baren Staub vom Hemd gewischt. Ich habe versucht, die
Evi zu sehen, aber er stand ja vor ihr. Ich habe gesehen,
dass auf ihren Oberschenkeln zwischen den Beinen Blut
war. Blut und rote Flecken ...wie Quetschungen. Nie
vorher und nie mehr danach in meinem Leben war mir

251

*so kalt. Da hat der Herr Direktor zur Seite geschaut, so-
dass ich sein Profil sehen konnte. Er hat gelächelt, Inge.
Gelächelt. Dann hat er sich plötzlich umgedreht zu mir,
aber ich war schnell genug. Ich habe mich im Gang versteckt, in der Nische. Ich habe fieberhaft überlegt, was
ich machen soll. Aber ich habe keinen einzigen Gedanken zu fassen bekommen. Sie sind mir alle entwischt,
die Gedanken. Das Blut, die Flecken, das Lächeln, die
Evi, wie eine Puppe.*

*Dann sind die beiden aus dem Zimmer gekommen.
Der Herr Direktor hat die Evi gestützt, sie war apathisch
und irgendwie leblos. Ich bin ihnen nachgeschlichen und
ich habe durch das Fenster im Flur gesehen, wie er sie in
sein Auto gesetzt hat. Wie eine Puppe. Dann ist er mit
ihr weggefahren. Und ich habe immer noch dagestanden. Nichts gesagt. Nicht geschrien. Nicht geholfen. Das
war das letzte Mal, dass ich die Evi gesehen habe.*

*Bei ihren Eltern ist ja dann der Brief angekommen,
das weißt Du ja. Wo drinstand, dass sie Schande über
sich gebracht hat und dass sie schwanger ist und dass sie
nach Amerika geht. Alle haben es geglaubt. Es ist geredet
worden, sicher. Aber nicht viel. Nicht genug. Die Eltern
von der Evi sind zum Pfarrer gegangen, um ihn um
Rat zu fragen. Der hat natürlich gesagt, dass er schon
länger den Verdacht gehabt hat, dass die Evi nicht so
brav und gläubig sei wie ihre Eltern, leider. Und er hat
dann gleich am Sonntag über die Liederlichkeit gepre-
digt und damit war in Kauzing klar, wie die allgemeine
Meinung zum Fall Evi zu sein hatte.*

Der Bruder von der Evi, der Helmut, hat die Polizei verständigt. Die haben die Eltern befragt, aber die haben gleich bestätigt, dass die Evi ausgewandert ist. Man hat sich erzählt, dass der Helmut vom Vater dafür verdroschen worden ist, dass er die Polizei gerufen hat. Der Kecht Klaus ist einmal fast ausgerastet und wollte auf den Herrn Pfarrer losgehen. Er hat gedacht, dass er die Evi fortgetrieben hat, weil er ihr vorgeworfen hat, unzüchtig zu sein. Du weißt ja, der Klaus hätte alles für die Evi getan und er wollte sie direkt nach dem Schulabschluss heiraten. Die Evi war kein einziges Mal auch nur ansatzweise unzüchtig, sie hat sich nicht mal getraut, mit dem Klaus Händchen zu halten! Aber der alte Pfarrer hat ihren Eltern eingeredet, dass sie Schande über sich und die ganze Familie gebracht hat und dass das Kind bestimmt vom Klaus ist. An den Herrn Direktor hat niemand gedacht. Und der Klaus ist daran fast zugrunde gegangen.

So leicht war es für den Herrn Direktor, so leicht. Ich frage mich seitdem so oft, ob er das auch mit anderen Mädchen gemacht hat. Vielleicht das mit dem Nachsitzen und Anfassen, aber verschwinden lassen hat er wohl nur die Evi. So etwas kann man doch bestimmt nicht mehrmals machen, ohne erwischt zu werden?

Ich habe mich zwar irgendwo an die Hoffnung geklammert, dass die Evi in Amerika ist. Aber ich wusste tief drinnen, dass es nicht so war. Die Evi? Woher hätte sie denn plötzlich die Energie nehmen sollen, sie hat doch gar keine Kraft mehr gehabt. Und wie hätte sie das ganz allein schaffen sollen, ohne Geld. Keiner hat sich das überlegt. „Mit irgendeinem Ami wird sie gegangen sein", das haben alle geglaubt.

Und so habe ich es ja dann tatsächlich gemacht, drei Jahre später. Ich habe die Ausbildung zur Kindergärtnerin gemacht und versucht, weiterzuleben. Aber ich konnte keine Sekunde vergessen, dass ich die Evi auf dem Gewissen hatte. Genau so hat es sich angefühlt und so fühlt es sich immer noch an. Das hat mich nie mehr losgelassen. Ich sehe sie da liegen wie eine Puppe und ich will zurückspulen und schreien oder Hilfe holen. Alles – nur nicht den Direktor einfach mit ihr wegfahren lassen.

Ich habe mir wirklich den erstbesten Ami gegriffen, den ich kriegen konnte. Den Joe. Ich habe gedacht, dass ich besser nach Evi suchen kann, wenn ich erst einmal da bin, in Amerika. Was wusste ich schon, ich aus Kauzing, über dieses riesige Land? Ich habe gesucht und alle großen Städte und ihre Einwanderungsbehörden und German Clubs angeschrieben. Aber ich wusste doch eigentlich die ganze Zeit, dass die Evi tot ist. Das hat mich zerfressen. Wirklich zerfressen. Ich glaube, dass sich in mir Geschwüre bilden, die mich jetzt allmählich aufessen. Die Seele als Letztes, und dabei tut die am meisten weh.

Ich wollte die Evi suchen, aber am Ende war ich auch gezwungen, aus Kauzing wegzugehen. Einmal nämlich, ungefähr zwei Jahre, nachdem die Evi weg war, bin ich abends am Dampfersteg gesessen. So wie mit ihr immer. Ich habe geweint und nichts gehört. Plötzlich stand er schon hinter mir, der Herr Direktor. Ich bin aufgesprungen und ich muss ihn angeschaut haben wie ein Gespenst. „Habe ich Dich erschreckt?", hat er gesagt und er hat gelächelt. Und bei diesem Lächeln habe ich dann endlich rot gesehen. „Ich weiß es ...", habe ich gestottert. Und dann konnte ich schreien: „Ich habe Sie mit der Evi im Auto wegfahren sehen." Er hat sich perfekt unter Kontrolle gehabt, er hat keine Miene verzogen. Er hat mir nur einfach die Hände um den Hals gelegt und zugedrückt. Es ging ganz schnell und ich habe mich nicht gewehrt – aber dann waren da Stimmen vom Fischerhaus her. Jemand hat „Hallo?" gerufen und der Herr Direktor hat seinen Griff gelockert. Und da habe ich weglaufen können. Aber ich habe gewusst, dass ich weg muss. Verstehst Du jetzt, dass ich nie mehr nach Kauzing kommen kann, solange er lebt? Ich kann keinen Fuß in das Dorf setzen.

Ich vermisse Dich. Ich vermisse den See. Die Berge. Aber ich kann nicht zurück.

Verstehst Du jetzt, wieso ich so lange warten musste, diesen Brief zu schreiben, Inge?

Jetzt weißt Du alles. Alles, was wichtig ist in meinem Leben.

Nur eines fragst Du Dich vielleicht noch. Wieso ich Dich damals nicht um Hilfe gebeten habe. Die Antwort ist, so glaube ich: Du warst nicht da. Du hast zu der Zeit in München gewohnt und im Betrieb vom Onkel und der Tante gearbeitet. Du warst ja schon Anfang zwanzig. Ich sage GLAUBE ICH, weil ich ganz ehrlich *nicht weiß, ob ich etwas zu Dir gesagt hätte. Ich weiß es nicht. Aber ich glaube es. Ganz ehrlich. Denn Du wárst die Einzige, zu der ich Vertrauen gehabt habe in der Familie. Mit dem Vater oder der Mutter hätte ich nie im Leben darüber gesprochen. Die hätten es mir auch nicht geglaubt. Mir, der frechen Anita. Schade, wenn ich das so überlege heute.*

Es ist so still hier in meiner Wohnsiedlung. Es ist schon nach zwei Uhr morgens jetzt und Joe ist immer noch nicht da. Es macht nichts.
   Über dem See in Kauzing scheint jetzt wahrscheinlich die Morgensonne. Irgendwann komme ich wieder, Inge, irgendwann.

In Liebe,
Deine Schwester

Der Brief war zu Ende, aber Frau Maier starrte weiter auf das letzte Blatt, den letzten Briefbogen. Sie starrte darauf, bis die Buchstaben vor ihren Augen verschwammen und begannen, über das Papier zu tanzen. Dann legte sie den Brief zurück auf den kleinen Schreibtisch. Sie hatte Magenschmerzen. Sie musste vielleicht etwas essen.

IV

Der Seppi hatte ihr die Einkäufe nach Hause gebracht und sie bis in die Küche begleitet. Unter einem Vorwand war sie schnell nach oben gegangen, um ins Schlafzimmer und ins Bad zu spähen, während der Seppi noch im Haus war. Aber der Mann mit der Maske war nicht da – zumindest nicht *im* Haus. „Heute waren Sie aber nicht sehr gesprächig", bemerkte der Seppi zum Abschied. „Aber meine Oma war auch manchmal so, das passt schon." Er schwang sich auf sein Fahrrad, winkte Frau Maier noch einmal zu und düste zurück in Richtung Dorf.

Frau Maier sperrte die Tür hinter sich zu und legte sich aufs Sofa. Sie fühlte sich wie in einem Traum. Der Supermarkt, der Seppi ... alles erschien ihr ganz weit weg, denn sie befand sich mitten in einer Geschichte, die sich vor vielen Jahren in Kauzing abgespielt hatte. Die Geschichte von zwei blonden Mädchen und einem mächtigen Mann. Sie deckte sich mit ihrer Patchwork-Decke zu und schloss die Augen.

Alles, was sie in den letzten 24 Stunden erfahren hatte, spülte in Wellen durch ihren Kopf, so wie die Wellen, die unaufhörlich ans Seeufer rollten, wenn Ostwind war. Dann war das Wasser kalt ... aber die Fische froren wahrscheinlich nicht. Oder doch? Sie stellte sich einen kleinen silbernen Fisch vor, der zitternd unter der Wasseroberfläche kauerte. Schnell machte sie ihre Augen auf und setzte sich hin. Sie hatte wieder Anitas Hand gesehen, die leise winkte.

Sie musste Ordnung in ihre Gedanken bringen. Während in der Küche die Kaffeemaschine vor sich hingurgelte, holte sie sich ihren Block und einen Stift und setzte sich an den Tisch.

Missbrauch an Anita und Evi schrieb sie in die Mitte des Blattes und darunter *Mord an Evi*. Sie fügte ein Fragezeichen hinzu. Nach einiger Überlegung strich sie es wieder aus. Sie war sich ziemlich sicher, dass der Herr Direktor die Evi hatte verschwinden lassen. Wenn sie noch leben würde, wieso hätte sie sich dann nie mehr gemeldet? Nicht bei der Anita und nicht beim Klaus?

Oder hatte sie vielleicht Selbstmord begangen, aus Scham?

Frau Maier dachte daran, wie leicht es für einen Mann vom Rang und Ansehen des Herrn Direktor zu jener Zeit gewesen war, zu tun und zu lassen, was er wollte. Keiner hätte sich gegen ihn gestellt und schon gar nicht, weil ja auch noch der Herr Pfarrer auf seiner Seite war und im Dorf für die richtige Meinung sorgte. Frau Maier spürte eine kalte Wut. Eine Schande war das, diese Bigotterie und Vetternwirtschaft. Sie überlegte, wie der Fall heute aussehen würde, mehr als vierzig Jahre später, im gleichen Dorf. Und sie war erleichtert. Denn auch wenn es bestimmt immer noch viele Seilschaften gab und Personen, die quasi unantastbar waren – es würde heute keine Eltern geben, die den Verlust einer Tochter einfach so hinnehmen würden, ohne ihn zu hinterfragen. Nein, diese Zeiten waren vorbei. Aber der armen Evi nützte das jetzt auch nichts mehr. Sie hatte die Hölle durchgemacht. Vergewaltigt, ermordet, und die Eltern hatten nichts davon wissen wollen.

Frau Maier knüllte das Blatt Papier zusammen. Während sie langsam eine Tasse starken Kaffee trank, setzte sie die Puzzleteile in ihrem Kopf nach und nach zusammen. Ein Bild entstand, in dem endlich alle Fakten ihren Platz in der richtigen Reihenfolge eingenommen hatten und einen Sinn ergaben. Einen schrecklichen Sinn.

Als der letzte Schluck Kaffee in ihrer Tasse kalt geworden war, wusste sie, dass ihr nur noch ein winziges Puzzleteil fehlte. Aber sie wusste auch, wo sie danach suchen musste.

V

Genau das war es gewesen. Den ganzen letzten Samstag, als sie im Wohnzimmer herumgekramt hatte, hatte sie gewusst, dass sie etwas gefunden hatte, ohne es zu bemerken. Dass sie einen wichtigen Hinweis übersehen hatte. Doch so sehr sie sich bemüht hatte, es war ihr nicht eingefallen. Und jetzt, eine Woche später, wusste sie ganz plötzlich, was es gewesen war. „So ein Hirn ist schon eine komische Angelegenheit", brummte sie vor sich hin, während sie den Schuhkarton mit den Zeitungsausschnitten aus dem Wohnzimmerregal holte. Sie hatte sich einfach nicht genügend Zeit genommen und nicht wirklich gründlich nachgeschaut. Aber irgendein Hinterstübchen ihres Gehirns hatte den Ausschnitt trotzdem wahrgenommen. Jetzt hatte sie ihn gefunden. Es war die Todesanzeige des Herrn Direktor aus dem *Kauzinger Tagblatt*. Sie wusste nicht, warum sie ihn in ihr persönliches Archiv aufgenommen hatte, aber vermutlich war er ihr als einigermaßen wichtiges Ereignis in der Kauzinger Geschichte erschienen. Tagelang war ja im Dorf von nichts anderem die Rede gewesen. Sie schaute aufs Datum. Er war etwa drei Monate, nachdem Anita ihren Flug gebucht und ihm geschrieben hatte, gestorben. Mit Sicherheit hatte er ihren Brief noch erhalten. Und da war sie, die Information, die sie gesucht hatte, das letzte Puzzleteil:

Der Verstorbene wird auf eigenen Wunsch auf dem Friedhof am Kilianskircherl beigesetzt.

VI

Sobald die Dämmerung zur Dunkelheit wurde, musste sie losgehen. Nicht, dass der Maskenmann am Ende doch noch einmal zu ihrem kleinen Haus am See käme ...

Frau Maier betrachtete das mit den Plastiktüten

zugeklebte Fenster und die heil gebliebene Scheibe daneben. Die Plastikscheibe war einfach nur milchig weiß mit dem roten Schriftzug des Supermarktes. Hinter der Glasscheibe dämmerte es.

Plötzlich hörte sie ein leises Knirschen und zuckte zusammen. Ihr Herz begann schneller zu schlagen, als Schritte sich langsam vom Garten her näherten. Die vertrauten Schweißperlen erschienen auf ihrer Stirn. Sie hielt die Luft an. Im nächsten Augenblick klingelte es.

Sie beschloss, einfach sitzen zu bleiben und zu warten. Ganz ruhig. Ganz ruhig. Ganz ruhig.

Der Mensch vor der Tür zögerte. Klingelte zaghaft noch einmal.

Frau Maier war sich plötzlich ganz sicher, dass es nicht der Maskenmann war. Aber ganz egal, wer es sonst war: Sie hatte jetzt keine Zeit.

Hinter der Glasscheibe war es dunkel geworden.

VII

Elfriede Gruber machte sich Sorgen. Mit schnellen Schritten ging sie den Weg am See entlang. Es war dunkel, aber sie hörte, wie ganz leise Wellen ans Ufer rollten. *Jetzt red Dir nichts ein, was soll denn passiert sein?* Wieder und wieder sagte sie sich diesen Satz im Geiste vor, aber er überzeugte sie kein bisschen. Schließlich murmelte sie ihn in die Nachtluft hinaus.

Ihre Worte hinterließen keine Dampfwolke mehr. Es wurde endlich endgültig wärmer.

Sie blieb abrupt stehen. Nein, das war nicht normal! Wie die Frau Maier am Nachmittag ausgesehen hatte. Beim Einkaufen hatte sie sie gesehen und ihr zugewunken, aber Frau Maier hatte gar nicht reagiert. Ganz abwesend hatte sie ausgesehen. Wenn nur diese ganze Geschichte mit dem Mord an der Anita nie passiert wäre! Irgendetwas stimmte nicht mit Frau Maier, das wusste sie. Und jetzt war sie nicht zu Hause gewesen. Und hinten im Wohnzimmer, da war ein Fenster kaputt und nur notdürftig mit Plastik verklebt. War da etwa jemand eingebrochen? Kein einziges Licht im ganzen Haus … Wo sollte sie denn abends ganz alleine hingegangen sein? Frau Maier ging abends nie aus, das wusste sie sicher. *Ach, ich war nur beim Kilianskircherl. Da bin ich so gerne, wenn ich nachdenken muss.* Wieso erinnerte sie sich gerade jetzt an diese Worte?

Elfriede zögerte. Sollte sie umkehren? Aber zum Kilianskircherl war es ein ganzes Stück zu Fuß … im Dunkeln.

VIII

Auf dem Weg war es stockdunkel. Aber dieses Mal konnte Frau Maier ja ihre Taschenlampe benutzen. Sie leuchtete in die Nacht und sah, wie sich im Lichtkegel die kahlen Äste der Bäume rechts und links des Weges abzeichneten. Wind und Regen hatten sich gelegt und der See gab kaum noch ein Rauschen von sich. Frau Maier bemühte sich, möglichst bedächtigen Schrittes die kurze Strecke zurückzulegen. Und sie versuchte, sich auf keinen Gedanken-Wirrwarr mehr einzulassen. Das war vorbei. Jetzt war alles klar und sie musste bei den Fakten bleiben. Hinter sich hörte Frau Maier ein Rascheln, aber sie drehte sich nicht um. Erwin Häuser, E. H. Das Grab mit den Initialen. Da hätte ich auch früher drauf kommen können, dachte sie. Frau Maier bog auf den Waldweg ein und um die Ecke. Vor ihr in seiner heimeligen Mulde lag das Kilianskircherl. Und als hätte der Regisseur eines Gruselfilmes das Ganze inszeniert, stieg um das Kircherl herum ein bisschen Nebel von der nassen Wiese auf. Frau Maier fröstelte. Aber sie durfte jetzt nicht daran denken, was dort unten auf sie wartete. Oder vielmehr wer dort auf sie wartete. Nicht an die Kerben denken, die mit roher Gewalt in die Kirchenbank geritzt worden waren. Nicht an das Messer denken, mit dem die Kerben geritzt worden waren.

Plötzlich blieb Frau Maier stehen. Sie starrte zum Kircherl und ihr Herz schlug Purzelbäume. Nein. Salti. Alle Härchen in ihrem Nacken richteten sich auf und sie spürte einen dumpfen Schmerz in der Magengegend. Gerade war eine Gestalt in einem hellen Mantel durch das Tor zum Friedhof gehuscht. Eine vertraute Gestalt. Oder sah sie jetzt schon Gespenster? Nein, auf ihre Augen war Verlass. Ein Mann im Trenchcoat war es gewesen, das hätte sie schwören können. Sie schloss kurz die Augen, aber sie konnte die Bilder und Gedanken nicht aufhalten, die jetzt in ihr aufstiegen. *Frank.* Frank war immer da gewesen. An jenem Tag, als sie sich beobachtet gefühlt hatte und es in ihrem Garten so verdächtig geraschelt hatte. An jenem Morgen, als sie sich nach dem Überfall im Schuppen versteckt hatte. Und hatte sie nicht immer überlegt, ob sie die blauen Augen hinter dieser Maske nicht schon einmal gesehen hatte? Und war ihr die Gestalt des nächtlichen Besuchers nicht irgendwie vage bekannt vorgekommen?

Aber nein! Was war nur mit ihr los? Wie konnte sie an Frank zweifeln, den sie so in ihr Herz geschlossen hatte? Auf ihre Menschenkenntnis war schließlich Verlass. *Der Junge ist nicht so harmlos, wie er aussieht.* Wie ein Hohn, wie ein ironischer Witz erschien ihr der Gedanke an den Satz, den sie sich selbst so oft vorgesagt hatte. Vielleicht war er noch viel weniger harmlos, als sie jemals geahnt hätte. *Meine Freundin, die Margit, kennt gar keinen Dr. Frank Schön.* Elfriede. Hatte sie vielleicht schon früher Verdacht geschöpft? Nein, nein, nein, sie durfte solche Dinge nicht denken! Frau Maier schüttelte sich wie die Katze nach einem Regenschauer. *Die Katze.* Frank und die Katze waren sich von Anfang an nicht grün gewesen. Und sie hatte sich auf die Menschenkenntnis der Katze immer noch mehr verlassen können als auf ihre eigene. Und die Katze war jetzt weg. Tränen der Verzweiflung stiegen in Frau Maier hoch. Gerade jetzt, wo sie sich so sicher gewesen war, dass sie die Sache irgendwie zu Ende bringen konnte. Aber wenn Frank … Das würde sie nicht aushalten. Langsam ging sie weiter. Schritt für Schritt immer weiter auf das Kircherl zu. Sie konnte nicht umkehren. Sie musste weiter. Sie wollte sich einreden, dass sie niemanden im Trenchcoat gesehen hatte. Dass auch andere Leute Trenchcoats tragen. Aber mit einem anderen Teil ihres Gehirns rechnete sie fieberhaft nach: Würde Franks Alter zu der Theorie über den Mörder passen, die sie hatte? Nein, es war ja gar keine Theorie. Es war ihre Überzeugung. Und ja, Franks Alter würde genau passen. Sie war fast da. Sie ging immer weiter. Und plötzlich durchzuckte sie noch eine Erinnerung wie ein stechender Schmerz: An dem Morgen nach dem Überfall hatte Frank dauernd eine Mütze getragen. Er hatte sie nicht abnehmen wollen. *Ich hatte keine Zeit, mir die Haare zu waschen.* Schon damals hatte sie sich über diese Erklärung von einem so uneitlen Menschen wie Frank gewundert. Aber sie war einfach nicht aufmerksam genug gewesen … Dumm war sie gewesen. Blind und dumm. Vor lauter Sentimentalität. Weil sie endlich einmal wieder jemanden in ihr Herz schließen wollte. Aber eine Mütze konnte auch einen Verband am Kopf verdecken. Einen Verband auf einer Wunde, die man sich bei einem Sturz im Treppenhaus zuziehen konnte.

Frau Maier hatte jetzt das Tor zum Friedhof erreicht. Sie hörte ihren eigenen Atem und merkte, wie laut sie schnaufte. Auf dem Grab lagen frische Blumen, eine Kerze brannte. Frau Maier zwang sich ruhiger zu atmen und ging in die Kirche.

Der Raum lag fast völlig im Dunkeln. Nur die Opferkerzen brannten und flackerten jetzt durch die Zugluft, die durch das Öffnen der Türe entstanden war. Frau Maiers scharfe Augen suchten das Kirchenschiff und den Altarraum ab. Niemand war zu sehen – zumindest auf den ersten Blick nicht. Ob sich aber jemand zwischen den Bankreihen versteckt hielt, das konnte sie nicht sehen. Der Röntgenblick fehlte einmal mehr. Langsam ging sie nach vorne zum Altar und spähte dabei schnell rechts und links in jede Reihe. Nichts. Die Stille in der Kirche und auf dem Friedhof und auf der Wiese und im Wald ringsum wurde mit jeder Sekunde lauter. Ruhig bleiben. Nur dieses eine Mal noch. Nicht an Frank denken. Bald wäre es vorbei. So oder so.

Frau Maier sah sich um. Sie war unschlüssig. War es besser, sich in eine der Bänke zu setzen oder sollte sie lieber stehen bleiben? Wenn sie sich in eine der Bänke setzen würde, dann hätte sie die Eingangstür im Rücken. Das widersprach jedem Instinkt für Sicherheit. Wenn sie genau hier vor dem Altar stehen blieb, dann konnte sie sich so seitlich positionieren, dass sie sowohl den Eingang als auch die kleine Tür zur Sakristei hin und sogar den Chor, auf dem die

Orgel stand, im Blick behalten konnte. Das war besser, entschied sie – obwohl sie natürlich nicht wusste, wie lange sie würde warten müssen, und sie sich eigentlich viel zu erschöpft und viel zu alt für stundenlanges Herumstehen fühlte.

Die Kerzen warfen unruhige Schatten auf das Gesicht der Madonna hinter dem Altar, sodass es so aussah, als hätte die Heilige Mutter Gottes nervöse Zuckungen. „Ich weiß genau, wie du dich fühlst, meine Gute!", murmelte Frau Maier. Ihre Stimme klang eigenartig in die Stille des Kircherls hinein. Sie lauschte dem Klang ihrer Worte nach und bemerkte zu spät, dass sich ein anderes Geräusch in den Nachhall mischte. Ein leises Rascheln, ein schneller Schritt – Frau Maier fuhr herum.

Und plötzlich war er da. Ihr blieb fast das Herz stehen, denn er hatte wieder die schwarze Skimaske auf. Damit hatte sie nicht gerechnet, sie hatte wenigstens einem menschlichen Gesicht gegenübertreten wollen. Gegen dieses Maskengesicht war sie noch wehrloser. Es hatte ihr in den letzten beiden Wochen solche Angst eingejagt, dass ihr jetzt jede Faser in ihrem Körper nahelegte, das Weite zu suchen. Und zwar schnell.

Aber dafür war es zu spät. Er stand direkt vor ihr. Sie hatte keine Chance. Sie musste bei ihrem ursprünglichen Plan bleiben. Psychologie, Frau Maier, sagte sie sich im Inneren. Psychologie! Laut sagte sie: „Da sind Sie ja." Der Maskenmann sagte nichts, sondern musterte sie nur aus eigenartig trüben, starren Augen. Jessas, Maria und Josef, er ist wirklich verrückt, dachte Frau Maier. Sie musste all ihren früheren Gleichmut heraufbeschwören, um auch nur annähernd ruhig zu bleiben. Der Maskenmann sagte immer noch nichts, sondern hob langsam die Hand.

Frau Maiers Gehirn war in diesen ersten Sekunden wie erstarrt gewesen, doch plötzlich drängte sich mit aller Macht ein Gedanke hinein: Dieser Maskenmann trug keinen Trenchcoat! Na gut, er hätte sich auch umziehen können … Aber diese Augen? Sie waren blau, so wie die von Frank. Aber der Ausdruck darin war ihr völlig fremd. Sie spürte, wie Erleichterung in ihr hochstieg. Wie absurd, schaffte sie es, in diesen wenigen Sekunden zu denken. Ich stehe hier mit einem Mann, der mich umbringen will, und bin erleichtert!

Plötzlich fokussierte sich ihr Gehirn wieder auf das Hier und Jetzt – und sie sah, dass der Maskenmann seine Hand noch weiter nach ihr ausgestreckt hatte und dass sie ihrem Hals schon unangenehm nahegekommen war.

So hatte sich Frau Maier das eigentlich nicht vorgestellt, dass er sie einfach ohne große Umstände und auf der Stelle umbringen würde. Sie hatte fest vorgehabt, wenigstens mit ihm zu reden und alles, was sie sich zusammengereimt hatte, noch einmal aus seinem Mund bestätigt zu hören. Das war das Mindeste nach all der Mühe, fand sie. Vorher wollte sie nicht sterben. Und vor allem musste sie ganz sicher sein, dass es wirklich nicht Frank war.

„Ich habe Sie gar nicht ins Kircherl hereinkommen sehen! Wie kommt es, dass Sie mir immer einen Schritt voraus sind?"

Die Hand stockte. Die Hand stoppte. Und änderte die Richtung. Anstatt auf Frau Maiers Hals bewegte sie sich jetzt auf den Hals des Maskenmannes zu. Die Hand griff sich die Strumpfmaske und zog sie mit einem Ruck über den Kopf. Hinter der Maske kam ein triumphierendes Lächeln zum Vorschein.

Und Frau Maier erkannte ihn sofort wieder, den jungen Mann, den sie schon mehrmals gesehen hatte, ohne ihn richtig wahrzunehmen: von Inge Grafs Fenster aus, im Dorf, als sie ihn am Sonntag gegrüßt hatte, auf dem Gehweg am See. Ihre Knie wurden einen Moment lang zittrig, weil es wirklich nicht Frank war. Aber dafür war jetzt keine Zeit. Der junge Mann starrte sie an, die Andeutung eines geschmeichelten Lächelns umspielte seine Lippen. „Ich habe im Beichtstuhl auf Sie gewartet. Damit haben Sie nicht gerechnet, oder?", sagte er stolz. Frau Maier spürte wieder eine kleine Welle der Erleichterung. Sie hatte Zeit gewonnen. Sie hatte den richtigen Weg gewählt.

IX

„Michael?", fragte Frau Maier leise.

„Michael Robert!", antwortete der Mann.

Zum ersten Mal hörte Frau Maier bewusst auf den Klang seiner Stimme. Es war eine nette, normale, ruhige Stimme. Aber natürlich, was hatte sie denn erwartet? Eine diabolische, metallene, verzerrte Stimme? So war es doch in jedem Krimi. Am Ende sieht der Mörder immer sympathisch und unverdächtig aus, sonst wäre es ja leicht.

„Meine Mutter hat darauf bestanden, dass ich mit beiden Namen gerufen werde. Das gehört sich so bei besseren Familien."

Frau Maier sah ihn aufmerksam an. Bis auf die eigenartigen Augen wirkte er wie ein durchschnittlicher, eher gut aussehender junger Mann mit hellbraunen Haaren und schlaksiger Figur. Die Figur und seine Körperhaltung waren Frank tatsächlich nicht unähnlich, überlegte sie, und die beiden waren etwa im selben Alter. Aber er war es nicht. Der Gedanke erfüllte sie trotz der bedrohlichen Lage erneut mit Erleichterung. *Er war es nicht!*

Plötzlich spürte Frau Maier die Stille und seinen fordernden Blick und wusste, dass er eine Antwort von ihr erwartete. Ihr blieb keine Zeit zu überlegen, sie musste ins kalte Wasser springen.

„Natürlich, immerhin sind Sie der Sohn vom Herrn Direktor", erwiderte sie zustimmend.

Ein Lächeln huschte jetzt über sein Gesicht, aber es war kein nettes Lächeln. Frau Maier schüttelte sich innerlich. Wenn er lächelte, sah er wirklich irre aus.

„Das ist es, was die Leute ja nicht verstehen", sagte er und seine Stimme wurde lauter. „Sie kapieren nicht, dass ich etwas Besseres bin! Dass ich immer etwas Besseres sein werde!"

Er wurde wütend. Das war schlecht. Sie musste ihn besänftigen.

„Ach, wissen Sie, die Leute, die verstehen so vieles nicht. Aber die Hauptsache ist doch, dass Ihr Vater sicher sehr stolz auf Sie war!"

Sie hatte das Falsche gesagt. Neben der Wut standen ihm jetzt Verwirrung und Enttäuschung ins Gesicht geschrieben und er atmete immer lauter, so als würde er jeden Moment losheulen.

„Ja", sagte er unsicher. „Mein Vater war natürlich stolz auf mich! Aber weil die Leute … weil die ja so dumm sind … alle Leute … Deshalb durfte das niemand wissen, das musste ich ihm schwören! Niemand durfte wissen, dass er mein Vater ist und dass ich etwas ganz Besonderes bin."

Er stockte. Frau Maier wurde blitzartig klar, dass der Herr Direktor sich seinen Bastard schön hatte vom Leib halten wollen, aber dass das für den Sohn ein unerträglicher Gedanke war. Und dass der sich deshalb immer mehr in einen Wahn vom besseren und geliebten Sohn hineingesteigert hatte.

„Haben Sie Ihren Vater dann heimlich besucht?", fragte sie sanft.

„Anfangs schon. Aber dann ist ihm ein großartiger Trick eingefallen. Mein Vater war schlauer als alle anderen. Schlauer als *alle*! Als er dann Krebs hatte, hat er mich als seinen Pfleger eingestellt, ich bin nämlich Krankenpfleger von Beruf. Und da konnte ich Tag und Nacht bei ihm sein, ohne dass sich irgendjemand von den Dorftrotteln etwas dabei gedacht hat!"

Von den Dorftrotteln … Das war sicher ein wörtliches Zitat des Herrn Direktor, dachte Frau Maier. Ihr wurde fast schlecht beim Gedanken daran, was für ein arroganter, widerwärtiger Mensch er gewesen war. Am Ende hatte er noch seinen Sohn, den er nie anerkannt hatte, als Pflegekraft missbraucht und sich so noch etwas Geld gespart! Schlauer als alle anderen, der Herr Direktor.

Auf seinen Sohn traf das jedoch nicht zu. Frau Maier hatte ja bereits vermutet, dass Anitas Mord und der gefälschte Erpresserbrief von niemand besonders Schlauem erdacht worden waren, und jetzt hatte sie die Bestätigung. Der trübe Blick, die beschränkten Gedankengänge … Sie wusste nur nicht, ob Michael Robert bloß nicht besonders intelligent oder wirklich krank war. Sie wollte noch mehr erfahren.

„Haben Sie denn schon immer in Kauzing gelebt?", fragte sie.

„Nein, meine Mutter ist ja mit mir weg, da war ich noch gar nicht auf der Welt. Wir waren nur zu zweit, nur wir beide. Niemand wollte etwas mit uns zu tun haben. Aber das war egal. Das war sogar besser so, hat meine Mutter gesagt. Ich sollte mich gar nicht mit normalen Kindern abgeben. Ich war ja etwas Besseres, weil mein Vater war ein Herr Doktor und ein Herr Direktor. Beides!"

Er sah sie nicht an, sondern redete in die Leere des Kirchenschiffes hinein. Er schien irgendwie abwesend, versunken in seiner Welt. Die Gelegenheit war günstig, noch mehr zu fragen.

„Und Ihre Mutter …?"

Sie musste die Frage gar nicht aussprechen, er setzte sofort mit monotoner Stimme ein.

„Meine Mutter war die Haushälterin vom Herrn Direktor. Er hat sie dann zu Bekannten nach Rosenheim geschickt, da konnte sie als Putzfrau arbeiten. Er wollte nicht, dass schlecht über sie geredet wird."

Verdammtes Schwein, dachte Frau Maier und schickte sofort eine gedankliche Entschuldigung an die Mutter Gottes hinterher, die hinter ihr stand. Denn obwohl sie sich ja eigentlich nicht mehr für Flüche entschuldigte, so war es doch etwas anderes, wenn die Heilige Maria direkt hinter einem stand. Anstand blieb eben doch Anstand.

Dann kehrten ihre Gedanken zurück zum sauberen Herrn Direktor. Soso, er hatte also nicht gewollt, dass über seine Haushälterin geredet wird! Dann hätte er sie halt heiraten müssen! Aber nein, er hatte sie einfach entsorgt und in Kauzing weiterhin den Unantastbaren gespielt. *Seit er damals so plötzlich eine Haushälterin gesucht hat …* Die Worte aus dem Brief von Antonia Richter fielen ihr plötzlich wieder ein. Jetzt kannte sie den Grund, warum Frau Richters Vorgängerin so plötzlich gegangen war. Gabriele Gradler. Sie hatte brav alles gemacht, was der Herr Direktor von ihr verlangt hatte. Hatte niemandem verraten, wer der Vater ihres Sohnes war. War nach Rosenheim gegangen, hatte sich wegen des unehelichen Kindes ächten lassen, hatte ihr Dasein als Putzfrau gefristet. Und hatte sogar auf der Geburtsurkunde *Vater unbekannt* angegeben. Und bestimmt keine müde Mark vom Herrn Direktor bekommen. Dessen verwirrter Sohn, mit dem sie hier jetzt mutterseelenallein im Kilianskircherl stand, war zwar auf der einen Seite vielleicht zu bemitleiden, auf der anderen Seite aber bestimmt keine Spur weniger gefährlich als sein grausamer Vater. Er redete jetzt einfach weiter, ins Halbdunkel der Kirche hinein und schien ganz weit weg zu sein.

„Es gab dann halt nur die Mutter und mich. Aber uns hat es geholfen, dass wir immer gewusst haben, dass wir etwas so viel Besseres sind als die anderen. Jeden Tag beim Einschlafen, nach dem Beten, hat die Mutter mir das erzählt. Hat mir vom Vater erzählt, der ein Doktor und ein Direktor war. Und dass ich so etwas auch eines Tages sein würde!"

Na ja, dachte Frau Maier, daraus ist wohl nichts geworden. Krankenpfleger – das war dem Herrn Direktor bestimmt nicht gut genug gewesen. Aber sie würde sich hüten, diesen Gedanken auszusprechen. Sie fröstelte, als sie den starren Blick und den entschlossenen Zug um den Mund des Sohnes sah und sie begriff, dass das Aufrechterhalten der Illusion, etwas „Besseres" zu sein, für ihn zum Lebensinhalt, zur fixen Idee, zur Besessenheit geworden war. Und drei weitere Puzzleteile fügten sich ins Bild: der labile Sohn mit der fixen Idee, die ablehnende Haltung des Vaters und das Geheimnis der Frau aus Amerika, die auf einen Schlag Ruhm und Ehre des Vaters für immer zunichte machen würde.

„Aber dann ist die Mutter gestorben, irgendwann", redete die eigenartig monotone Stimme weiter. „Und da bin ich nach Kauzing gezogen, um endlich in seiner Nähe zu sein. Er wollte mich zuerst ja nur heimlich treffen, aber dann am Schluss, da war ich Tag und Nacht bei ihm. Ich habe ihn versorgt, ihm das Morphium gegeben, als die Schmerzen unerträglich wurden, ihn gewaschen, ihn gefüttert ..." Die Stimme wurde immer höher und leiser und verstummte dann.

Frau Maier wagte die nächste Frage: „Und was war mit Anita Graf?"

Michael Robert, der Sohn, der für sie bis vor wenigen Minuten noch der Maskenmann gewesen war, fuhr herum und starrte sie an. Frau Maier fuhr der Schreck durch Mark und Bein. Plötzlich glitzerten die Augen wieder so kalt und gefährlich wie hinter der Maske, das Gesicht verzog sich zu einem boshaften, fast fratzenhaften Ausdruck. Und als er sprach, klang auch seine Stimme plötzlich anders. Aggressiver, rauer, lauter. Und er verwendete ganz andere Worte. Als gäbe es ihn zweimal. Einmal als schwachen, einsamen, beschränkten jungen Mann und einmal als aggressiven, verrückten Mörder.

„Die blonde Schlampe aus Amerika?" Er lachte sein irres Lachen. „Die hat doch direkt darum gebettelt, dass ich sie kaltmache. Erst schmeißt sie sich als kleine Schülerin mit ihrer Freundin an meinen Vater ran, und dann will sie ihn fast vierzig Jahre später fertigmachen. Aber nicht mit mir! Ich habe meinem Vater versprochen, die Drecksnutte kaltzumachen, sobald sie hier in Kauzing auftaucht. Er war so durcheinander, als dieser Brief aus Amerika ankam … So durcheinander und aufgebracht! Ich habe ihm versprochen, dass ich mich um die Sache kümmere. Und ich musste ihm schwören, dass ich es durchziehe, auch wenn er bis dahin schon nicht mehr leben sollte. So kam es ja dann auch. Ich wusste aus dem Brief, dass sie kommen wird. Und da ich außerdem wusste, wo ihre dumme, hässliche Schwester wohnt, war das alles kein Problem."

Er grinste und seine Zähne blitzten auf. Er kam einen Schritt näher. Frau Maier spürte ihr Herz klopfen. Sie musste ihn irgendwie noch aufhalten.

„Aber wie haben Sie das denn geschafft, sie alleine abzupassen?", fragte sie mit gespieltem Interesse und einem Hauch Bewunderung in der Stimme, den sie selbst widerlich fand. Aber bei diesem Menschen funktionierte Schmeichelei am besten, das hatte Frau Maier schon gemerkt. So groß war sein Bedürfnis nach Anerkennung, die er nie bekommen hatte. Alles, was er hatte, war die Illusion seines großartigen Vaters.

„Das war ganz leicht", sagte er verächtlich. „Sie hat sich mit dem Typen von der Glaserei getroffen, beim Oberwirt. Ich bin ihr nachgegangen, ich habe sowieso die meiste Zeit das Haus beobachtet. Als der Typ aufs Klo ist, bin ich an ihren Tisch, habe ihr unauffällig einen Zettel gegeben und bin gegangen. Mein Vater hatte mir das alles noch gesagt, wie ich es machen soll. Auf den Zettel sollte ich schreiben: *Es gibt Nachricht von Evi. Um 23 Uhr an der Aussichtsplattform am See.* Mein Vater hat mir garantiert, dass sie sich dann mit mir trifft und so war es auch."

Frau Maier hielt das nächste Puzzleteil in den Händen. Das war also der Zettel gewesen, den sie in der Hand von Anita gesehen hatte.

Anitas Mörder redete weiter: „Sie kam daher, war ganz aufgeregt. Dumme Kuh. Ich habe gar nicht erst mit ihr geredet, mit so jemandem gebe ich mich doch gar nicht ab. Ich habe sie gleich kaltgemacht. Habe ihr einfach den Mund und die Nase zugehalten, bis sie nicht mehr gezappelt hat." Er stockte. Frau Maier hielt die Luft an. Und zum Glück sprach er weiter.

„Dann ist was schiefgegangen. Ein Auto kam daher, wahrscheinlich irgendein blödes Liebespaar, das nachts zur Aussichtsplattform wollte. Jedenfalls musste ich sofort verschwinden, habe die blöde Schlampe geschultert und bin am See entlang in die Dunkelheit gelaufen. Da habe ich sie dann erst einmal am Ufer versteckt und am nächsten Tag wollte ich sie dann wegschaffen. Aber kaum hatte ich sie aus dem Schilf geschleift, da mussten Sie ja auftauchen. Ich musste sie dort liegen lassen und konnte mich gerade noch im Gebüsch verstecken."

Frau Maier erinnerte sich wieder an das beunruhigende Gefühl, mit der Leiche nicht alleine gewesen zu sein. Sie hatte sich nicht getäuscht. Beim Gedanken daran, wie dieser unberechenbare Mann, der jetzt vor ihr stand, sie vom Schilf aus mit seinen kalten, eigenartigen Augen beobachtet hatte, lief es ihr eiskalt den Rücken herunter.

Er redete weiter. „Zum Glück sind Sie dann gleich abgehauen und ich konnte die Schlampe wie geplant in einen Sack stopfen, in einen Schubkarren packen und wegbringen. Ich bin über die Feldwege gegangen und niemandem begegnet. Es war ja Montag in der Früh, da sind wenige Leute unterwegs. Und selbst wenn. Oben drauf habe ich ein paar Holzscheite gelegt, da war ja nichts Verdächtiges."

Ganz schön einfach, so einen Mord zu begehen, dachte Frau Maier. Wie der Vater, so der Sohn ... Plötzlich fiel ihr noch etwas ein.

„Wieso", begann sie und räusperte sich. Sie war sich nicht sicher, wie diese Frage ankommen würde. „Wieso war die Anita denn nackt?"

Der Sohn grinste bösartig und hatte wieder dieses gefährliche Glitzern in den Augen. „Wieso denn nicht? Sie war doch eine Schlampe, da konnte sie doch nichts dagegen haben, dass ich sie mir mal genauer anschaue!" Er lachte und Frau Maier spürte Übelkeit in sich hochsteigen. Irgendwie hatte der Vater es trotz seiner sehr lückenhaften Anwesenheit im Leben seines Sohnes geschafft, ihm seine ganze Frauen verachtende Haltung mitzugeben. Aber beim Sohn kam noch ein Wahn dazu, da war sich Frau Maier sicher. Dieser Mann vor ihr war zwar nicht besonders gewitzt, aber er war irre. Und das machte ihn umso gefährlicher.

X

Plötzlich spürte Frau Maier wieder die Stille um sich herum. Michael Robert Gradler hatte aufgehört zu sprechen. Das war nicht gut. Denn solange er sprach, konnte er sie nicht umbringen. So hatte sich das Frau Maier zumindest zurechtgelegt. Sollte sie ihm noch eine Frage stellen? Ein Blick in sein Gesicht lieferte ihr die Antwort: Es hatte keinen Sinn mehr. Hass und kalte Wut standen in seinen Augen, er atmete schwer. Frau Maier wollte in ihre Manteltasche greifen, um nach dem Pfefferspray zu tasten, aber dieses Mal hatte sie keine Chance. Mit einem schnellen Schritt war er bei ihr und hielt ihre Arme mit seinen Händen fest, die sie wie eiserne Schraubstöcke umklammerten. „Aua!", entfuhr es Frau Maier in einem vorwurfsvollen Ton, der dem Sohn des Herrn Direktor nicht zu gefallen schien. „Beschwer dich nicht, du alte Vettel!", zischte er. „Gleich wirst du richtige Schmerzen haben!" Er grinste und Frau Maier musste wegschauen. „Du bist mir ständig in die Quere gekommen, das wirst du mir jetzt büßen", raunte er ihr ins Ohr und eine Stelle aus Anitas Brief schoss Frau Maier durch den Kopf. *Ich konnte seinen Atem spüren, er hatte Mundgeruch.* „Ich hätte dich schon viel früher kaltgemacht, aber mein Vater hat es mir nicht erlaubt. Ich frage ihn immer erst um Erlaubnis!" Frau Maier hätte gerne gefragt, wie er das anstellte, aber sie brachte nur ein Krächzen heraus. Michael Robert Gradler hatte ihr die Arme auf den Rücken gedreht und hielt sie mit seinem Arm umklammert. Der Arm lag schwer und fest auf ihrem Hals und drückte ihr leicht auf die Kehle. „Meine Mutter hat mir so viel beigebracht über meinen Vater …", sagte er leise. „*Ordnung ist das halbe Leben*, zum Beispiel. Das war sein Lieblingsspruch. Daran habe ich mich immer gehalten. Hier, da ist meine Liste!" Er stieß sie in Richtung der Holzbänke und zeigte ihr die Kerben. „Bei jeder, die ich erledigt habe, habe ich mir das ordentlich notiert." Er zog ein Klappmesser aus der Tasche und ließ die Klinge im Halbdunkel der Kirche aufblitzen. Frau Maier wusste, was jetzt kommen würde. „Wenn ich dich erledigt habe, mache ich den letzten Strich. Und dann muss ich nur noch den halben hier fertigmachen. Den haben Sie mir ja vermiest. Aber irgendwann muss die hässliche Schwester ja wieder zurückkommen. Sie fehlt noch. Danach ist mein Vater wieder in Sicherheit." Frau Maier spürte, wie ihr die Luft wegblieb, als sich der Druck des Armes auf ihrem Hals verstärkte. Sie hätte ihn gerne darauf aufmerksam gemacht, dass früher oder später irgendjemand Anitas Brief in Inge Grafs Haus finden würde. Aber ihr wurde schwindelig, und sie kniff die Augen zusammen. Sie versuchte nach Luft zu schnappen und die Stille war erfüllt von ihren Schnaufern und dem schweren Atem des Irren, der sie umklammert hielt. Sie schielte auf das Messer. Sie hasste Klingen. Fast wäre es ihr lieber, er würde ihr auch nur die Nase und den Mund zu halten, so wie der Anita. Aber es war wohl unwahrscheinlich, dass er sie nach ihrer Meinung fragen würde.

In einem letzten verzweifelten Versuch bäumte sie sich auf, bewegte die Arme, wollte ihn abschütteln. Sie hörte sein wütendes Grunzen, ihr wurde schwarz vor Augen. Sie wartete auf den schneidenden Schmerz der Klinge, aber stattdessen entstand um sie herum ein Tumult. Michael Robert lockerte seinen Griff und schrie auf wie ein wütendes Tier. Jemand zerrte ihn weg und sie hörte eine klare Frauenstimme: „Hände hoch! Lassen Sie die Waffe fallen!" Die Gedanken flutschten Frau Maier wieder einmal weg, bevor sie danach greifen konnte. Sie spürte nicht wirklich, wie sie zu Boden sank, sie spürte nur, dass sie wieder Luft bekam, und atmete dankbar ein.

Dann wurde der Lärm um sie herum erst lauter und dann plötzlich leiser, so als würde er sich von ihr entfernen.

XI

Silbrige Flecken tanzten vor ihren Augen. Sie wurden größer, dann wieder kleiner und schließlich entwischten sie ganz aus ihrem Sichtfeld. Fische. Lauter silberne Fische. Jetzt näherten sich gelbe und rote Punkte. Sie hatte gar nicht gewusst, dass es im See so bunte Fische gab! Und dabei hatte sie immer gedacht, sie würde alle Fische dort unten am grünen Grund ganz genau kennen. Sie fiel immer tiefer, sie hörte nur das Pochen ihres Herzens und sah die vielen, vielen Fische … Plötzlich schwammen lange Fäden vor ihrem Gesicht und umwehten ihren Kopf … Waren das Algen? Nein, es waren Haare. Lange, wehende Haare … Also doch! Es gab sie doch. Die Nixen, an die sie als kleines Mädchen geglaubt hatte. Und sie selbst war eine von ihnen. Sie schwamm im See, im kalten Wasser, immer tiefer, umgeben von bunten Fischen und ihren eigenen langen Haaren. Voller Verwunderung versuchte sie, die Augen ganz weit zu öffnen, um noch mehr von dieser Unterwasserwelt zu erleben …

Das Nächste, was Frau Maier sah, war Frank Schöns Gesicht. Es sah besorgt aus, aber dann machte sich das bekannte Grinsen darauf breit. „Dass ich das noch mal erlebe, dass Sie schwach werden, Frau Maier!", sagte er – aber täuschte sie sich, oder zitterte seine Stimme ein kleines bisschen? Frau Maier richtete sich auf und spürte plötzlich, wie kalt der Steinboden der Kirche unter ihr war. Sie kehrte zurück ins Leben. Im Mittelgang der Kirche stand die Polizeiobermeisterin Cornelia und hatte eine Dienstwaffe in der Hand. Direkt neben ihr in der Bank saß Michael Robert Gradler und war kalkweiß im Gesicht. Hatte er nicht gerade noch wie ein Tier gebrüllt? Jetzt sagte er nichts mehr. Er saß nur apathisch da.

„Er hat Handschellen um", sagte Frank beruhigend, als er Frau Maiers Blick sah.

Frau Maier sah ihn zweifelnd an.

„Und wir haben die Waffe", fügte Frank hinzu.

Frau Maier sah ihn zweifelnd an.

„Und wir haben ihm die Füße gefesselt."

„Wie bitte?" Frau Maier fand ihre Stimme wieder. „Wie haben Sie das denn geschafft?"

„Dass Sie mir immer noch so wenig zutrauen", seufzte Frank. „Traurig, wirklich traurig. Ich habe mich natürlich mit vollem Körpereinsatz auf ihn geworfen!"

Frau Maier zog eine Augenbraue hoch.

„Ja, und die Frau Polizeiobermeisterin hat mir geholfen."

„Ach so, darum", sagte Frau Maier. Dann lächelte sie Frank an.

Vierzehntes Kapitel
Sonntag

I

Als sehr früh am nächsten Morgen die Polizeiobermeisterin Cornelia Klauser höchstpersönlich Frau
Maier bis vor die Tür des kleinen Hauses am See be-
gleitete, da war die Sonne bereits aufgegangen und
das Versprechen von Frühling drang aus jeder Pore
der Erde. Der Geruch von Wärme und lauen Tagen
lag in der Luft und die Schneeglöckchen schienen in
einem feinen Hauch direkt in Frau Maiers Nasenlöcher zu duften, fein gewürzt vom Aroma feuchter
Erde. Der See und der Himmel lieferten sich wohl
einen geheimen Wettstreit, wer denn der Blaueste im
ganzen Land sei und die Sonne ließ die hellbraunen
Schilfhalme am Ufer golden leuchten und das stille
Seewasser funkeln, als hätte eine gute Fee tausende
von Edelsteinen darauf verstreut. Bestimmt führten
die Fische unten im Wasser kleine Frühlingstänze
auf, schossen hin und her, ihrerseits kleine bunte
Juwelen, nur unter Wasser. Und über allem lag ein
lautes Vogelkonzert. Keine schüchternen Meisen und
vereinzelten Amseln dieses Mal, sondern ein brausen-
der Chor, der bis zum Himmel zu klingen schien.
Zumindest kam es Frau Maier so vor, aber sie war
zugegebenermaßen so übermüdet, dass ihr alles unwirklich und überirdisch schön und gewaltig vorkam.

Das kleine Haus sah so aus, als hätte es wieder
seinen Frieden mit sich gemacht und die Angst vor
nächtlichen Besuchern abgeschüttelt wie lästige Fes-

seln. Die rote Haube des Ziegeldachs sah fein herausgeputzt aus und mit den blitzenden Fenstern, in denen sich das Sonnenlicht spiegelte, schien es Frau Maier fröhlich zuzublinzeln. Frau Maier aber wusste den Willkommensgruß in dem Moment nicht zu würdigen, denn ihre Augen sahen wie durch ein Vergrößerungsglas nur eines: den kleinen, schwarzen Fleck, der vor der Türe saß, den Kopf leicht vorwurfsvoll zur Seite legte und durchdringend miaute. Sie stürzte zur Katze und riss sie unsanft in ihre Arme und auf einmal zitterten ihre Knie so stark, dass sie sich auf die Treppenstufen, die zur Haustür führten, setzen musste.

Arme Frau, dachte die Polizeiobermeisterin mitleidig, das alles war viel zu viel für sie. Und sie betrachtete die alte, mollige Frau, die zitternd ihren Kopf im Fell einer schwarzen Katze mit weißer Pfote vergrub und nahm sich vor, den Doktor Schön recht bald zu ihr zu schicken. Und sie hatte nicht die leiseste Ahnung, wie glücklich Frau Maier gerade war.

II

Frau Maier legte sich sofort ins Bett und setzte die Katze dicht neben sich. Und tatsächlich rollte die sich sofort schnurrend zusammen und blieb genau da liegen, wo Frau Maier sie hingebettet hatte. Die Katze war eben klug und wusste, dass man in Ausnahmesituationen auch einmal Zugeständnisse machen konnte, ohne seine Würde zu verlieren und seine Unabhängigkeit zu verraten. Und ein bisschen war sie auch froh, endlich nicht mehr in ihrem ungemütlichen Versteck, sondern in unmittelbarer Nähe des grünen Cordsessels und des gut gefüllten Futternapfes zu sein.

Nach den Ereignissen am Kilianskircherl hatte Frau Maier den Rest der Nacht auf der Polizeistation in der Kreisstadt verbracht. Sie war in einen Raum gesetzt worden, hatte scheußlichen Kaffee zu trinken bekommen und ohne Unterlass waren irgendwelche Leute im Raum erschienen, um mit ihr zu sprechen. Frank Schön natürlich und ein Kollege, der ihren Blutdruck und ihren Puls gemessen hatte und ihr mit amtlich-besorgter Miene und einer kleinen Lampe in ihre Augen gestarrt hatte. Dann etliche Beamte verschiedener Rangordnungen, die immer wieder dasselbe wissen wollten: wie sie auf den Sohn vom Herrn Direktor gekommen war, wie sie an die Informationen gelangt war, warum in Herrgotts Namen sie sich nicht eher bei der Polizei gemeldet hatte. Nur den Brandner hatte sie nicht zu Gesicht bekommen. Sie hatte ihn nur einmal mit hochrotem Gesicht auf dem Flur vorbeistürmen sehen und dann war ihr gewesen, als hätte sie für längere Zeit seine Stimme in irgendeinem Nebenzimmer brüllen hören.

Erst sehr spät war Frau Maier auf einmal eine Frage in den Sinn gekommen. Eine wichtige Frage. Lebenswichtig. So wichtig, dass sie sich gewundert hatte, warum ihr Gehirn so lange gebraucht hatte, sie zu formulieren. *Warum um alles in der Welt waren Frank und die Polizistin eigentlich am Kircherl gewesen?* Und dann hatte sie erfahren, wem sie es verdankte, dass sie jetzt nicht als kalte Leiche auf dem noch kälteren Steinboden des Kircherls lag: Elfriede. Elfriede Gruber. Sie hatte sich Sorgen gemacht, hatte Frau Maier nicht zuhause angetroffen. Und hatte auf gut Glück im Krankenhaus angerufen und sich zu Dr. Frank Schön durchgefragt. Er war da gewesen und hatte sofort den Ernst der Lage erkannt. Warum auch immer. Ein Psychologe halt, hatte Frau Maier mit einem kleinen Schmunzeln gedacht. Die wissen eben doch alles. Nur ein Gefühl war es gewesen, eine Art Eingebung, die die Elfriede plötzlich gehabt hatte. Sie hatte irgendwie geahnt, dass die Frau Maier zum Kilianskircherl gegangen war.

Auf dem Heimweg nach Kauzing hatte die Polizeiobermeisterin ihr gesagt, dass Michael Robert Gradler den Mord an Anita Graf schon gestanden hatte. „Er wollte erst nicht reden, kein Wort hat er gesagt, wie so ein Stockfisch ist er da gesessen. Aber dann ist der Herr Doktor Schön zu ihm rein und hat ihn bearbeitet. Und plötzlich hatten wir das erste Geständnis!" In ihrer Stimme schwang Bewunderung mit und Frau Maier sah sie prüfend von der Seite an. Bewunderte sie nur Franks psychologisches Geschick – oder etwa mehr? Aber die junge Polizistin hatte danach nur noch konzentriert auf die Straße geschaut und den Rest des Weges nur noch sehr wenig geredet. Sie hatte irgendwie bedrückt gewirkt, aber Frau Maier konnte sich nicht vorstellen, warum sie es sein sollte. Schließlich war sie doch jetzt die Heldin des Tages, die den Täter geschnappt hatte!

Frau Maier hatte auf die am Autofenster vorbeiziehenden Felder geschaut und sich einmal mehr gewundert, dass sie immer noch am Leben war. Und sich ziemlich darüber gefreut.

Doch selbst jetzt noch, in ihrem warmen Bett und im hellen Sonnenlicht, das durch das Fenster schien, und mit der schnurrenden Katze an ihrer Seite fröstelte Frau Maier beim Gedanken an die letzte Nacht. Gleichzeitig spürte sie, wie ihr Körper nach und nach begriff, dass der Maskenmann ihr nichts mehr anhaben konnte, und sich allmählich entspannte. Ohren, Augen, Nase, die Härchen auf den Armen – sie alle hatten jetzt endlich einmal Pause.

Beim Einschlafen dachte Frau Maier an Inge Graf, die von der Polizei am frühen Morgen bei ihrer Cousine verständigt worden war, dass der Mord an ihrer Schwester aufgeklärt war. Bestimmt war sie schon auf dem Heimweg. Und bald würde sie die Anita auch anständig beerdigen können. Denn Frau Maier hatte den Beamten gesagt, dass sie sich sicher war, dass sie unter der neu aufgeschütteten Erdschicht auf dem Grab mit den Initialen E. H. die Leiche von Anita Graf finden würden.

Mit diesem Gedanken schlief Frau Maier ein und wachte den ganzen Tag nicht mehr auf. Frau Maiers sonst so feine Luchsohren reagierten nicht einmal, als es unten an der Haustür mehrmals klopfte. Der Fischer-Karli stand vor der Tür. Als Frau Maier nicht auf sein Klopfen reagierte, hängte er die Plastiktüte, in der eine frisch geräucherte Renke in sauberes Papier eingewickelt lag, an die Klinke der Haustüre.

III

Gegen Abend ging sie zum See. Aus dem Haus, durchs Gartentor, über den Fußweg, die kleine Böschung herunter. So wie früher. Früher? Genau zwei Wochen war das alles ja erst her. Aber zum ersten Mal konnte sie wieder an diesem Ort stehen und sich frei fühlen.

Die Sonne stand blutrot am Himmel und tauchte die Wolken ringsum in zartes Rosarot. Die Berge hatten messerscharfe Konturen und rahmten den See ein, der im untergehenden Licht hellblau leuchtete. Ein grandioser Sonnenuntergang. Der erste seit langem, so kam es Frau Maier vor. Plötzlich hörte sie hinter sich ein Rascheln und erschrak im ersten Moment – das waren die Spuren der letzten zwei Wochen. Aber der Mann mit der Maske konnte ihr ja nichts mehr tun. Sie entspannte sich wieder und drehte sich um.

Inge Graf kam wortlos näher. Sie nickte Frau Maier zu und ging zum Ufer. Frau Maier sagte nichts, während Inge eine kleine Schwimmkerze anzündete und sie genau da sanft ins Wasser setzte, wo Anita gelegen hatte. Sie stellte sich neben Frau Maier und die beiden sahen schweigend zu, wie die Kerze von einer leichten Abendbrise getrieben aufs offene Wasser hinausglitt. Inge kam einen Schritt näher, sodass die Schultern der beiden Frauen sich berührten. Frau Maier konnte Inges Körperwärme durch ihre Strickjacke spüren, als die sich ganz leicht an sie anlehnte. Langsam wurde es dunkel und irgendwann war die kleine Flamme der Kerze nicht mehr zu sehen.

Fünfzehntes Kapitel
Montag

I

Der Duft von Lachslasagne hing in der kleinen Küche wie ein zartrosafarbener Schleier. Neben der Lasagne stand auf dem Tisch noch eine riesige Schüssel Kartoffelsalat. Es war einen Moment lang still in der Küche und man hörte ein leises Klappern unter dem Tisch. Die Katze hatte dort gerade ihre Portion Lachs verzehrt und leckte jetzt so heftig das Tellerchen aus, dass es ständig gegen den Boden stieß.

Frank rieb sich die Hände. „Ich sehe, Frau Maier, dass Sie Ihre Versprechen halten!", sagte er grinsend. „Das ist gut zu wissen."

„Ich bitte Sie, Herr Doktor", erwiderte Frau Maier lächelnd. „Das wussten Sie doch hoffentlich schon vorher. Sie mit Ihrer umwerfenden Menschenkenntnis!"

Frank lachte und schaufelte sich eine große Portion Lasagne auf den Teller. Seine Augen leuchteten und Frau Maier fragte sich einmal mehr, wie sie ihn jemals für harmlos und etwas langweilig hatte halten können. Und vor allem fragte sie sich, wie sie ihn keine zwei Wochen später für einen verrückten Mörder hatte halten können. Sie schloss kurz die Augen und atmete durch. Diesen Gedanken wollte sie am liebsten für immer vergessen. Und sie würde nie jemandem davon erzählen.

Elfriede Gruber saß ebenfalls am Küchentisch und langte kräftig zu. Sie schien sich über das leckere Essen zu freuen. Noch mehr aber – das hatte sie beteuert! – freute sie sich, dass Frau Maier noch lebte. Frank hatte ihr noch in der Nacht Bescheid gegeben, dass Frau Maier in Sicherheit war. Und Elfriede war mittags zum kleinen Haus am See gekommen, um kurz zu sehen, wie es Frau Maier jetzt ging. Doch dann hatte sie sich überreden lassen, zum Essen zu bleiben, und plötzlich hatte Frau Maier gleich zwei Gäste auf einmal. Von Frau Maiers Dankesreden wollte Elfriede allerdings gar nichts wissen. „Sie hätten doch genau das Gleiche gemacht!" war alles, was sie dazu sagte, und sie sah dabei ganz verlegen aus.

Frau Maier brachte kaum einen Bissen herunter, so sehr war sie damit beschäftigt, das Gefühl zu genießen, zwei Gäste zu haben. Sie wollte versuchen, es sich irgendwo in ihrem Herz oder Hirn oder sonst einem passenden Eckchen abzuspeichern, um in Zukunft davon zehren zu können, wenn sie wieder alleine aß. Denn immerhin war der Fall jetzt abgeschlossen und für sie selbst bestand keine Gefahr mehr. Insofern hatten weder Frank noch Elfriede weiterhin einen Grund, vorbeizukommen.

Frank konnte sich nicht so recht entscheiden, ob er zuerst essen oder zuerst erzählen sollte, und entschloss sich für beides gleichzeitig.

„Die Cornelia Klauser kriegt jetzt doch kein Disziplinarverfahren", sagte er zwischen zwei großen Bissen. Frau Maier fiel aus allen Wolken.

„Ein Disziplinarverfahren?"

Frank sah etwas zerknirscht aus. „Na ja, sie hätte

mich nicht einfach so zum Kircherl begleiten dürfen. Sie hätte das natürlich ihrem Vorgesetzten melden müssen und der hätte dann entschieden, ob ein offizieller Polizeieinsatz gemacht wird. Und ihr Vorgesetzter …"

„… ist der Brandner", vollendete Frau Maier den Satz.

„Ja", antwortete Frank, der es geschafft hatte, sich in dieser winzigen Pause eine neue Gabel in den Mund zu schieben. „Er ist ausgerastet, das können Sie sich ja denken. Und die Regeln sind auf seiner Seite." Er häufte sich wieder Lasagne auf die Gabel.

„Ja, und dann?", drängte Frau Maier.

„Dann wurde Cornelia Klauser heute in der gesamten Presse als Heldin gefeiert, die einen gefährlichen Mörder geschnappt hat. Und da haben die ganz hohen Tiere bei der Polizei entschieden, dass es bei der Öffentlichkeit schlecht ankommt, wenn eine Heldin ein Disziplinarverfahren kriegt."

„Vielleicht merken die bei der Polizei dann auch mal, dass der Brandner ein Volltrottel ist und befördern lieber die Cornelia Klauser zur Chefin", knurrte Frau Maier verächtlich. „Er hat ja bis zum Ende gedacht, die Anita wäre wieder in Amerika."

Frank grinste. Er mochte es, wenn die eigentlich so verhaltene Frau Maier ihre Gefühle zeigte – egal, welche. Sie überraschte ihn immer wieder. Wie hatte er sie nur jemals für eine harmlose alte Dame halten können?

„Jedenfalls", sagte Frank zwischen zwei Bissen bewundernd, „hat sie die ganze Sache wirklich gut im Griff gehabt. Sie hat an alles gedacht! Wir haben ein Stück weit weg vom Kircherl geparkt und uns von hinten zum Friedhof geschlichen. Und da war der irre Typ, in voller Montur mit Maske. Tja, und die Cornelia, also die Frau Klauser, hat dann entschieden, dass wir uns verstecken und warten sollen. Quasi, um ihn in flagranti zu schnappen."

„Ein bisschen weniger in flagranti hätte auch gereicht!", schnaubte Frau Maier.

„Frau Maier?" Elfriede Gruber mischte sich ins Gespräch ein und sah ein kleines bisschen verlegen dabei aus. „Stimmt es denn jetzt eigentlich, dass die alte Frau Richter ... dass die auch ermordet wurde?"

„Das weiß man noch nicht." Frank antwortete an Frau Maiers Stelle und mit vollem Mund. „Aber die Polizei hat bereits eine Exhumierung und anschließende Obduktion angekündigt, dann wird man sehen." Elfriede schauderte sichtbar beim Gedanken an das Ausgraben einer Leiche, aber Frank kaute seelenruhig weiter.

Frau Maier schaute zum Küchenfenster hinüber, hinter dem der See blau schimmerte. Sie dachte an die andere tote Frau, die man bald ausgraben würde und die sich jetzt noch das Grab mit dem Mann teilen musste, den sie wohl am meisten gehasst hatte.

Frank Schön räusperte sich und Frau Maier schaute ihn an. Er sah sie mit seinem durchdringenden Psychologenblick an, hatte den Kopf leicht schief gelegt (Wie die Katze! dachte Frau Maier) und momentan sogar das Kauen vergessen. Und als hätte er tatsächlich durchschaut, bei wem Frau Maier gerade in Gedanken gewesen war, sagte er: „Inge Graf war übrigens schon bei der Polizei. Sie hat darum gebeten, dass die Geschichte von früher nicht an die Öffentlichkeit gezerrt wird. Man wird sagen, dass Anita Graf einem Irren zum Opfer gefallen ist, der sich von ihr irgendwie bedroht fühlte. Paranoia. Das stimmt ja auch."

Frau Maier nickte langsam und wollte gerade eine Frage aussprechen, als Frank ihr schon wieder mit der Antwort zuvorkam. „Für die alte Frau Richter wird sich leicht eine Erklärung finden, falls es denn auch ein Mord war" – Frau Maier zog die Augenbrauen hoch – „… wenn dann erwiesen ist, dass es ein Mord war", korrigierte sich Frank schnell. „Immerhin ist er als Krankenpfleger im Haushalt beschäftigt gewesen, kannte also die alte Dame, hatte Zugang zum Haus und zum Morphium. Und was so einem Irren dann nicht alles einfällt …"

In Frau Maier regte sich so etwas wie eine Lust auf Rache, sie hätte es dem Herrn Direktor gegönnt, dass alle endlich erfuhren, was für ein Mensch er gewesen war. Und es widerstrebte ihr, dass sein Sohn im Endeffekt dann doch genau das erreicht hatte, was er wollte: Das Geheimnis würde nicht gelüftet werden und der Ruf seines Vaters unbeschadet bleiben. Ihr Blick fiel auf das Holzkreuz, das über der Küchentür hing. Schon gut, schon gut, seufzte sie innerlich. Sie verstand ja auch, dass Inge Graf nicht wollte, dass die Geschichte von Anita und Evi breitgetreten wurde, wenn keine der beiden mehr da war, um sich dazu zu äußern oder zu entscheiden, was passieren sollte.

Die Evi … Frau Maier dachte an das ernste Gesicht auf dem Klassenfoto, an die Angst der Mädchen und daran, dass man nie herausfinden würde, wo die Evi jetzt war. War sie eine weitere tote Frau, die irgendwo ihr Grab gefunden hatte, wo sie eigentlich nicht sein wollte? Frau Maier stand schnell auf und ging zur Kaffeemaschine. Als die anfing zu blubbern und zu gurgeln, fühlte sie sich wieder besser.

„Und jetzt lege ich Musik auf", sagte sie zu Frank und Elfriede. „Zur Feier des Tages!"

„Elvis?", fragte Frank.

„Was sonst?", antwortete sie und ging ins Wohnzimmer.

Trotz des kaputten Fensters sah auch das Wohnzimmer wieder ruhig und friedlich aus. Es lag im Sonnenschein da, mit seinem grünen Cordsessel und dem Sofa mit der Patchworkdecke und war wieder der sichere Hafen, der es immer gewesen war. In den einfallenden Lichtstrahlen flirrte der Staub. „Zeit, mal wieder gründlich zu putzen", brummte Frau Maier und lächelte plötzlich. Die Putzfrau in ihr kehrte zurück, der Alltag würde nicht mehr lange auf sich warten lassen. Ihr altes Leben: einsam, aber sicher. Und gelassen. Sanft wischte sie mit dem Finger den Staub vom Rahmen ihres Elvis-Fotos. Und dabei wurde ihr bewusst, dass sie doch nicht mehr ganz die Alte war. Sie zögerte kurz, dann nahm sie die Schachtel aus dem Regal, in der sie seit so vielen Jahren sorgfältig das Bild des jungen Mannes mit dem strahlenden Lächeln und der kurzen Lederhose aufbewahrte. Sie packte die Schachtel samt Bild in die Schublade mit den Tischdecken. Unter die Tischdecken. Dann atmete sie tief durch, machte die Schublade zu, ging zum Plattenspieler und legte Elvis auf. Kein *Are You Lonesome Tonight* dieses Mal. *Jailhouse Rock*.

Frau Maier ging zur Wohnzimmertür. Sie wollte wieder zurück in die Küche, zurück zu ihren Gästen. Das Gefühl noch auskosten. An der Tür warf sie noch einmal einen Blick in ihr Wohnzimmer, das seinen inneren Frieden wiedergefunden hatte, und ihr Blick blieb an dem zerbrochenen Fenster hängen, das Frank mit den Plastiktüten verklebt hatte.

Sie wusste, was sie tun würde. Morgen würde sie ihr Sparschwein, in dem sie seit Jahren auf den ersten Urlaub ihres Lebens sparte, schlachten und zur Glaserei Kecht gehen. Sie würde dort ein neues Fenster bestellen. Und später dann würde der Klaus Kecht einen Brief auf der Ladentheke finden. Einen Brief, an *Herrn Klaus Kecht* adressiert. Und darin würde sich die Kopie von Anitas Brief befinden. Inge Graf hatte ihr versprochen, sie ihr heute noch zu bringen. Denn wenn schon sonst keiner die ganze Wahrheit erfahren sollte: Der Klaus sollte endlich wissen, dass er keinerlei Schuld am Verschwinden von der Evi gehabt hatte. Und sollte er in seiner Verzweiflung jemals geglaubt haben, dass an den bösartigen Gerüchten um die Schwangerschaft etwas Wahres gewesen war, dass seine große Jugendliebe ihn vielleicht doch betrogen hatte, damals ... dann sollte er spätestens jetzt wissen, dass die Evi genau der Mensch gewesen war, für den er sie gehalten hatte.

II

„Frau Maier!" Elfriede lächelte ihr unsicher entgegen. Es war wirklich interessant, dass die Filialleiterin, die Frau Maier immer so kompetent und selbstbewusst vorgekommen war, privat ein wenig schüchtern wirkte. War sie vielleicht auch nicht so oft in Gesellschaft? Aber sie hatte doch die Freundin, mit der sie zum Griechen Essen gehen konnte ... Frau Maier merkte, dass sie heute ständig in ihren Gedanken abdriftete und riss sich zusammen.

„Ja, Frau Gruber?", sagte sie mit ihrem freundlichen Lächeln, bei dem sich so viele Fältchen um ihre grünen Augen legten.

„Ich habe gerade dem Herrn Schön ... also dem Herrn Doktor ..." Elfriede stockte und wurde rot. „Also, ich würde Sie beide gerne demnächst zu mir zum Essen einladen." Sie machte eine kleine Pause und fügte dann hastig hinzu: „Also, wenn Sie mögen! Ich koche zwar nicht so gut wie Sie …" Wieder lächelte sie ein wenig schüchtern. Und Frau Maier musste sich schnell nach unten bücken und der Katze den Kopf kraulen, die ungeduldig um ihre Beine strich und mehr Lachs forderte, damit es nicht allzu deutlich sichtbar war, wie verwirrt, verlegen, erfreut und gerührt sie selbst war.

III

Später brachte sie Frank zur Haustür. Elfriede Gruber hatte sich bereits vorher hastig, aber satt und zufrieden verabschiedet, weil sie beinahe einen wichtigen Termin in der Sparkasse vergessen hätte. Schon im Gehen zog Frank beiläufig ein Kuvert aus der Manteltasche und gab es Frau Maier.

„Das ist für Sie", sagte er. „Fünfhundert Euro, von der Polizei. Sie wissen schon, Belohnung wegen Ergreifung des Täters."

Frau Maier starrte ihn verblüfft und durchdringend an, aber er hatte sein Gesicht im Griff. Sie glaubte ihm die Geschichte trotzdem keine Sekunde. Von der Polizei! Wieso sollte die Polizei dem Frank so ein Kuvert überhaupt mitgeben und nicht selbst vorbeikommen? So ein Schmarrn. Der Frank wollte ihr helfen, das war alles.

„Nein, Herr Schön, das kann ich nicht annehmen", sagte sie mit fester Stimme und streckte ihm das Kuvert wieder hin. Aber Frank hatte seine Hände schon in den Taschen des etwas zu großen Trenchcoats vergraben und spazierte aus dem Haus.

„Frank!", sagte Frau Maier streng und hoffte, dass es mehr Eindruck auf ihn machte, wenn Sie ihn beim Vornamen rief. Frank drehte sich um und grinste sein freches Grinsen.

„Oh, wie schön, bieten Sie mir das Du an, Frau Maier? Dann müssen Sie mir aber auch Ihren Vornamen endlich verraten. Sie haben doch einen?"

Lachend schlenderte er in Richtung Gartentor und drehte sich noch einmal um. Frau Maier war sprachlos, was selten vorkam. Frank bemerkte es und lachte zufrieden. Dann wurde er ernst: „Verschenken Sie das Geld, wenn Sie es nicht wollen, Frau Maier. Oder bringen Sie es der Polizei zurück. Dem Brandner höchstpersönlich, wenn Sie meinen. Mir gehört es jedenfalls nicht. Aber ich dachte, Sie könnten es vielleicht ganz gut brauchen, für die Fensterscheibe?"

Er drehte sich zum Gartentor um und öffnete es. Frau Maier fand ihre Sprache wieder. Sie merkte, dass Sie mit Frank über die Sache mit dem Geld nicht zu diskutieren brauchte, aber er sollte sich bloß nicht zu überlegen fühlen.

„Apropos Polizei!", rief sie seinem Rücken durch den Garten hinterher. „Haben Sie schon bemerkt, dass Sie eine Verehrerin bei der Polizei haben?"

„Eine Verehrerin?" Frank drehte sich um und sah ehrlich verblüfft aus.

Frau Maier schüttelte den Kopf. Diese Manns-
bilder! Da konnten Sie noch so sehr Psychologe sein,
irgendwelchen Irren Geständnisse entlocken und die
Nöte alter, alleinstehender Damen verstehen (und
hin und wieder sogar durchschauen): Wenn es um
die eigenen Angelegenheiten ging, kapierten sie gar
nichts. Vor allem, wenn es dabei um Frauen ging.
„Na, jetzt denken Sie mal scharf nach, Herr Psychologe", erwiderte sie mit sanftem Spott in der Stimme.
„Mit wem haben Sie in der Nacht von Samstag auf
Sonntag vertraute, zweisame Stunden auf dem Friedhof verbracht?"

„Ach, Frau Maier", winkte Frank nach einer Sekunde verblüfften Schweigens ab. „Sie hören schon
wieder das Gras wachsen!"

Und er winkte ihr noch einmal zu und dann hörte
sie ihn den kleinen Kiesweg entlangtraben in Richtung der geteerten Straße, auf der er sein Auto geparkt hatte.

Frau Maier aber ließ den Blick über den See
schweifen und lächelte zufrieden. Es war ihren Adler-
augen natürlich nicht entgangen, dass Frank kurz rot
geworden war.

IV

Frau Maier saß am Seeufer, genau da, wo sie Anitas
Leiche gefunden hatte. Nichts erinnerte mehr da-

ran. Das Wasser lag glatt und dunkelblau vor ihr, das Schilf ragte ruhig und gerade in den Abendhimmel. Hinter den Bergen bündelte sich das letzte Licht und am gegenüberliegenden Ufer wurden die Lichter der Häuser sichtbar. Eines nach dem anderen ging an. Wie kleine, blinkende Sterne erschienen sie in der Dämmerung. Vor kurzem noch war der See aufgewühlt gewesen und trüb, jetzt hatten sich alle aufgewirbelten Teilchen wieder auf den Grund abgesenkt. Ob die Fische wohl schliefen?

Sie sah in den Himmel, der sich mit jeder Minute in ein tieferes Blau färbte. Sie dachte an Anita. An Anita und Evi. An Evi und Anita. Ob die beiden sich dort oben wiedergetroffen hatten? Oder ob Evi doch noch irgendwo lebte? Niemand konnte es wissen. Aber ihr Gefühl sagte Frau Maier, dass Evi und Anita jetzt am gleichen Ort waren. Wer weiß, vielleicht waren sie dort wieder die beiden lachenden Mädchen – und alles, was zur Zeit des zweiten Klassenfotos geschehen war, wäre wie weggewischt.

Frau Maier sah zu, wie das Wasser durch das verschwindende Licht immer dunkler wurde. Als würde jemand nach und nach schwarze Tinte in das klare Wasser rühren. Doch das Wasser war nicht trübe, das wusste sie. Es war ganz klar.

Plötzlich raschelte es neben ihr. Die Katze hatte sich angeschlichen und setzte sich dicht neben sie. Dann starrte sie aus ihren grünen Augen genauso gebannt auf den See hinaus wie Frau Maier.

Von Jessica Kremser bereits erschienen:

Frau Maier fischt im Trüben (2012)
Frau Maier hört das Gras wachsen (2013)
Frau Maier sieht Gespenster (2015)
Frau Maier wirbelt Staub auf (2018)
Frau Maier macht Dampf (2021)
Frau Maier geht ein Licht auf (2024)

Bei Fragen zur Produktsicherheit
wenden Sie sich bitte an:
Pendragon Verlag
gegründet 1981
Stapenhorststraße 15
33615 Bielefeld
kontakt@pendragon.de
www.pendragon.de

8. Auflage

Originalausgabe
Veröffentlicht im Pendragon Verlag
Günther Butkus, Bielefeld 2012
© by Pendragon Verlag Bielefeld 2012
Alle Rechte vorbehalten
Lektorat: Eike Birck
Herstellung und Umschlag: Uta Zeißler, Bielefeld
Foto: mauritius images / alamy
Satz: Pendragon Verlag auf Macintosh
Gesetzt aus der Adobe Garamond
ISBN 978-3-86532-340-8
Gedruckt in Polen

Jessica Kremser

Frau Maier
hört das Gras wachsen

Leseprobe

I

Das Gras war leuchtend grün, beinahe giftgrün. Und ganz weich. Unter den Pfoten der Katze fühlte es sich an wie ein samtiger Teppich. Sie schnurrte laut und zufrieden. Oben am Schlafzimmerfenster stand Frau Maier und schaute der Katze zu. Sie lächelte, ebenfalls zufrieden.

Frühling! Der See schimmerte in einem fast unwirklich strahlenden Blau zu ihr herüber und die Berge standen glasklar und zum Greifen nah dahinter. Die Fische würden jetzt im immer wärmeren Wasser herumflitzen und sich ihres Lebens freuen. Doch bald würden auch die Fischer wieder hinausfahren und mit vollen Netzen zurückrudern. Die Fischer …

Frau Maier schüttelte sich leicht und konzentrierte sich wieder auf die Katze. Die hatte gerade ein wenig Erde an ihrer weißen Pfotenspitze entdeckt und sich sofort darangemacht, die Tatze fein säuberlich und mit Hingabe wieder sauber zu lecken. Frau Maier klopfte ihre Bettdecke aus und erntete dafür einen kurzen, aber deutlich irritierten Blick von der Katze. Dann machte sie das Fenster wieder zu und ging über die Treppe ihres kleinen Hauses nach unten in die Küche. Die dritte Stufe von unten, die laut knarzte, übersprang sie wie immer aus Gewohnheit.

Als Frau Maier einen starken Kaffee aufsetzte, ertappte sie sich dabei, wie sie leise vor sich hinsummte. Elvis. *You are always on my mind. Ich denke dauernd an Dich.* „Nein", murmelte Frau Maier vor sich hin und holte sich das Glas mit den leckeren Essiggurken aus dem Regal. „Nein. Die Zeiten sind vorbei." Und anstatt weiter zu summen, biss sie in eine große Gurke und stellte fest, dass sie ihr wie immer besonders saftig und würzig gelungen waren.

II

Frau Maier trug einen Stuhl in die Frühlingssonne auf die kleine Holzveranda und freute sich über ihren freien Tag. Noch mehr aber freute sie sich darüber, diesen Luxus überhaupt genießen zu können. Denn nur wer eine feste und regelmäßige Arbeit hatte, konnte sich schließlich über einen freien Tag freuen.

Frau Maier hatte in ihrem Leben bereits verschiedene Arbeitsplätze gehabt, aber in den letzten Jahren hatte sie mit einigen wenigen Putzstellen in Kauzing über die Runden kommen müssen. Doch vor einigen Wochen war Elfriede Gruber zum Kaffee gekommen und hatte ihr gesagt, dass sie ihr eine feste Stelle im Kurhotel am See verschaffen könnte, wenigstens für einige Monate. Eine Angestellte hatte sich einen komplizierten Beinbruch zugezogen, und die Hotelleitung hatte ganz dringend und kurzfristig nach Ersatz gesucht. Seitdem half Frau Maier an fünf Tagen in der Woche von acht bis zwei Uhr mit. Sie putzte die Zimmer, bezog die Betten oder half, wenn Not am Mann war, auch einmal in der Küche oder im Restaurant aus. Und jede Woche hatte sie an zwei Tagen frei, je nach Dienstplan.

Manchmal spürte sie, dass sie mit ihren Kräften vielleicht etwas mehr haushalten müsste, ihr 60. Geburtstag lag schließlich schon eine ganze Weile zurück. Aber ihrem Sparschwein war es noch nie so gut gegangen. So gut, dass Elfriede, die als Filialleiterin in der Sparkasse in Kauzing arbeitete, sie überredet hatte, sich das erste Sparbuch ihres Lebens zuzulegen. Nur widerwillig hatte Frau Maier sich davon überzeugen lassen, dass das eine bessere Variante war als das uralte Schwein in ihrem Wohnzimmerschrank.

Frau Maier schloss die Augen und genoss die warmen Strahlen auf ihrem Gesicht. Sie lächelte, wie jedes Mal, wenn sie an Elfriede Gruber dachte. Sie trafen sich inzwischen jede Woche auf einen Kaffee oder Tee, meistens besuchte Elfriede Frau Maier im kleinen Haus am See. Über die Monate waren sie sich immer vertrauter geworden und jetzt fühlte es sich fast schon so an, als wären sie Freundinnen. Und damit war Elfriede vermutlich die erste echte Freundin in ihrem Leben. Es ist eben nie zu spät, dachte Frau Maier zufrieden. Für nichts.

Ein lauer Wind strich sanft durch die Bäume, deren Knospen sich gerade zu öffnen begannen und deren Äste schon von einem zarten Grün überzogen waren. Ganz leise hörte Frau Maier den See plätschern, denn sie hatte Ohren wie ein Luchs. Auch, wenn vielleicht ihr Knie und manchmal auch ihr Rücken nicht mehr alles mitmachten, mit ihren Augen und Ohren und mit ihrem Gedächtnis, da stimmte noch alles. Ein Vogel fing an zu singen. Welcher war das? Frau Maier überlegte und merkte gleichzeitig, dass ihre Gedanken abschweiften.

Sie sah ein Boot vor sich, ein Fischerboot. Und in dem Boot saß sie selbst. Langsam ruderte es über den tiefblauen See, gleichmäßig und friedlich. Wer ruderte das Boot? Sie selbst war es nicht. Der Karli? Oder bewegte es sich ganz von alleine? Sie ließ eine Hand ins Wasser gleiten und genoss die samtige Kühle auf ihrer Haut. Doch plötzlich streifte etwas ihre Hand. Etwas Kaltes, Glitschiges. Frau Maier bemerkte, dass das Boot zum Stehen gekommen war und beugte sich über den Rand, um nachzuschauen, wogegen ihre Hand gestoßen war. Sie erkannte einen hell schimmernden Fleck und lehnte sich noch weiter vor. War das ein Fisch? Ein silbriger Fisch? Nein, jetzt sah sie es ganz deutlich, und ihr wurde kalt in der warmen Frühlingssonne: Es war eine Hand. Eine Hand, die unter Wasser leise winkte. Frau Maier beugte sich noch ein kleines Stück weiter vor, um sehen zu können, wem diese Hand gehörte. Und plötzlich war da ein Gesicht, ein weißes Gesicht mit großen, weit aufgerissenen blauen Augen, direkt unter der Wasseroberfläche. Frau Maier verlor das Gleichgewicht und fiel nach vorne. Gleich würde sie im Wasser liegen, direkt neben dem verzerrten Gesicht, und die Hand würde sie ins dunkle, kalte Wasser hinunterziehen …

Sie wollte schreien, aber sie konnte nicht. Und der Mensch, der das Boot gerade noch gerudert hatte, war verschwunden. Sie war wieder einmal allein …

Mit einem Ruck setzte sich Frau Maier in ihrem Stuhl auf. Nur langsam kam sie zu sich und sah, dass sie immer noch auf ihrer Veranda saß. Vor ihr lag der kleine Garten ganz still in der Frühlingssonne, dahinter der blaue, ruhige See. Sie schüttelte sich und wischte sich einige Schweißperlen von der Stirn. Ihre Hand zitterte leicht.

„Na bravo", murmelte sie. Offensichtlich verfolgten sie die Ereignisse von damals immer noch, als sie die Leiche im See direkt vor ihrem Haus gefunden hatte. Der nette Polizeipsychologe, Dr. Frank Schön, hatte ihr Hilfe angeboten, um „das alles zu verarbeiten", wie er sich ausgedrückt hatte. Aber Frau Maier hatte abgelehnt. Sie würde allein damit fertig werden. Wie immer in ihrem Leben. Allein, ohne Hilfe.

Nicht zum ersten Mal regten sich bei ihr leise Zweifel an diesem Lebensentwurf, als sie jetzt von ihrem Stuhl aufstand und feststellen musste, dass auch ihre Knie zitterten.

Die Katze lag immer noch im Gras, ganz friedlich auf den ersten Blick. Frau Maier kniff die Augen zusammen. Sie sah, dass die Schwanzspitze der Katze leicht zuckte und dass sich das Fell auf ihrem Rücken fast unmerklich aufgestellt hatte. Was hatte sie gesehen? Oder gespürt? Plötzlich erschien Frau Maier die Frühlingssonne weniger warm und sie ging ins Haus, um sich eine Strickjacke zu holen.